# 《红楼梦》人文素质课程研究

四川省教育厅项目『第一批全省高校中华优秀传统文化重点建设课程《〈红楼梦〉与中国传统文化》』（川教函〔2020〕582号）阶段性成果

马经义 著

知识产权出版社
全国百佳图书出版单位
——北京——

图书在版编目（CIP）数据

《红楼梦》人文素质课程研究 / 马经义著 . -- 北京 : 知识产权出版社, 2021.10
ISBN 978-7-5130-7799-6

Ⅰ . ①红… Ⅱ . ①马… Ⅲ . ①《红楼梦》—教学研究—高等学校 Ⅳ . ① I207.411

中国版本图书馆 CIP 数据核字（2021）第 213891 号

**内容提要**

本书以红学研究为基础，首先从《红楼梦》研究的"自然范畴"中划定作为人文素养课程开发的内容，并提出了"一心两通，三读四教"的课程建设模式。以行动导向为中心，分别研究了项目教学法、引导课文教学法、角色扮演法在《红楼梦》课程中的运用。并提出"三层三阶"《红楼梦》视频课程建设框架以及《红楼梦》人文素养课程的教材开发与编写思路。本书从理论层面对高校人文素质教育提供了新思路，为优秀传统文化课程建设提供了新模式，具有较强的学术价值。

责任编辑：徐家春　　　　　　　　责任出版：孙婷婷

## 《红楼梦》人文素质课程研究
HONGLOUMENG RENWEN SUZHI KECHENG YANJIU

马经义　著

| | | | |
|---|---|---|---|
| 出版发行：知识产权出版社 有限责任公司 | | 网　址：http://www.ipph.cn | |
| 电　话：010-82004826 | | 　　　　http://www.laichushu.com | |
| 社　址：北京市海淀区气象路50号院 | | 邮　编：100081 | |
| 责编电话：010-82000860转8573 | | 责编邮箱：823236309@qq.com | |
| 发行电话：010-82000860转8101 | | 发行传真：010-82000893 | |
| 印　刷：北京中献拓方科技发展有限公司 | | 经　销：各大网上书店、新华书店及相关书店 | |
| 开　本：720mm×1000mm　1/16 | | 印　张：17.5 | |
| 版　次：2021年10月第1版 | | 印　次：2021年10月第1次印刷 | |
| 字　数：238千字 | | 定　价：88.00元 | |

ISBN 978-7-5130-7799-6

出版权专有　侵权必究
如有印装质量问题，本社负责调换。

# 序　言

　　这本书开启了我不惑之年的大门。何谓"不惑"？不是通晓了所有的学问，而是完全了解、认清了自己。可以本着心做事，守着情为人，循着礼交往。明白自己的优势与长处，也知晓自己的弱点与不足。可以在放弃中豁达，更能在选择之后坚持到底。人到四十，会被岁月磨去一些棱角，同时也会因为历经而立之年的果敢抛光一份本真。所以在我看来，时间概念下的"四十不惑"正是生命格局中的"人生之获"。

　　我给自己的定位是"学人"，一位学习着中国优秀传统文化并立志要传承它的人。也许你会笑话我，给自己树立了一个如此宏大的理想，它能实现吗？其实在四十不惑的时间节点上再看人生理想，会少去一份漫无目的的冲动，多一丝基于现实的清醒，自然也能提高些许成功的概率。

　　我一直都认为学术的终极意义就是惠及民众，红学研究也不例外。我与《红楼梦》的不解之缘，使得将它作为载体去传承中国优秀传统文化成了天经地义的选择。然而如此博大精深的红学研究，如何去惠及民众？民众又在哪里？两个看似简单的问题，我却用了近十年的时间来寻找答案。曾经雄心勃勃、天南地北地游学讲座，但学术惠及民众的效果却收效甚微。为什么呢？我发现自己犯了一个错误，那就是在仰望星空、目视前方的同时，忘记了俯视脚下、环顾四周。只知道做理想中的"学人"，却忽略了自己是现实中的大学教师。换言之，学术所惠及的民众需要聚焦，而不是所谓的芸芸众生。惠及的方式千差万别，选择的依据却需要立足于自己的身份与职业。如此于我而言，原来踏破铁鞋无觅处的"民众"其实就在我的身边，他们应该是我朝夕相处的学生。惠及民众的方法与路径，应该基于我的职业——大学教师，所以最直截了当的就是以红学研究为基础，将《红楼梦》开发建设成一门人文素质课程，进而实现学术惠及民众的终极意义。

对于一个问题，人要达到思想上的通透已经不容易了，然而在现实中，人最难跨越的是"知道"与"做到"之间的鸿沟。2013年8月，我入职四川国际标榜职业学院，正式迈开了我立足高等职业教育，建设《红楼梦》人文素质课程的步伐。然而如何建设？准备什么？我的大脑一片空白。因为它史无前例，无处借鉴。

高职教育培养的是高素质技能型人才，在常规的三年学制中，人文素质教育与专业技能教育享有同等重要的地位。然而在实际教学过程中，往往是重技能而轻人文。这种现象的出现，不能简单地责怪谁，因为它不仅仅关乎国家教育宏观层面上的方针政策，也涉及每一所高职院校教学运转的机制体制问题，所以很难在短时间内从根本上扭转这个局面。怎么办？于是，我立足于高职教育的现实，计划从《红楼梦》人文素质课程建设的微观层面上尝试性地做一些探索和改变。

我发现在高职教学实践中，有两大问题特别突出。第一是人文素质教育与专业技能教育呈平行线趋势，它们相对独立，自成阵营，人文课与专业课永不相交，呈现一副老死不相往来的状态。第二就是在有限的学制年限中，为了满足专业技能的训练与实操，人文素质课程的时间往往是被剥夺的对象，原本并不宽裕的人文教育空间因此显得更加捉襟见肘。这两大问题与培养高素质技能型人才的目标形成了不可调和的矛盾关系。

于是我就想，《红楼梦》人文素质课程的建设，能否围绕这两大问题展开呢？经过一段时间的思考与课堂尝试，以《红楼梦》为平台的"通晓文化，融通专业"课程建设核心思想形成，紧接着就开始从理论层面上逐一厘清一系列的学术与教学问题。因为我的第一学位是管理学学士，所以到了标榜学院之后就在商学院任职并教授"管理学原理"，因此《红楼梦》人文素质课程"融通专业"的第一个试点，就是以红楼故事作为案例库为学生讲解、诠释管理学的基本职能。这样的教改尝试，起初并不被看好，甚至在申报校级课题项目的时候，被多位评审专家直言不讳地告知"无意义"。幸而有我们阎红院长鼎力支持，力排众议，给我留了一份"试验田"。

通过一年的教学实践与理论沉淀，2015 年 4 月，25 万字的专著《从红学到管理学》由四川大学出版社正式出版，这是《红楼梦》人文素质课程建设的第一份成果。更幸运的是，这本书一举获得四川省高职研究中心首届优秀科研成果二等奖。同年 10 月，我又以"王熙凤协理宁国府"的红楼文本为案例，录制微课"领导的职能"并获得全国高校微课教学大赛四川省二等奖。这两项荣誉虽不大，等级也不高，却给了我莫大的鼓舞。因为它斩钉截铁地回应了"无意义"论，同时也让我看到了红学能惠及高职学生的一缕曙光。

《红楼梦》与管理学试点成功之后，我本着"通晓文化，融通专业"的理念陆续为学院其他专业开设《红楼梦》人文素质课程。如为服装设计专业开设"《红楼梦》与中国服饰文化"的课程内容，为建筑设计专业开设"《红楼梦》与中国建筑文化"的课程内容，为家具设计专业开设"《红楼梦》与中国家具文化"的课程内容，为中医养生保健专业开设"《红楼梦》与中医养生文化"的课程内容等。这样的创新性人文课程对于学生而言极为新鲜，也具有较强的吸引力，所以教学实施效果非常显著。人文素质教育与专业技能教育永不相交的魔咒算是被打破了。如此一来，前面所提到的高职教育的两大问题就解决了一个，那另一个呢？在有限的时间内，如何能让学生学到更多的人文知识，在并不宽裕的时间里如何达到人文素质教育的目标呢？这又让我陷入了新一轮的沉思。

时间到了2016年，我在国家级教学名师李学锋教授的亲自指导之下，参加了全国信息化教学大赛。从校赛到省赛再到国赛，前前后后历经了8个多月。李教授的严格、比赛的严酷、参赛作品颠覆性的多次重来，现在回想起来都觉得胆颤。皇天不负有心人，最后我以第一名的成绩获得当年全国信息化课堂教学大赛的一等奖。能获得国家级奖项，当然是兴奋的，这对于我的职业生涯起着至关重要的作用。更为重要的是，因为参赛作品的需要，我浓缩提炼出了《红楼梦》的"三层读法"。这套读法逐渐被完善，后来成了《红楼梦》人文素质课程建设的灵魂。另外，在参赛过程中，要求做到课堂信息化全贯通，这迫使我建设了很多视频课程资源，以备课堂教学使用。正因为视频课程资源的形成，改变了我已有的教学思路，形成了新的教学理念。

新的教学理念是什么？我们知道，任何一门课程的教学目标都是由知识、能力、素养三大目标组合形成的，《红楼梦》人文素质课程也不例外。在传统的教学思路下，知识、能力、素养三大目标的达成都是在课堂上以老师为主导而完成的。但有个问题出现了，在有限的课堂时间内，学生既要完成知识的记忆，又要做到能力的训练与提升，这是非常困难的。往往一节课，老师只能完成知识点的讲授，能力训练基本没有时间了。于是我就提出了一个新的教学理念：人文知识积累的前置化和网络化；能力训练的课堂化。也就是说，把相对固定的知识点的学习放到课前，学生通过网络平台自主学习，把课堂的时间用于相关能力目标的训练与提升。这样一来就能解决在有限的时间内保质保量地完成人文素质教育的问题。

要实施人文知识积累的前置化和网络化，前提条件是要有系统的视频课程资源。于是从2017年开始，我单枪匹马逐步建设了一系列课程资源。通过三年的孤军奋战、挺身独进后，微课视频资源库现已颇具规模，其中包括：20个红楼文化系列，240余集；章节视频课25讲，1000余分钟；主题视频课16讲，1000余分钟；红楼音频课60集，800余分钟。

2018年9月，四川省教育厅为隆重庆祝改革开放40周年，突出展示党的十八大以来省推动教育改革创新发展取得的实践成果和先进典型,回顾与总结省教育系统深入推进教育领域综合改革的好做法、好经验,弘扬省教育系统锐意改革、勇于创新的时代精神,决定开展四川省"教育改革创新发展典型案例"推选活动。我们学院收到教育厅"川教函〔2018〕547号"文件之后,决定让我申报。在我看来,争取这样的省级荣誉绝对是不可能的,因为它面向的是全省所有高校,包括四川大学、电子科技大学、西南交通大学在内的"985""211"等一流本科院校,且名额只有10个,我们一所民办专科院校又去凑什么热闹呢?但在领导的一番鼓励之下,也为了表示自己愿意配合工作,我将《红楼梦》人文素质课程的建设与实施情况撰写成案例提交了上去。同年12月底,四川省教育厅公示结果,我们的课程建设被评为"教育改革创新发展典型案例",我个人也因此成为四川省教育改革"先锋教师"。这一次,我没有掩饰自己的激动。我想对于任何一位教师而言,自己的教改成果能得到众多教育界同行、专家的认可,还有什么比这个更荣光的呢!

2020年7月,为落实推进教师、教材、教法的"三教改革",由我撰写的《红楼梦》人文素质课程教材《红楼梦与中国传统文化》竣稿,并由电子工业出版社正式出版。这是一本结合视频课程资源开发建设的"互联网+"立体化教材。教材本着"通晓文化,融通专业"的理念,旨在以赏析红楼文本为出发点,系统梳理《红楼梦》与中国传统文化之间的关系与渊源,从而让学生了解中国传统社会中人们衣、食、住、行、思的生活样态,进而理解中华本源文化的意蕴之美。教材共分为三篇:"红楼文本篇""红楼文化篇"和"红楼资源篇"。"红楼文本篇"是从小说的角度赏析《红楼梦》的语言、人物、诗词、叙事结构等;"红楼文化篇"是从传统文化的角度认识中国服饰、建筑、园林、礼仪、儒道、医药、饮食等,这部分内容的选择是和我们学院所开设的专业门类对应起来的;"红楼资源篇"是借助信息化平台,将《红楼梦》与中国传统文化之间的关系与渊源制作成系列微课,以二维码的形式嵌入课本,学生可以通过手机扫描二维码完成自主自由学习，进而形成"一本教材码上学"的新形式。同年9月，我院和超星学习通平台合作，利用《红楼梦》人文素质课程资源开设网络平台课，2020级各专业新生都在超星平台完成本门课程的学习与考核。经过一个学期的教学实践，从学生的评教结果来看，效果甚佳。同年12月1日，四川省教育厅正式发文，我院"红楼梦与中国传统文化"被立项为"第一批全省高校中华优秀传统文化重点建设课程"，这标志着《红楼梦》人文素质课程建设进入了新阶段。

  课程资源的建设，第一目的当然是教学，然而在建成红楼系列视频课程之后我发现，它们除了能满足课堂教学，还能惠及普通大众。于是在学院的大力支持下，我们借助抖音平台开设了"经议红楼"抖音号，将"红楼梦与中国传统文化"的系列微课共享于社会，现已推出200余集，拥有粉丝6万余人，视频播放量高达400余万次，这对《红楼梦》的普及与中国文化的推广起到了积极的作用。为此，中国红楼梦学会学术委员会主任、著名红学家胡文彬先生赞曰："解经之义可贵也。"同时，"经议红楼"也被写入由中国艺术研究院红楼梦研究所发布的《2019年度中国红学发展研究报告》。

  2020年是我"而立"之后的收官之年，也是值得纪念的一年，其间有教材的出版，有资源库的建成，有论文的发表。这些成果都标志着《红楼梦》作为人文素质课程建设有了阶段性的收获，也记录着红学研究与我同生共长的生命痕迹。当然，这一切都不是终点，因为它们伴随着辛丑牛年的钟声，而成为我迈向"天命之年"的起点。

作者

2021年2月12日

辛丑牛年正月初一

# 目　录

第一章　从红学到教育学 / 1

　　第一节　《红楼梦》人文素质课程建设的可能性与可行性 / 2

　　第二节　《红楼梦》研究格局及其对课程构建的意义 / 5

　　第三节　《红楼梦》人文素质课程的内容选取 / 11

　　第四节　《红楼梦》人文素质课程教学目标的设置 / 14

第二章　《红楼梦》作为高校人文素质课程建设探究 / 16

　　第一节　《红楼梦》人文素质课程建设的目标群体 / 16

　　第二节　《红楼梦》人文素质课程的五个基点 / 18

　　第三节　《红楼梦》人文素质课程的模式 / 22

第三章　《红楼梦》"三层读法"的理论研究及运用 / 28

　　第一节　《红楼梦》"三层读法"的理论研究 / 28

　　第二节　"三层读法"在《红楼梦》分回教学中的运用 / 35

第四章 项目教学法在《红楼梦》课程中的运用研究 / 43
　　第一节 项目教学法概况 / 43
　　第二节 《红楼梦》项目教学设计 / 47

第五章 引导课文教学法在《红楼梦》课程中的运用研究 / 60
　　第一节 引导课文教学法概述 / 60
　　第二节 《红楼梦》引导课文法教学设计 / 63

第六章 角色扮演教学法在《红楼梦》课程中的运用研究 / 78
　　第一节 角色扮演教学法概况 / 78
　　第二节 《红楼梦》角色扮演教学设计 / 80

第七章 《红楼梦》作为人文素质课程的教学设计案例 / 88
　　第一节 课堂教学思路 / 89
　　第二节 课堂教学过程 / 91
　　第三节 课堂教学特色与创新 / 93

第八章 《红楼梦》"三层三阶"视频课程建设研究 / 105
　　第一节 视频课程的含义 / 105
　　第二节 《红楼梦》视频课程的现状 / 107
　　第三节 《红楼梦》视频课程体系构建 / 109

第九章 《红楼梦》作为"管理学原理"课程教学中的案例研究 / 114
　　第一节 案例教学法的定义及特点 / 115

第二节　案例教学法的本质特征 / 116
　　第三节　案例教学法对学生能力的培养 / 117
　　第四节　高职教育中案例教学法实施的现状 / 119
　　第五节　树立高职教育案例教学观 / 121
　　第六节　案例编写建议 / 122
　　第七节　《红楼梦》与管理学 / 125

第十章　《红楼梦》人文素质课程教材的开发与编写 / 129
　　第一节　课程开发的五个步骤 / 130
　　第二节　《红楼梦》人文素质课程编写的前提 / 131
　　第三节　《红楼梦》人文素质课程教材设计样章 / 132

第十一章　高职学生经典诵读能力培养研究 / 138
　　第一节　高职学生经典诵读能力培养现状分析 / 138
　　第二节　高职学生经典诵读能力培养的策略与方法 / 145
　　第三节　从文学经典到管理学："管理学原理"的教学方法 / 152

第十二章　高职学生经典诵读"三三读法"实例研究 / 157
　　第一节　中国古典诗词的"三维读法" / 158
　　第二节　中国古典散文的"三境读法" / 162
　　第三节　中国古典小说的"三层读法" / 167

第十三章　论红学史研究的"四维三层"模式及意义 / 172
　　第一节　"四维三层"模式中"四维"的内涵 / 173

第二节 "四维三层"模式中"三层"的内涵 / 175
第三节 "四维三层"模式中"四维"与"三层"的关系 / 177
第四节 "四维三层"模式对红学史研究与撰写的意义 / 180

第十四章 论《红楼梦》研究的自然范畴及意义 / 183

附录1 红楼短札集萃 / 197
附录2 江河浩荡，万马奔腾——《〈红楼梦〉人文素质课程研究》读后 / 264

# 第一章　从红学到教育学

在中国高速发展的今天，我们逐渐意识到，无论是精深的科技还是雄厚的资本，其目的都不是让一个民族飘向无限，而是要回到自己的本源文化中来。在历史的进程中我们可以看到，越先进发达的国家，它的固有文化保存并彰显得越完好；越衰弱的国家，它的文化越是支离破碎，这个民族也会因为衰亡而破碎的文化迷失在历史的进程之中，乃至最终消亡。

全面复兴传统文化已经成为我们当下的重大国策。然而要形成传承中华优秀传统文化的基本体系，达到文化自觉和文化自信，提升国家文化软实力却非一日之功。2017 年 8 月，中共中央办公厅、国务院办公厅印发了《关于实施中华优秀传统文化传承发展工程的意见》，其中明确指出要"推动高校开设中华优秀传统文化必修课，在哲学社会科学及相关学科专业和课程中增加中华优秀传统文化的内容"。

提升当代大学生的人文素养既是一项宏大的文化工程，也是一门精细的具体工作。说它宏大，是因为这一切都需要构建一个完备的体系，由多个领域的专家学者参与其中并齐心协力；说它精细，是因为要在宏大的体系中找到一个个能具体落实的课程内容，构建详细的认知系统，精准到每一个知识点。那么如何找到一个个切入点，去构建一门门具有普适性的传统文化必修课，从而提升大学生的人文素养就成了最为关键的问题。"《红楼梦》作为高校人文素质课程的内容与体系探究"就是在这样一个时代背景下诞生的课题。

以《红楼梦》文本和红学研究作为依托，从而构建一门高校人文素质课程，需要解决四个方面的问题：首先，要论证以《红楼梦》作为高校人文素质课程的可能性与可行性；其次，要探究《红楼梦》研究的格局及这种格局对构建高校人文素质课程的意义；再次，要思考《红楼梦》作为高校人文素质课程其内容如何选取，课程框架如何搭建；最后，要厘清以《红楼梦》作为高校人文素质课程的教学目标并找到与之相对应的合适的教学方法。

## 第一节 《红楼梦》人文素质课程建设的可能性与可行性

《红楼梦》是中国古典小说的巅峰之作，无论是作为小说的《红楼梦》文本还是作为红学研究的学术对象，它在中华文化史上都是璀璨而闪亮的。所以"红楼梦"三个字在中国人的心灵深处也绝不仅仅是一个书名符号那么简单，而是被认定为浓缩着中国传统文化基因的结晶体，它既是文化艺术发展史上的里程碑，也是中华传统学术研究范式的典型代表。要论证《红楼梦》作为高校人文素质课程的可能性与可行性，首先需要厘清什么是人文素质。

学界对于人文素质的定义表述不一，如人文素质是指知识、能力、观念、情感、意志等多种因素综合而成的一个人的内在品质，它是人文社会科学知识内化为个人素养的结果，通常表现为文化素养、审美情趣、思想情感、理想追求、思维方式、行为习惯等方面；❶也有学者认为，人文素质并非某种能力，而是一种以人为中心与对象的精神，它关注的是人生存的意义，人所秉承的价值观、人生哲学等。❷著名教育学家肖川教授将人文素养的内涵总结归纳了十一点，他认为一个人要具备人文素养，概括起来需要七个方面的支撑：一是要有广泛的人文学科知识的积累；二是要关注人文主义价值，如人存在的意义、人的价值与尊严、人的发展与幸福等；三是要塑造人文精神和人文情怀；四是要培养审美情趣；五是要提升自我反思的能力与意识，重视德性修养；六是要持有尊重与包容的态度；七是要自觉履行社会的核心价值，维护公平与正义。❸

　　人文素质这个词其实是两个部分的结合，人文与素质。前者"人文"是知识层面，它表现为一种实态，是具体的认知体系；后者"素质"是一个人因为有了具体的知识体系而内化成的稳定的个人气质与精神品质，它表现为一种虚态。虚实结合就有了我们当下所指的人文素质。不难发现，无论如何诠释人文素质的内涵，"人文"这个实态是升华为"素质"这个虚态的基础与前提。所以培养学生人文素质的第一步就是要让他们获得人文知识。那么什么是人文？《辞海》解释为："人文指人类社会的各种文化现象。"又因文化的本质是不同地理区域的人们在其发展过程中呈现出来的并逐步积累起来的生活经验与知识，它包含着人的衣、食、住、行，也包含着人的心理、意识与思想活动，所以往简单了说，人文就是通常意义上的文史哲的综合与融通。

　　如果将《红楼梦》作为高校人文素质课程，在人文知识层面它能包容得下多少中国的文史哲呢？换言之，《红楼梦》作为高校人文素质课程的可能性在何处？这个问题的答案就在《红楼梦》与中国文化的关系里面。

---

❶ 吴钰.浅谈高等职业教育中的人文素质培养［J］.中州学刊，2004（4）.
❷ 符晓黎.高职人文素养教育的实践与探索［J］.中国成人教育，2014（22）.
❸ 肖川.教育的理想与信念［M］.长沙：岳麓书社，2002：248.

《红楼梦》是我国清代的一部文学作品，换句话说，它是中国文化的一件产物。它之所以能成为经典，除了它作为小说的文学性与艺术性外，还有一个重要的原因，那就是它具有深刻的时代性和超强的现代性。

所谓时代性是指《红楼梦》的文本被深深地刻录上了产生它的那个时代的方方面面。例如，我们可以通过贾雨村等人的十年寒窗看到中国古代的科举制度，通过元春省亲看到皇家宫廷制度，通过秦可卿之死看到中国古代的丧葬制度，通过刘姥姥进贾府看到古代普通民众的生活疾苦，通过袭人、晴雯、紫鹃等的日常生活看到奴婢制度等。《红楼梦》能被称为"百科全书"，也是因为书中所涉及的中国传统文化极其宽广，诸如诗词、园林、建筑、服饰、医药、饮食、器用、戏曲、风俗、游戏、宗教等。作为文学作品，《红楼梦》真实而细腻地再现了中国古代的社会生活和文化传统。

所谓现代性是指《红楼梦》文本有一种超强的对现代社会的切入能力，这种能力可以让读者借助红楼故事进行系统的哲学反思。《红楼梦》是中国传统文化孕育的结果，在流传并逐步普及的过程中它反过来又会作用于中国传统文化，所以它不仅对后世的文学艺术有很大的影响，甚至对整个民族的心理与文化个性都有影响。前者多表现在诗词、绘画、文学创作等方面，后者多表现在对国人的情趣、心态及理想信念上。二者相互交融，相互作用，使得一代代的中国人对《红楼梦》产生了一种独特的情感依赖。所以《红楼梦》从它诞生之日起就源源不断地散发着一种强有力的召唤力，在这种召唤力之下，众多的文学家、史学家、哲学家、政治家、医学家、美学家、管理学家、经济学家、社会学家等统统被吸引聚集起来，他们将自己的专业专攻融会贯通在《红楼梦》的研究之中，成就了红学内容的四通八达及学术精神的兼容并包。

《红楼梦》除了有它反映传统文化和社会的时代性，及反作用于中国文化的现代性以外，它和中国人文还有着另一层更为深刻的关系，那就是《红楼梦》对中国人的生存样态、情感表达及行为模式都有着普遍而深刻的揭示。例如，中国人如何积极入世、隐遁出世，如何做官为民、斗争妥协，如何娱乐消遣、负重而行，如何行凶霸道、行善积德，如何发愤图强、好逸恶劳，如何渴盼失落、毁灭重生……成穷先生在《从〈红楼梦〉看中国文化》一书中曾说："在《红楼梦》中，中国人的生存样态及其情感行为方式是作为有类'游戏规则'或'数学公式'那样的普遍性来表现的。游戏者可以不断地更替，但游戏规则却始终保持一致；运算的数据可以每次不同，但数据之间的基本关系和运算规则却没有什么两样。"❶ 正因如此，《红楼梦》与中国文化的关系是立体而多维度、深入而环环紧扣的。这样一来，《红楼梦》就综合融通中国的文史哲并为构建大学生人文素质课程创造了极大的可能性与可行性。

## 第二节 《红楼梦》研究格局及其对课程构建的意义

《红楼梦》研究成为一门专学、显学，这是人所皆知的。中华传统学术原本就博大精深，它历经先秦的子学、两汉的经学、魏晋的玄学、隋唐的佛学、宋明的理学、清代的朴学，而熠耀于人类文明的宇空。红学研究恰处于历史的拐点处，它既承袭着传统学术的范式，又萌生着现代学术的特征。然而任何一宗学问，研究的目的都不是关起门来孤芳自赏，而是要惠及民众，被惠及的民众又会反作用于中华文化一以贯之的延绵。从当前时代发展的背景看，《红楼梦》研究要惠及民众，最好的对象群体之一就是大学生，惠及大学生最好的方式就是依托红学研究从而构建一门普适性的人文素质课程。问题随之而来，《红楼梦》作为人文素质课程是建立在红学研究的基础之上的，那么红学研究的格局是什么样的？它对于构建一门课程的意义何在呢？

---

❶ 成穷. 从《红楼梦》看中国文化［M］. 昆明：云南人民出版社，2005：22.

在中国，各类学术可谓林林总总，它们之所以能成为"学"，是因为它们各自具备独特的学术思想或者与众不同的方法论。然而《红楼梦》研究能成为"学"却迥异于其他。"纵观两百余年的《红楼梦》研究，它并不是某一学术思想或某一方法论的具体实践。在'红学'中，有各种各样的门户对立，针锋相对的流派、方法，体现了各种各样的甚至相互对立的学术思想。"[1]因此，笔者以为，对"红学"的界定不该是规定性定义，而应是构成性定义。换言之，与其在某一概念上去强行界定红学的范围，不如从红学研究的自然状态上去描述红学的现实面貌；与其在方法论上去界定红学的范围，不如尊重因《红楼梦》研究而呈现出来的实际状态。如此，方能看到红学研究的真正格局。

撇开思想论与方法论，仅基于构成性视角，笔者将《红楼梦》研究格局作一展示，如图1-1所示。

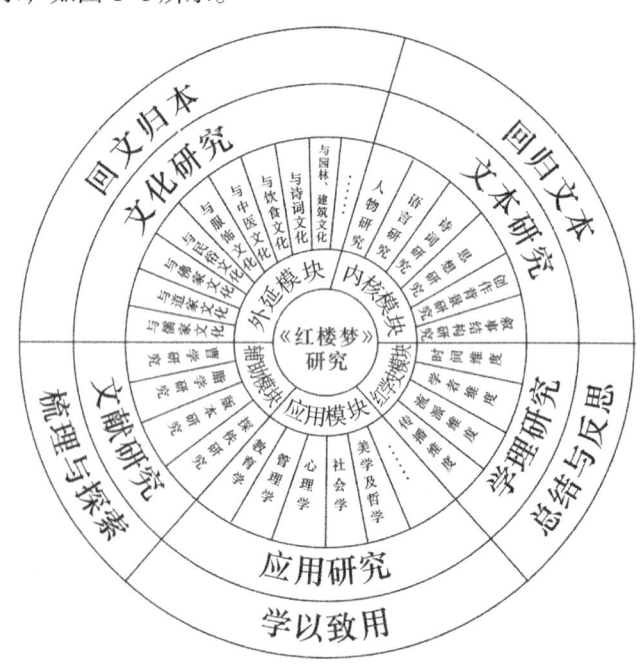

图1-1 《红楼梦》研究格局图

---

[1] 陈维昭.论红学的边界性[J].汕头大学学报（人文社会科学版），1996（1）.

图 1-1 将《红楼梦》研究格局分为五大模块：内核模块、外延模块、辅助模块、应用模块和学术史模块。五大模块相对独立，因为它们各自的研究旨趣与研究方法不尽相同；五大模块又彼此联系、互为支撑，因为它们的研究根本都以《红楼梦》为出发点。如果以此格局来作为构建人文素质课程的基础，其意义何在？要解决这个问题，我们首先需要厘清每一个模块研究的主要内容和目的。

## 一、内核模块

《红楼梦》研究虽然已经成为专学，但《红楼梦》本身是一部小说是毋庸置疑的，既然是小说就应该有针对小说的研究方法与旨趣，所以内核模块就是把《红楼梦》定位在一部纯小说的角度，从而研究它的人物刻画、语言风格、叙事结构、诗词艺术、主旨思想等。内核模块的实质是以红楼文本为维度，诠释一部古典小说的文学性与艺术性，这也是我们常说的文本研究，更是红学界长期以来所呼吁的"回归文本"。

有回归文本的呼唤是因为很多红学研究者把大量的时间与精力都放在了无关主旨的烦琐考证及一字一辩的琐碎之事上。文本研究要研究什么？或者说回归文本最终要回到哪里？笔者认为除了从考证回到文本的外在形式以外，重点是要"回归心灵文本"。宁宗一先生曾在《关于"回归文本"的断想》一文中表示，回归文本不仅仅是研究文本的构成形式和作家秉持的世界观与价值观，还要深入作家的个性、气质、性灵、心态及审美体验方式等，因为小说文本其本质就是作家的心灵映射，所以小说文本就是作家的心灵文本，回归文本最终是要回到作家的心灵文本。这样做的好处在于能更准确地剖析《红楼梦》原著，避免黑格尔在《哲学史演讲录》中所说的——"人们总是很容易把我们所熟悉的东西加到古人身上去，改变了古人"。基于此，内核模块研究的内容就是诠释作为古典名著的《红楼梦》的文学性和艺术性，从而探究作者曹雪芹的心灵文本，在心灵文本的标尺下真实地还原《红楼梦》的思想性。这也完全符合孟子"诵其诗,读其书,不知其人可乎?"的理念。

## 二、外延模块

《红楼梦》是经典的,曹雪芹是伟大的,能成就这份经典与伟大归根结底还在于中华文化的经典与伟大。所谓外延模块,就是以《红楼梦》文本研究为出发点延伸开去,从而系统地了解中华文化。例如,从《红楼梦》看儒家文化、道家文化、佛家文化、民俗文化、服饰文化、饮食文化、中医文化、礼仪文化、茶酒文化、建筑文化、园林文化等。如果说内核模块属于文本研究,那么外延模块就属于文化研究;如果说内核模块的研究主旨在于回归文本,那么外延模块的研究主旨就在于"回文归本"。所谓"回文归本"是回到《红楼梦》文本之中,归于中华文化之本,它最大的意义就是以《红楼梦》作为透视中国传统文化的窗口。

周汝昌先生在《还"红学"以学》一文中曾说:"这学,应是中华文化之学,而不指文学常论,因为曹雪芹的《红楼梦》是中华大文化的代表著作之一,其范围层次远远超越了文学的区域。这学,应是科学学术的研究,而不指一般的文史基本知识的考据。"[1]且不论周先生对红学范围的界定是否恰切,单从这段论述看,他深刻而准确地指出了《红楼梦》与中华文化的关系。外延模块是以文化维度作为方向,以探究中华文化为旨趣,它是成就《红楼梦》永恒经典的源泉。从图1-1不难看出,内核模块与外延模块占据了《红楼梦》研究的半壁江山。在文本与文化的维度里剖析《红楼梦》,实现《红楼梦》的文本研究和文化研究,最终达到回归文本和回文归本的主旨,是红学研究永恒的生命力。

---

[1] 周汝昌.还"红学"以学[J].北京大学学报,1995(4).

### 三、辅助模块

辅助模块是指以作者维度展开的文献研究，它包括四个方面：曹雪芹研究、脂砚斋研究、版本研究和探佚研究。辅助模块的主旨是为了更好地诠释《红楼梦》文本而做的旁证性与支持性研究，但有趣的是，以周汝昌先生为首的红学家常常把辅助模块称为"真红学"，在他们看来，单从文艺学维度研究《红楼梦》还不足以使一本书成为一门专学。这在红学界曾经引发一场大讨论，余波至今未歇。

什么是红学？如何界定红学的范围？一旦进入此论题的讨论就极有可能陷入思维的泥潭难以自拔。纵观红学200余年的发展，它似乎成了一个开放的领域，在不断深入红楼文本研究的同时，又积极地向文学以外的其他学术领域拓展，它的包容性使得其他学科非常容易地延伸其中。例如，辅助模块所涉及的四个方面有个共同的研究基础，那就是考证。考证原本属于史学与文献学范畴，但不可否认的是，在传抄批阅的过程中，《红楼梦》被深深地烙上了"经学的命运"。产生《红楼梦》的年代原本就是经学复兴的时代，红楼文本自然而然地具有经学的特点，运用解经的方法阅读《红楼梦》也就顺理成章了，考据学与版本学自然也就运用于《红楼梦》研究中，于是辅助模块中的四大分支应运而生。所以在"什么是红学"的大讨论中，无论是突出红学独特性的周汝昌先生，还是高举红学研究范围的应必诚先生，都要承认一个事实：《红楼梦》文本有作为文学的小说性、艺术性、美学性，同时它还有文本以外的延伸性，这些延伸因子激发了诸如经学、史学、朴学等对《红楼梦》文本的研究。如此可见，辅助模块的意义不仅仅是作为深入红楼研究的基础，还可以让我们看到传统学术范式的运用、阅读方式与研究方式的多样化、多学科交叉于一点而碰撞出的闪亮火花。

## 四、应用模块

《红楼梦》研究有何用？红学家往往会因此问而遭遇一种说不清、道不明的尴尬。其实一宗学问不能完全站在实用主义的角度来衡量它的价值，然而任何学术都要惠及民众的这一功能却终始不变。应用模块正是从应用研究的角度让红学学以致用。所谓应用模块是指在其他学科的理论基础上，以《红楼梦》文本作为案例平台，从而诠释某一学科的基础理论知识，让《红楼梦》文本作为其他学科的阐释工具。例如，《红楼梦》小说文本中的"王熙凤协理宁国府"是一个极富管理学意义的故事情节，管理学中计划、组织、协调、控制、领导等诸多职能的使用方法可通过王熙凤在秦可卿丧事期间勇挑重担、协理得当而有效作解。这个情节可作为管理学中职能阐释的绝好例证，但它不能为这些管理职能拓展更多的东西，缺少这一案例，管理学依旧完整。

应用模块是以学科为维度的研究，它以红楼文本为平台散发开去，进行红学与其他学科之间的互容、互通、互释，从而达到中国传统文化"理念相通"的最高境界。如果说外延模块是以《红楼梦》文本为原点向外看，那么应用模块就是以其他学科为原点向《红楼梦》看。也正因如此，研红大军中会聚了众多的管理学家、经济学家、心理学家、社会学家、数学家、医学家等，代不乏人。所以在应用模块你会看到《红楼梦》文本诠释功能之强大，这似乎预示着红学研究的包容性将使得《红楼梦》研究与其他学科走向更高层次的综合。

## 五、学术史模块

任何历史其本质都是一堆七零八碎的自在状态，学术史的描述最为强调客观性与全面性，然而事实告诉我们，这只能是一种难以实现的史学理想。从司马迁到当下的任何一位史学家，虽然他们都在努力靠近历史的客观与全面，然而在叙述的过程中却融入了自我的评判。正是这种特殊性，又引带出史学的另一种意义，即冷静地总结与系统地反思。

红学有历史，代表红学是活着的。红学史模块是以史学为维度，运用学理研究，对已有的红学现象进行总结与反思。从现有的红学史研究来看，主要有四种类型：一是以时间为维度的通史类；二是以红学家为维度的学案史类；三是以研究旨趣为维度的流派史类；四是以传播为维度的译介史类。

《红楼梦》研究的学术史模块其意义在于可以让我们看到一个较为清晰的红学批评和研究旨趣的发展历程，可以看到在中国文化大背景下各类研究的学术渊源，可以看到在不同学术思潮的坐标系上各类研究的历史定位与学术价值，可以看到每一种红学观点的文化依据，可以看到不同红学家在不同知识背景、时代命题及个人历史的状态下所秉持的红学观。除此以外，红学史模块还有一个更为重要的意义，那就是在对红学固有历程的梳理中可以看到它内在的律动，通过这种律动，我们可以去把握红学的发展方向。

## 第三节 《红楼梦》人文素质课程的内容选取

《红楼梦》研究以模块式分门别类，其目的不在于分，而在于更好地认识红学研究的格局与现状。内核模块以《红楼梦》文本研究为旨趣，在回归文本的理念下剖析《红楼梦》的小说价值，从而呈现经典小说的文艺性与美学性。外延模块以中华文化研究为旨趣，在回文归本的理念下梳理探究中华传统文化的博大与精深。辅助模块以文献研究为旨趣，在梳理与深思的理念下实现"求真"的传统学术范式。应用模块以红学运用为旨趣，在学以致用的理念下，从红楼文本出发去融通其他学科，从而实现学问理念相通的境地。学术史模块以学理研究为旨趣，在总结与反思的理念下寻找红学研究的内在规律，从而建立学术坐标系并获得学术良好发展的内在动力。

《红楼梦》研究的五大模块分别处在五个维度之上，即内核模块属于文本维度，外延模块属于文化维度，辅助模块属于作者维度，应用模块属于学科维度，学术史模块属于史学维度。《红楼梦》作为高校人文素质课程是要建立在五大模块之上的，那么是不是每一个模块都必须成为人文素质课程的内容呢？这里就触及了红学的普及与大众化的问题。

在中国现代学术舞台上，有一道奇异的风景，很多一流的文史大家都曾涉足红学，无论深浅与长短，都有一段讲起来让人如数家珍的红楼情缘，如王国维、蔡元培、胡适、顾颉刚、俞平伯、吴宓等。所以刘梦溪先生说："《红楼梦》里仿佛装有整个的中国，每个有文化的中国人都可以从中找到自己。"[1]作为普通读者也可以轻松地走进《红楼梦》，畅游其间并有所寄托。为什么会产生如此奇妙的现象呢？这是因为每一个普普通通的中国人都可以通过自己的生命体悟，去激活这部经典，在《红楼梦》文本里完成一个自我心有所得的呈现。这样一来就会让读者产生一个错觉，以《红楼梦》研究而诞生的红学似乎可以随着《红楼梦》的普及走向大众化。在回归传统文化的当下，因《红楼梦》热而带动起来的"红学热"更让这种纷然杂陈的错觉愈发夸大。呼吁红学民间化与大众化的呐喊声此起彼伏。然而红楼文化与红楼学术仍然是有着本质性的差异的。《红楼梦》与红楼文化的普及不等于红学研究的普及，因为《红楼梦》作为一部小说其原本就有普及性；而红学是学术，学术研究就要严格遵循学术规范，研究的主体必须经过正规的学术训练并具有相应的学术素养。"一旦使学术研究'大众化''民间化'，势必会以学术规范的丧失为代价。鼓励'红学'

---

[1] 刘梦溪.红楼梦与百年中国[M].北京：中央编译出版社，2005：17.

的民间化，实质上是对红学釜底抽薪，使红学不能真正成为学。"❶任何一宗学术的终极意义都是要惠及民众，红学也不例外，但惠及并不等于普及，惠及是让红学成果辅助民众理解、赏析《红楼梦》，从中了解中国传统文化知识。所以，以《红楼梦》作为高校人文素质课程，要选取并普及的内容是《红楼梦》的文艺性与文化性内容，而非《红楼梦》研究的学术性内容。

通过如上分析可知，虽然《红楼梦》作为人文素质课程是建立在红学研究的五大模块之上的，但并非五个模块的内容都要选取。本书开篇就明确指出，以《红楼梦》文本与红学研究为依托构建起来的人文素质课程是一门普适性的课程，其内容选取要有可推广性。那么哪些模块的研究成果是人文素质课程内容选取的重点，同时帮助学生完成哪些人文知识的积累呢？

从图1-1中可以看到，内核模块与外延模块的文本研究与文化研究占据了研究格局一半的份额，它们是紧密围绕中国传统文化而展开的，称得上以《红楼梦》作为窗口了解中华文化最便捷的途径。《红楼梦》作为高校人文素质课程其目的就是让当代大学生通过《红楼梦》这部小说，以红学研究成果为依托，了解、赏析、传承中华文化。所以这两个模块的内容将作为人文素质课程内容选取的重点。

以《红楼梦》作为人文素质课程，第一部分的内容在内核模块中选取，分别是红楼人物、红楼语言、红楼叙事、红楼结构、红楼思想、红楼诗词等。这些内容立足小说文本，可让学生了解、欣赏、探究《红楼梦》的文学性，从而完成中国古典小说人文知识的积累。第二部分的内容在外延模块中选取，分别是《红楼梦》中的儒家文化、道家文化、中国诗词文化、中国民俗文化、中国服饰文化、中国饮食文化、中国茶文化、中国酒文化、中国礼制文化、中国家族文化、中国官制文化、中国科举文化、中

---

❶ 陈维昭.当代红学的基本构成与主要走向［J］.云南艺术学院学报，2004（3）.

国戏曲文化、中国绘画文化、中国园林文化、中医文化等。这些内容立足于中华传统，可让学生了解、梳理并传承中国固有的人文精粹，从而完成对中国传统人文知识的积累。第三部分的内容可以在辅助模块中选取，分别是曹雪芹研究与红楼探佚研究。这两个方面的内容是立足于中国传统学术层面，让学生了解中国传统学术范式，从而完成对固有学术模式与学术思想的知识积累。在辅助模块中选择内容，还有一个目的是让学生理解"智者知人"及"诵其诗，读其书，不知其人可乎？"的原则。另外红楼探佚的内容可以激发学生探究未知的兴趣，从而让《红楼梦》作为人文素质课程具有互动性与参与探索性。

在内容选择的过程中，有一点必须明确：《红楼梦》作为高校人文素质课程的内容虽然取之于《红楼梦》研究的几大模块，但是这里的"内容"是指成果性内容而非研究性内容。只有精准地把握住这一点，才不至于将学术研究与文化普及相混淆。

## 第四节 《红楼梦》人文素质课程教学目标的设置

一门课程的建立，一定是为了实现某一教学目标。将《红楼梦》作为人文素质课程来构建，其教学目标又是什么呢？其实一门课程教学目标的确定是需要前提的，即这门课程属于哪个专业。专业人才培养目标和与之相对应的课程目标是支撑关系，也就是说，课程目标一定是为培养专业人才目标而设置的。然而以《红楼梦》为开发对象构建起来的人文素质课程，并不属于某一个具体的专业，它属于公共课性质，所以在设置教学目标的时候就要考虑其普适性与广泛性。

《红楼梦》作为高校人文素质课程，以公共课性质论，其教学目标需要从三个层面来设置。第一是知识目标，通过对《红楼梦》相关章回的阅读，了解红楼情节、人物形象、语言风格、叙事结构、中心思想等，理解在特定的历史与文化背景下产生《红楼梦》的文化渊源，并掌握红楼文本中所包含的中国传统人文知识。第二是技能目标，通过对《红楼梦》相关章回的阅读，熟练掌握读名著故事、读中国文化、读哲学意蕴的"三层读法"❶，从而具备灵活运用"三层读法"阅读中国古典名著的能力。第三是素质目标，通过对红楼文本的阅读、欣赏、解析，激发大学生对中国传统优秀文化的关注与热情，建立对本源文化的自信，从而传承中华文化，实现文化自觉。

在大学将《红楼梦》作为选修课并不鲜见，授课者们可以根据自己的研究方向选取讲解内容，又因为学生群体的学历层次与专业方向并不统一，所以教学目标、教学方法及教学理念也不一样。从表面上看，《红楼梦》课程林林总总，不乏公认的精品讲授，但是总让人感觉既专业又精深，始终走不出学术的象牙塔。所以本着提升大学生人文素养而开发的《红楼梦》课程，在紧扣时代脉搏、切合当下现实所需之外，有效反思、不断探索、积极创新等都是高等教育不容忽视的问题。

---

❶ 马经义．论《红楼梦》的"三层读法"［J］．青年文学家，2016（29）．

# 第二章 《红楼梦》作为高校人文素质课程建设探究

任何一宗学问，它的终极意义就是要惠及民众，不惠及民众的学术最终只能流于孤芳自赏，失去它的现实价值。红学位列显学之尊，其终极意义也不例外。那么红学研究成果如何惠及民众？这个问题看似简单，回答起来却异常复杂。因为《红楼梦》的读者太多，目标群体的设定不同，惠及的过程及其使用的方法就千差万别。又因专家们所秉持的学术理念不一，最终惠及的效果也大相径庭。那么在广大民众中，红学惠及的主要目标群体如何锁定？为什么如此锁定？这两个问题的答案将构成《红楼梦》作为人文素质课程开发与建设的前提。

## 第一节 《红楼梦》人文素质课程建设的目标群体

要回答上述两个问题，首先就要厘清《红楼梦》研究的文化意义。往根源上说，《红楼梦》是中国文化孕育的一件产物。作为文学作品，它反映出了诞生它的那个时代的方方面面，同时也折射出了中国文化与社会生活之间千丝万缕的关联，还揭示了中国人的生存样态与情感行为的表达方式。《红楼梦》作为中国文化精神的结晶，不仅是传统文化的重要组成部分，更是影响与推动文化发展的活跃元素。所以，《红楼梦》研究的文化意义就是以红楼文本为平台，"回到我们的传统文化之中去解释《红楼梦》里的所有现象，并阐发导致这种现象的文化本源，以《红楼梦》作为载体研究与传承中华文化"❶。可见，"文化传承"成了《红楼梦》研究中文化意义层面的思想核心。这一核心是我们设定目标人群所秉承的学术理念。

如果我们站在文化史的视野下看《红楼梦》研究，它能担当起传承与发展中国优秀传统文化的媒介已成为其中最耀眼的亮点。全面复兴传统文化是我们当前的重大国策。然而哪一个群体能够扛起传承文化的大旗呢？文化的传承与发展绝不仅仅是红学家们的事，只有唤醒民众的"文化自觉"（这一论语由费孝通先生于1997年提出），才能实现民族文化的延绵不断。换言之，我们所要唤醒的这部分民众正是中华民族文化传承与发展的力量源泉。谁能成为继往开来的力量之源呢？大学生群体责无旁贷。大学生不仅是国家的未来，更是民族文化生生不息的传帮带者，是历史赋予了他们这样一份重任。所以将大学生锁定为红学惠及的重要目标群体，符合以《红楼梦》作为透视、梳理、欣赏、研究、传承中国优秀传统文化的学术理念。

2017年8月，中共中央办公厅、国务院办公厅印发了《关于实施中华优秀传统文化传承发展工程的意见》，其中明确指出要"推动高校开设中华优秀传统文化必修课，在哲学社会科学及相关学科专业和课程中增加中华优秀传统文化的内容"。对大学生的培养是通过课程体系来完成的，正因为如此，将《红楼梦》作为高校人文素质课程进行开发与建设，不仅是对当前国策学情的积极响应，更是树立大学生文化自信，达到文化自觉，

---

❶ 马经义.论红学研究的格局与意义［J］.华西语文学刊，2015（1）.

实现传承与发展中华文化的具体措施。

## 第二节 《红楼梦》人文素质课程的五个基点

课程建设是一个系统工程。将《红楼梦》作为人文素质课程进行开发，有五个基点需要梳理与明确，进而搭建起它们之间的支撑关系，最终形成《红楼梦》课程建设过程中的内在逻辑依据。

### 一、人文素质的概念

所谓人文素质，是指"人们在自身基本素质的形成过程中，将人文知识经过环境、教育、实践等途径内化于身心所形成的一种稳定的'内在之物'，其外显为人的理想志向、道德情操、文化修养、思维方式、言谈举止和行为方式等"[1]。从概念的表述中可知，人文素质包含四个方面的内容：人文知识、人文思想、人文方法和人文精神。人文知识所涵盖的面非常广，可以说它是人类文化领域各种知识的总称。如果一个人要提高人文素质，人文知识的获取与积累就是第一步，这一步也将构成后三步的基础。人文思想是一种抽象的理论逻辑体系，如果说人文知识是平面化的存在，那么在人文思想的组装构建下，人文知识就可以立体化和系统化，从而支持人文素质的提升。人文方法是人获得人文知识之后，通过人文思想的有机组合与联通，进而提炼并掌握的认识方法和实践方法。人文精神是人文素质的最高层级，它是人获得了人文知识、人文思想和人文方法之后而形成的世界观、价值观与人生观。人文精神"以追求真善美等崇高的价值为

---

[1] 石亚军，赵伶俐，等. 人文素质教育：制度变迁与路径选择［M］. 北京：中国人民大学出版社，2008：3.

核心，以人的自由和全面发展为终极目的"❶。《红楼梦》作为高校人文素质课程，主要针对的是大学生在人文知识方面的获取与积累，也即该课程是为提升大学生人文素质、积累多种文化领域的知识为主要目的而开发建设的。

## 二、教学目标的设定

《红楼梦》作为高校人文素质课程，其目标需要从知识、能力、思政三个方面进行设定。《红楼梦》人文素质课程的知识目标是指通过红楼文本让学生了解其中所涉及的中国传统人文知识，如明清服饰文化、古代建筑文化、儒家礼制文化等。能力目标是指学生通过对红楼文本的学习，在积累了人文知识的基础上，并获得锻炼阅读、思考、表达三大核心能力。为什么要锻炼大学生的这三种能力呢？因为仅仅通过老师从课程中获得人文知识的数量是有限的，而三大能力的形成其实质就是让学生掌握一种获取知识的方法与技能。它可以举一反三，可以迁移使用，当学生离开老师的指引，也能够独立获取知识，实现终身学习。

从教育理论的常规术语来看，知识、能力、素质是一般课程教学目标设定的"标配"。然而在《红楼梦》人文素质课程建设中却出现了"思政目标"这一词汇。这需要解释一下。所谓素质，多指代思想道德素质、科学文化素质、专业素质、心理素质等。对于课程的素质目标来说，主要是指个体通过学习与实践而获得从事某种活动的基本品质与条件。《红楼梦》作为高校人文素质课程，它培养的正是学生的文化素质，如果再在课程中设定素质目标就重叠无用了，所以用思政目标以取代之。何为思政目标？就是把立德树人作为本门课程的根本任务。本书一开篇就提出了《红楼梦》作为高校人文素质课程建设的两个前提，即本着文化传承这一学术

---

❶ 宗文举.理工科大学文化素质教育论［M］.天津：天津大学出版社，2001：26.

理念，让大学生扛起继承与发展中国优秀传统文化的大旗。大学生要扛得起、承得住、传得下，这绝不仅仅是知识与能力的问题，更重要的是理想与信念的坚守，所以立德树人是关键，思政目标必须成为该课程教学目标的元素之一。

### 三、教学方法的选择

人文素质类课程在高校一般采用的是讲授法。在传统课堂教学中，讲授法最为普遍，历史也最为悠久，它是在学科体系下逐渐发展起来的一种教学法，其优点在于能够系统且有组织、有节奏地向学生传授知识。在诠释一个复杂的概念或介绍一项事实时，讲授法是最佳的选择。问题随之出现，《红楼梦》作为高校人文素质课程，它的教学目标是让学生积累中国传统文化知识并获得阅读、思考、表达三大核心能力，知识的传递可以用讲授法，学生能力的获得与养成却是讲授法无法实现的。我们常说"教无定法"，教学方法原本并没有好坏之分，只是在选择的时候要看此方法与学情的匹配度。而对于培养学生的阅读、思考、表达三大核心能力，最佳的教学方法就是行动导向教学法。

20世纪80年代，为了培养高素质技能型人才，高等教育界进行了一次重要的改革，以行动导向教学法代替灌输式的讲授法，获得了良好的效果。所谓行动导向教学法，是指"用'完整的行动模式'，即学生以小组的形式独立制订工作和学习计划、实施计划并进行评价，替代按照外部规定完成给定任务的'部分行动'模式进行学习。教师通过设计开发合适的教学项目（学习任务），通过多种辅助手段（如引导课文）帮助学生独立获得必需的知识并构建自己的知识体系"[1]。行动导向教学法是一个大概念，在实际运用中有多种具体方法的划分，如项目教学法、引导课文教学法、

---

[1] 赵志群，海尔伯特·罗什.职业教育行动导向的教学[M].北京：清华大学出版社，2016：9.

角色扮演教学法等。无论哪一种具体的方法，它突出的都是整体化的、学生主动的学习方式。《红楼梦》作为高校人文素质课程，其目标既要积累人文知识又要获得三大核心能力，所以在教学方法的选择上宜采用讲授法加行动导向教学法。

四、教学手段的运用

教学方法选定之后就要进行教学实施了。如何实施？这就涉及教学手段的运用。所谓教学手段就是师生之间要完成教学过程而使用到的信息传递工具、教学设备及媒体互动平台等。随着现代科技的发展，高校课堂教学手段的运用十分丰富，信息化教学便成为首选。《红楼梦》作为高校人文素质课程，也需要信息化课堂教学。信息化教学手段的运用是支撑《红楼梦》课程目标达成的基础，也是实现行动导向教学的前提。

五、教学资源的储备

要实现信息化课堂教学，教学资源的储备是最为核心的环节。没有教学资源，就无法实现真正意义上的信息化课堂。何为教学资源？从广义上说，能够支持课堂教学，实现教学目标的一切东西都可以称为教学资源。但若选用行动导向教学法完成信息化课堂教学，并提高学生能力而使用的教学资源，特指可以在虚拟平台上发布的信息化资源，如微课资源、音频资源、数字化文献资源等。《红楼梦》人文素质课程资源的储备也需要从这几个方面进行制作，这些数字化的红楼课程资源，不仅能够为教学目标的实现提供有效支持，同时还可以服务网络平台，惠及更多的红楼爱好者。

## 第三节 《红楼梦》人文素质课程的模式

有了以上两个前提与五个基点,《红楼梦》作为高校人文素质课程建设还需要一个框架。综合我们所秉持的学术理念、设定的教学目标、选择的教学方法等元素,我们将"一心两通,三读四教"作为《红楼梦》人文素质课程建设的模式。如图 2-1 所示。

图 2-1 《红楼梦》人文素质课程建设模式图

由图 2-1 可知,所谓"一心"是指该课程以培养大学生阅读、思考、表达三大核心能力为中心。对于一个人来说,三大能力是相互关联、彼此支撑的。如果一个人语言表达是混乱的,那么折射出的是这个人思维逻辑的混乱;如果一个人语言是干瘪枯燥的,那么说明这个人的阅读量是狭窄匮乏的。所以三大能力是人的基本能力,一旦形成,惠及终身。它不仅是一种可复制、可迁移的学习方法,更是构成大学生人文素质提升的力量之源。任何一门课程的开设都不可能完全解决一个人对人文知识的需求,也做不到只通过一门课程就绝对能够提高人文素养,所以从《红楼梦》人文素质课程的学习中让学生获得一种读书的能力与方法，才是解决他们人文素质最终提升的关键。

所谓"两通"是指"通晓文化"与"融通专业"相结合。其含义是指，在《红楼梦》人文素质课程内容的选择上，首先以学生通过红楼文本的内容了解某种人文知识为目的，其次兼顾因学生的专业不同而选择与其专业相关的红楼人文知识。例如，为服装设计专业的学生开设《红楼梦》人文素质课程，我们可以将其课程名称定为"《红楼梦》与中国服饰文化"，内容之一可以选择小说第三回"宝黛初会"，因为在这一故事情节中，贾宝玉的出场有两次详细的衣着描写。老师在讲课过程中，可以根据贾宝玉的穿戴，重点解读其中所蕴含的服饰文化。如此一来，学生不仅通晓了《红楼梦》文本，还对其中所展现的中国服饰文化有所了解，而且这些内容还和学生所学专业息息相关，这就实现了"通晓文化"与"融通专业"相结合。

《红楼梦》人文素质课程的建设为什么要提倡"两通"？在高校，人才培养是通过课程体系来完成的。一套完整的人才培养方案，其课程一般分为四个板块：公共课、专业基础课、专业核心课及实验实训类课程。在这四个课程板块中，公共课是相对独立的。很多高校公共课的设置是一个"不变量"，也就是说，专业的不同，只体现在专业核心课、实验实训类课和部分专业基础课上，而公共课的选择与设计几乎一模一样。人文素质课程属于公共课范畴，正是因为这样的实际情况，使得人文素质类课程和专业课程成了两条永不相交的平行线。学生在学习的过程中找不到人文素质课程与专业课程之间的联系，逐渐将人文素质课程的学习时间转移到专业课程学习上，从而导致人文素质类课程教学效果不甚明显。在这样的情形下，我们就需要思考一个问题——"能否将人文素质教育的相关内容引入专业理论与技能教育之中？"[1]即专业课与人文素质课有一定的交汇。于是

---

[1] 马经义.从红学到管理学［M］.成都：四川大学出版社，2015：1.

我们便提出了《红楼梦》人文素质课程建设中的"两通"思想。

《红楼梦》人文素质课程建设的"两通"思想有何意义呢？笔者认为主要有三点：第一，从高校人才培养模式而言，此思想可以为课程体系的设置及从板块相对独立走向彼此融通提供思路上的借鉴。第二，从专业教学而言，此思想可以在一定程度上用人文素质课程的温度化解专业课程的枯燥度。第三，从学生学习的状态而言，此思想可以让学生在专业学习的过程中自然而然地实现对中国传统文化的积累与传承。

所谓"三读"是指《红楼梦》的"三层读法"[1]，即以读红楼故事、读中国文化、读哲学意蕴为三个层次，从而理解红楼文本的内容，学习其中的人文知识，体悟红楼文本所传递的人生哲学。

"三层读法"的提出遵循两个原则：第一，遵循学生的一般认知规律。人对于一件事物的认识，是由表及里的。读懂红楼故事是了解《红楼梦》的最表层；读红楼文本中所包含的中国文化是核心层；领悟红楼所传递的人生哲学，让个体生命在文学作品中产生心灵共振，从而实现以生命激活经典、用红楼安顿内心是哲理层。第二，遵循小说的文学性功能。小说是一种文学体裁，它的原始功能是供读者娱乐消遣。借《红楼梦》中补天顽石的话说就是："事迹原委，亦可以消愁破闷；也有几首歪诗熟话，可以喷饭供酒。"[2] 所以读红楼故事层正是对小说原始功能的运用。除原始功能以外，小说还有文化承载功能。所谓文化承载功能是指一部经典小说一定能折射出诞生它的历史背景和那个时代的文化特征及社会物质形态等，所以读中国文化层就是对小说文化承载功能的解构。经典名著的诞生不仅仅是写作技巧的运用，还凝聚着作者的人生哲学与社会思考，我们常说"文以载道"，从小说的角度看，这里的"道"就是它所包含的哲思内容，所以读哲学意蕴层就是对小说"文以载道"的解读与分析。

---

[1] 马经义.论《红楼梦》的"三层读法"[J].青年文学家，2016（29）.
[2] ［清］曹雪芹著，［清］无名氏续，［清］程伟元、高鹗整理，中国艺术研究院红楼梦研究所校注：《红楼梦》，人民文学出版社，2008年版，第5页。

《红楼梦》人文素质课程的建设为什么要用"三层读法"？原因主要有两点：第一，"三层读法"在教与学的两个层面都可以运用。对于教师而言，可以使用"三层读法"对某一红楼文本进行分析与讲解；对于学生而言，同样可以使用"三层读法"对红楼文本进行分步与分层赏析。所以从方法上看，教师与学生可以同步同轨，这样利于教与学步调一致。第二，在"三层读法"中，读红楼故事层与读中国文化层能够满足《红楼梦》人文素质课程知识目标的达成，即通过《红楼梦》认知并积累中国传统文化。

所谓"四教"是指教师选择讲授法、项目教学法、引导课文教学法、角色扮演教学法进行《红楼梦》人文素质课程的教学。这是传统讲授与行动导向相结合的教学法组合，其中突出行动导向教学法。

《红楼梦》人文素质课程的教学为什么要以行动导向教学法为主呢？前面我们说过，该课程的能力目标是培养阅读、思考、表达三大核心能力。阅读能力不仅仅是看书，而是通过阅读获取相关的信息并有所领悟。会不会阅读是决定学习效果的关键因素。对于大学生而言，阅读能力是他们实现终身学习的基本功。从教育学的角度讲，一个人有思维不等于有思考，"思考具有独立性和创造性，它是一个人的自主思维。思考能力的强弱往往成了判断一个人聪明才智最重要的标准"[1]。表达能力是一个人综合素质的具体表现，善于表达的人一定是有阅读储备的人，语言逻辑清晰的人一定是善于思考与总结的人。所以三大核心能力彼此关联，相互支持。要在教学过程中让学生获得这三种能力，就一定要让学生在学的过程中真正"动"起来，而"动"的牵引与指导就是行动导向教学法。

"一心两通，三读四教"作为《红楼梦》人文素质课程建设的理念，各元素与各区域之间有什么样的内在逻辑与支持关系呢？如图2-2所示。

---

[1] 马经义.高职学生经典诵读能力培养策略与方法研究［J］.消费导刊，2018（15）.

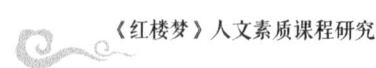

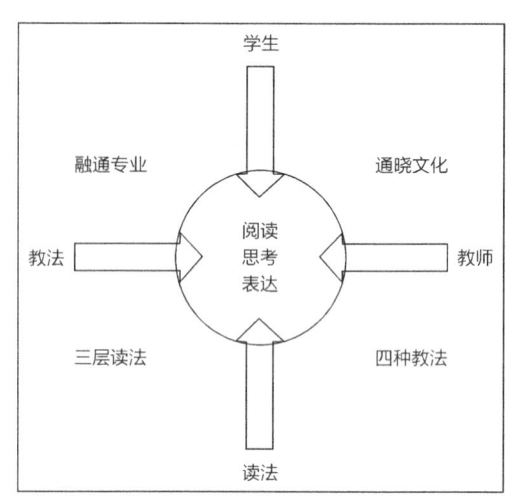

图 2-2 《红楼梦》人文素质课程模式之元素、区域关系图

由图 2-2 可知，《红楼梦》人文素质课程有四个元素，分别是教师、教法、学生、读法。这四个元素都指向一个中心，那就是该课程的能力目标即阅读、思考、表达，这就是"一心"的形成。当四个元素在指向共同的目标时，相互之间便构成四个区域，分别是通晓文化、融通专业、三层读法、四种教法，这就是"两通""三读""四教"的形成。

元素与区域之间是什么关系呢？右上角的区域是指教师带领学生完成《红楼梦》文本的阅读，从而实现通晓相关中国传统文化的目的；左上角的区域是指学生在不同教学方法的引领下，让人文知识融通到自己的专业之中；左下角的区域是指"三层读法"可以同步运用于教师的教法与学生的读法之中；右下角的区域是指教师结合学生读法以行动导向教学法为理念，从而形成项目教学法、引导课文教学法、角色扮演教学法和讲授法等具体课堂教学措施。同时我们从图 2-2 中还可以看到，下面两个区域是读法与教法，它们支撑着上面两个区域即通晓文化与融通专业。所以"一心两通，三读四教"作为《红楼梦》人文素质课程建设的理念，其元素与区域之间彼此关联，相互支持，缺一不可。

纵观百年红学史,《红楼梦》研究主题的诞生往往是时代赋予的,所以红学有很强的时代性与社会性。《红楼梦》作为高校人文素质课程建设是在中国文化复兴的伟大历史进程中而产生的新课题。从教育层面上说,这一课题的研究是新时代高等教育人文素质培养的新探索;从红学层面上说,这是拓宽《红楼梦》研究价值的新尝试。令人欣慰的是,当下一些高校已开始了对这一课题的积极探究。也许探索会尘封在历史里,也许尝试不会出现任何奇迹,但每一次的尝试与探索都会在红学的历史中留下一段深深浅浅的足迹。

# 第三章 《红楼梦》"三层读法"的理论研究及运用

## 第一节 《红楼梦》"三层读法"的理论研究

中华文化延绵不绝,每一个时代都有属于它的文学主流形式,如上古的神话传说、两周的悠悠诗歌、先秦的诸子散文、汉代的唯美辞赋、唐代的豪迈诗词、宋代的志怪传奇、元代的新颖杂剧及明清的章回小说等。尽管在中国古代文学传统观念中被视为末技小流,但小说仍是读者喜闻乐见并颇受青睐的文学形式之一,如"四大名著"之首的《红楼梦》。《红楼梦》被誉为中国古典小说的巅峰之作,然而在备受推崇的当下却频遭"冷遇"——广大读者想读但又怕读。网上曾做过一份调查,说一说"死活读不下去的作品",上万人参与投票,结果《红楼梦》名列榜首。此际一个棘手的问题便横亘在我们的面前——《红楼梦》究竟该如何读?

名著如何读,本是一个老生常谈的话题。如果不根据每一位读者的自身情况做出回答,就不会有一个标准的答案。虽然阅读名著并无定法,但是却有阅读的层次和步骤可以遵循。正因如此,《红楼梦》如何读也就是一个可以探寻的命题了。对此，笔者主张分三层来读，名之曰"三层读法"，并对其内容步骤、实例解析及文化内涵等进行详细论述。

## 一、"三层读法"的步骤

### （一）第一层，读红楼故事

小说重在以故事情节的起伏跌宕吸引读者，即通过各种情节的编织，用独特的语言刻画不同的人物性格，各色人物又在不同的性情与多变的环境支配下推动曲折的情节向前发展。所以无论哪种小说，故事情节都是其必备要素之一，《红楼梦》尤其以摇曳多姿的故事情节取胜。读懂红楼故事因此便成了"三层读法"的第一步。《红楼梦》"死活读不下去"，从故事层面看也有它自身的原因。平心而论，在四大名著中，《红楼梦》的故事情节是比较弱的，这里的"弱"并不是说它写得不好，而是太过于琐碎，它没有《三国演义》的波澜壮阔、《水浒传》的忠肝义胆和《西游记》的光怪陆离，就像一部生活的流水账，所以初读者常常会被家长里短、闺阁闲情冲淡坚持下去的热望。当然，从另一个角度看，琐碎的日常正是《红楼梦》的特点，它采用了"微尘之中见大千"的方式来铺陈自己的故事，四百余位个性鲜明的人物就在这种故事流动中彰显出属于他们独一无二的情志与风采。所以，只有读懂红楼故事才能读懂红楼人物，才能"于细微处见精神"并品味文本的细致之美。

### （二）第二层，读中国文化

《红楼梦》能以一书名学，并与甲骨学、敦煌学列名三大显学，这在中外文学史上都是比较少见的。能以一书名学，自有其内蕴卓异的可供研究的学理性；然而由一本书升至一门学术，这本书必须要有一个前提，即其内容包罗万象、丰富异常。我们常说《红楼梦》是中国传统社会的"百科全书"，这就是从另一个角度肯定了它容纳万千的气魄，就如旧红学评点派三大家之一的王希廉所说:"一部书中,翰墨则诗词歌赋、制艺尺牍、爰书戏曲以及对联匾额、酒令灯谜、说书笑话,无不精善;技艺则琴棋书画、医卜星相及匠作构造、栽种花果、畜养禽鸟、针黹烹调,巨细无遗;人物则方正阴邪、贞淫顽善、节烈豪侠、刚强懦弱及前代女将、外洋诗人、仙佛鬼怪、尼僧女道、倡伎优伶、黠奴豪仆、盗贼邪魔、醉汉无赖,色色皆有;事迹则繁华筵宴、奢纵宣淫、操守贪廉、宫闱仪制、庆吊盛衰、判狱靖寇以及讽经设坛、贸易钻营,事事皆全;甚至寿终夭折、暴亡病故、丹戕药误及自刎被杀、投河跳井、悬梁受逼并吞金服毒、撞阶脱精等事,亦件件俱有。可谓包罗万象,囊括无遗,岂别部小说所能望见项背。"❶ 因此,阅读《红楼梦》的第二层,就是在读懂文本故事的基础上,赏析、探究其背后所深藏的中国文化。《红楼梦》是中国的,不仅是说它诞生在中国,它的作者是中国人,它属于中国文化遗产,而且它所含纳的是中国文化的精神气脉,它被烙上了中国文化的种种基因。在浩如烟海的红学书籍中,我们常常会发现从《红楼梦》看建筑文化、看饮食文化、看民俗文化、看服饰文化、看养生文化等,遍地开花,这正是以《红楼梦》作为平台,以"读中国文化"作为研究理念而派生出来的红学研究方向。当下,以《红楼梦》作为了解中国文化的绝佳窗口,已成为红学研究中一支重要的力量。

### (三)第三层,读哲学意蕴

当我们阅读一本书时,无论是别人还是自己,总会问能从中获得什么?获得的不外乎两种东西,一是知识,二是智慧。知识的获得相对容易,智慧的获得则较为抽象。然而知识和智慧相比较,知识远不如智慧对一个人的重要性。那么什么是智慧呢?它是指当一个人的知识积累到了一定的层级,通过阅历的激发、悟性的提升,人们的认知能达到一个更高的

---

❶ 王希廉.护花主人总评[M].上海:上海古籍出版社,1988:15.

层次,并在面对纷繁复杂、形形色色的关系网络时,在内心深处获得的一种自我判断力。简单地说,智慧就是我们从事物变幻以及自然运动规律中总结、提炼出来的哲学道理与人生省思。它可以指引我们的行动与思维,它比单纯的知识更加可靠,而且具有普遍性。小说是作者对现实社会与世情百态的凝练,其中蕴含着多种哲学道理,这种哲学道理并不会以理论知识体系的形态出现在小说中,而是以哲学意蕴的形态包孕于小说的故事情节及字里行间。越经典的小说其哲学意蕴越深厚,越经典的小说对人生的系统反思越彻底。所以阅读《红楼梦》的第三层就是在读懂文本故事、了解其中国文化的背景下,感悟其中所涵括的哲学意蕴,从而丰富见识、启迪人生。

## 二、"三层读法"实例解析

为了更好地理解"三层读法",现以《红楼梦》第七回薛宝钗和周瑞家的说冷香丸为例,分别从读红楼故事、读中国文化、读哲学意蕴来赏析这一文本情节。

首先读关于冷香丸的红楼故事。周瑞家的因刘姥姥一进荣国府的事情忙活了大半天,完毕之后到梨香院向王夫人复命,因王夫人正和薛姨妈拉家常,所以周瑞家的就拐到了薛宝钗的房中。相互寒暄之后,周瑞家的得知薛宝钗犯了旧疾,并问吃何药,薛宝钗就讲到了正在服用的"冷香丸"。薛宝钗说这是一个秃头和尚给的药方,药料与配方都非常讲究:要春天开的白牡丹花蕊、夏天开的白荷花蕊、秋天开的白芙蓉花蕊、冬天开的白梅花蕊各十二两,于来年春分之日晒干,和着药引子一起研磨好;然后再用雨水之日的雨、白露之日的露、霜降之日的霜、小雪之日的雪各十二钱,调和均匀后,同研磨好的药一起拌匀,再加蜂蜜和白糖各十二钱,搓成龙眼大的丸子,盛放在旧磁罐内,埋在花根底下。如果发病,拿出一丸,用十二分黄柏煎汤服下。周瑞家的听了,惊得目瞪口呆,并感叹道,配成此药，顺利也要三年，真是坑死人的事。这段关于冷香丸的配制由来，是通过薛宝钗和周瑞家的对话构成的，从小说文本及文字内容上看，理解起来难度不大，所以读懂故事对于一般读者而言并无窒碍。

其次读冷香丸这一全书中最富神秘色彩的丸药所蕴藏的中国文化。冷香丸被作者文学化地表达出来，看似荒诞不经，但其所依据的中医药理却是十分精准的。宝钗的病是胎里带来的"热毒"，其临床表现就是咳嗽；而冷香丸配制中的四种花、四样水、蜂蜜、白糖及煎汤用的黄柏都有一个共同的功效即清热、解毒、凉血，所以在配料选取上是对症下药的。那么为什么四种花蕊都要选取白色的呢？这仍然遵循的是中医之道。因为青、红、白、黑、黄五色和心、肝、脾、肺、肾五脏是相互作用的：青色入肝，红色入心，白色入肺，黑色入肾，黄色入脾。宝钗时常咳嗽，病因起于肺，而白色入肺经，所以冷香丸配方中的四种花蕊宜用白色。此外，冷香丸制作时的配料量都是以"十二"为计量的，这也是我们阅读小说文本较为明显的感受之一。这又涉及中国文化中的数字文化。中国文化对数字极其敏感，如"四"被称为天数，因为一年有四季、天地有四方；"五"被称为人数，因为人有五官、五脏、五指；天人合一就是"九"，所以"九"被称为至尊之数。《红楼梦》中，"十二"这个数字较为突出，如金陵十二钗、红楼十二官、补天顽石高十二丈等，故此周汝昌先生认为："十二乃是《石头记》中的一个基数。"❶那么《红楼梦》中"十二"这个数字是怎么来的呢？源于"三"这个基因数。"三"在中国文化中有着特殊的地位，如无论是臧否人物还是品评艺术，都以上、中、下三段来品；九品官制，则将官分为三段，每一段又分上、中、下三级，所以才有了九品中正制。无论是九还是十二，都是三的倍数，所以冷香丸配制过程中所凸显的数字"十二"，源于中国数字文化。综上，读冷香丸所包含的中国文化要从两个方面来入手：中医文化和数字文化。

---

❶ 周汝昌. 红楼梦与中华文化 [M]. 北京：华艺出版社，1998：193.

最后读以冷香丸为故事核心的哲学意蕴。什么是哲学？冯友兰先生说，哲学就是对人生的系统反思。要从一部小说或者一段文本故事中获得哲学道理，并不容易，它需要知识的积累、生命历程的铺垫、悟性的熔铸才可能获得。当然，不易得并不是指它玄妙之至，只要条件具备，时机一到，哪怕一首流行歌曲都有可能让我们听有所得、思有所悟。当然，对于哲学意蕴的获得，会因人而异，这不奇怪，因为每个人的人生阅历及知识体系是不同的。只要言之成理，能启发我们正确认识人生，任何哲学意蕴的获得都是有意义的。

薛宝钗是一位心思细腻、不喜张扬、不干己事不开口但又胸有成竹的大家闺秀，因为父亲的去世和哥哥的难立业使得她从浪漫花季提前进入了成年，她也将自己的内心封裹得严严实实。对于这样的女孩子，我们无须用激烈的语言去刺激她改变什么，只须暗示即可，俗语说的"响鼓不用重锤"就是这个道理。冷香丸最大的特点，不在于它有多神奇的疗效，而在于它是在各种极其巧合的机缘下制作而成的。因此，在巧合中体会冷香丸的难得，在难得的基础上感受冷香丸的珍贵，在珍贵的基础上病人获得疗效。不难看出，冷香丸所治的病是一种心病，它所起到的疗效更多的是心理治疗，也即"心病还须心药医"；从心理暗示的角度让病人增强信心，坦然面对疾患。以积极的状态、强大的内心，配合治疗，就连死神也会望而却步，从而创造生命的奇迹，这方面的病例在如今是很多的。所以从冷香丸中笔者读到的哲学意蕴就是，在物质丰盈的今天，在医学发达的当下，内在的安稳、心灵的康健才是现代人必须关注的焦点。

### 三、"三层读法"的文化内涵

以上对"三层读法"的提出及运用进行了论述，那么以"三层读法"阅读《红楼梦》有何理论依据？在中国文化语境下，"三层读法"有何文化依托呢？我们逐一分析。

## （一）"三层读法"的理论依据

"三层读法"理论是依据小说的功能及人的认知规律进行构建的。小说是中国文化长河中的一种文学形式，它起源于春秋战国，发展于汉魏六朝，盛行于唐宋元朝，在明清时期达到鼎盛，这个孕育成长的过程是非常漫长的。虽然各时期的文化阶层对待小说的态度不尽相同，但是小说的功能却基本一致。概括起来，小说有三大功能。第一个功能是可读可赏的原始功能，换句话说就是供读者消愁解闷的文字功能。《红楼梦》第一回，曹雪芹借石头之口所说的"事迹原委，亦可以消愁破闷；也有几首歪诗熟话，可以喷饭供酒"[1]，表达的就是小说可阅读、可驱闷、可消遣、可打发时光的原始功能。这一功能对应到"三层读法"上就是阅读文本故事、理解人物形象及赏析笔法技巧等。小说的第二个功能是文化呈现功能。一部小说能问世传奇，一定被烙上了诞生它那个时代的方方面面。有什么样的文化才会有什么样的小说，优秀的小说一定是扎根在特定的文化土壤之中的。越经典的小说它的根系越发达，吸收文化基因的养分也越多，彰显文化的气象也越开阔。小说的文化呈现功能对应到"三层读法"上就是读故事情节背后的中国文化。小说的第三个功能是哲理反思功能。我们常说"文以载道"，这个"道"就是哲学理念。前面提到，小说是作者对社会及人生的高度凝练，其中就包含着一种深刻的反思。小说的哲理反思功能需要读者自身的阅历去激活，所以哲理反思的内容也会因读者认知的差异而有所不同。正如刘梦溪先生所说："《红楼梦》里仿佛装有整个中国，每一个有文化的中国人都可以从中找到自己。"[2] 小说的哲理反思功能对应到"三层读法"上就是读故事情节和文化背后所传递出的哲学意蕴。

"三层读法"的理论构建除了来源于小说的三大功能外，还源于人对

---

[1] ［清］曹雪芹著，［清］无名氏续，［清］程伟元、高鹗整理，中国艺术研究院红楼梦研究所校注：《红楼梦》，人民文学出版社，2008年版，第5页。

[2] 刘梦溪.红楼梦与百年中国［M］.中央编译出版社，2005：17.

事物的认知规律。一般而言，人对于一件事物都是从表象认知开始；然后逐渐深入剖析内涵，从而形成理解；最后又在深刻理解的基础上进行升华、总结与提炼。不难看出，人的认知规律是一个从表象认识到内涵理解再到升华提炼的循环过程。这个过程对应到"三层读法"上就是：表象认识层——读故事情节；内涵理解层——读中国文化；升华提炼层——读哲学意蕴。

### （二）"三层读法"的文化依托

所谓文化依托，主要就是解决为什么是"三"这个数量级，而不是"二"或"四"。这里面蕴含着中国文化的思维方式与特点。俗话说"事不过三"，超过三我们认为太多，不到三似乎又有所欠缺。中国文化有"天地人"三才之说，天有其时、人有其才、地有其治。中国古籍中有用于学习启蒙的《三字经》。具有特殊符号系统的八卦，每一卦是三根爻。以"三"这个数量级构建文本故事，在古典小说中俯拾即是。以四大名著为例，有"三顾茅庐""三打祝家庄""三打白骨精"。《红楼梦》中"三"的使用更为普遍，如"三春去后诸芳尽"的命运暗示，"家亡线、人散线、自传线"的三线结构等。"三"的文化基因与思维方式已经渗透到了每一个中国人的意识中，所以《红楼梦》"三层读法"的构建是依托中国文化思维而行的。

## 第二节 "三层读法"在《红楼梦》分回教学中的运用

第一节论述了"三层读法"的理论依据及文化依托，同时还以小说第七回薛宝钗和周瑞家的所说的冷香丸进行了实例解析。但须明确的是，小说第七回以周瑞家的给小姐奶奶们送宫花展开描写，带出诸多故事，而宝钗病食冷香丸只是其中的一个情节片段，并不是完整的一回。限于课堂时间等客观要求，加之当前高中语文《红楼梦》"整本书阅读与研讨"的积极倡行，又因为《红楼梦》为章回体长篇小说，这些因素同样适合高校《红楼梦》人文素质课程建设。那么，面对《红楼梦》完整的章回教学，"三层读法"又该如何实施呢？没有什么特别之处，仍按读红楼故事、读中国文化、读哲学意蕴三个步骤依次进行。下面我们以《红楼梦》第一回为例，探究"三层读法"在《红楼梦》分回教学中的运用。

## 一、读红楼故事

对于初读者而言，《红楼梦》的开篇似乎就印证了那句"万事开头难"的话。似懂非懂的故事缘起，来往穿梭的情节脉络，不知所起，更不得所终。往往就在这个时候，就会让人滋生出"死活读不下去"的念头。这是为什么呢？这源于作者曹雪芹所构建的独特的叙事方式。

通读《红楼梦》第一回，主要叙述了三个故事：

首先描述了一个神话故事。女娲炼石补天时，炼成三万六千五百零一块灵石，单单剩下一块未用，被丢弃在大荒山无稽崖青埂峰下而惭愧悲号。后有茫茫大士、渺渺真人路过此处，并说了些人世间的花柳繁华，引发石头凡心萌动，求二仙带它到人间受享几年。经不住石头的软磨硬缠，两位神仙便大展幻术，将大石变成了一块扇坠大小的美玉。石头在人世间历经几世几劫之后，返归大荒，并把在人世间所经历的事情刻在了自己的身上。再后来有位空空道人将石头上的故事抄录下来并命名为《石头记》，问世传奇去了。现存《红楼梦》抄本中最早的甲戌本，其书即名为"脂砚斋重评石头记"。所谓"石头记"，即这块石头的尘世历练。从第一回开篇"列为看官：你道此书从何而来？"❶就可以看出，作者在叙事方式上采

---

❶ ［清］曹雪芹著，［清］无名氏续，［清］程伟元、高鹗整理，中国艺术研究院红楼梦研究所校注：《红楼梦》，人民文学出版社，2008 年版，第 2 页。

用了一个大的倒叙，它是从统摄全书着眼的。

那么被缩成扇坠大小的石头是在一种什么样的机缘巧合下到的人间呢？这就是《红楼梦》第一回上半个回目"甄士隐梦幻识通灵"，作者通过甄士隐的梦境，补入了第二个故事。这就是著名的"木石前盟"。甄士隐在梦中听到僧道二仙讲西方灵河岸边三生石畔有株绛珠草，每天得赤瑕宫神瑛侍者以甘露浇灌久延岁月，修成一个女体，游于离恨天外。后神瑛侍者凡心偶炽，在警幻仙姑处备案，要下凡造历幻缘；绛珠仙子闻讯也要下世为人以报其灌溉之情，因无甘露可还，愿以一生泪水酬答。僧道二人便趁机也将石头带下凡间。从后面的情节中我们得知，临凡的神瑛侍者成了贾宝玉，绛珠仙子成了林黛玉，石头成了贾宝玉出生时口中所含之物，"宝玉"之名也因他衔玉而诞得来。

故事梳理至此，并没有完全厘清，因为第一回的回目为"甄士隐梦幻识通灵，贾雨村风尘怀闺秀"，《红楼梦》同甄、贾二人何干？甄士隐本是姑苏阊门十里街仁清巷一家道殷实的乡宦，不以功名为念，禀性恬淡。"梦幻识通灵"的那日抱着女儿英莲到街上看热闹，遇到癞头和尚和跛足道人，二人说英莲命运多舛并要化她出家。转年元宵节家仆霍启带英莲看花灯，不慎将英莲丢失；接着就是紧挨甄宅的葫芦庙失火，将甄宅也烧个片瓦无存。遭遇不测的甄士隐偕妻借居岳丈处，意志消沉，后来在街上听跛足道人唱《好了歌》后大彻大悟，飘然而去。而他当年所资助的借住葫芦庙的穷儒贾雨村则在科举考试中取得功名，并讨得甄家侍女娇杏为妻。可谓是悲喜穷通，世事无常。这是《红楼梦》第一回的第三个故事。之后的文本情节，则在贾雨村护送女学生林黛玉进京和其恩人之女甄英莲被薛宝钗家买下等故事间继续了下去。

由上可见，《红楼梦》第一回之所以错综复杂，就是因为作者同时采用倒叙、插叙、顺叙三种方式交织叙事，三条线索齐头并进。而且三种叙事方式从人的三种感官切入：石头记的倒叙是"看"，契合的是视觉；还泪报恩的插叙是"闻"，契合的是听觉；甄家荣枯的顺叙是"体验"，契合的是感觉。读者的心耳意神在小说开篇便统统被抓住了。

## 二、读中国文化

通过如上梳理，我们对《红楼梦》第一回的故事梗概有了大致的了解。那么在这开篇的三个故事中，我们能读到什么样的中国文化呢？

石头历劫—木石前盟—甄败贾荣，通过三个故事我们发现：《红楼梦》以石头开篇；以石头贯穿整部小说；石头后来复还本质，重返大荒，即如清人富察明义咏红诗第十九首所云"石归山下无灵气，总使能言亦枉然"[1]。为什么作者会选择石头作为小说的核心素材？其实这里面藏有石头崇拜的文化基因。

中国人对石头的崇拜由来已久，民间就有"金不如玉，玉不如石"的说法。人类诞生的初期，是以石头作为工具征服自然的。石头的坚硬象征着永恒，所以人们常把丰功伟绩镌刻在石头上，流芳百世。中国的玉石文化同玉石一样光彩夺目，玉石温润细腻、光而不耀的品质被誉为君子之德。

以石头作为素材构建小说叙事意象的作品也不在少数。比如，四大名著中的《西游记》，其主人公孙悟空是从石头里面蹦出来的；《三国演义》中各方势力争权夺势，而象征权势的也是一块石头——传国玉玺；《红楼梦》中女娲补天用的仍是石头。如果说《西游记》中的石头可以孕育生命，《三国演义》中的石头可以代表权势，那么《红楼梦》中的石头就具有补天的才能，至于有没有机缘去补，那就不是石头本身的问题了。

纵观人类发展史，我们很难找到一种像石头这样的物质伴随着人们从古走到今，也很难找到一种像石头这样的物质在中国人的心中留下如此厚重的痕迹。

---

[1] 富察明义.题《红楼梦》[M]//一粟.古典文学研究资料汇编·《红楼梦》卷：上册，北京：中华书局，1963：12.

除了隐于背后的石头崇拜文化传统外，我们还能读到哪一种中国文化呢？《红楼梦》第一回的三个故事跨越了仙凡两界，经历了入世出世，所以我们能读到中国文学叙事的三种模式即思凡模式、悟道模式和仙游模式。

所谓思凡模式，就是天上的神仙因为向往人世间的风流繁华，得到天界允许，下世为人，历经人世间的功名爱情婚姻等之后，又回到天界。所谓悟道模式，就是凡人得到神仙或世外高人的指点，在现实或者梦中得到荣华富贵，最后乐极生悲，大彻大悟后皈依遁世。所谓仙游模式，就是凡人在某种机缘巧合下，进入仙宫识得仙人，领略男欢女爱后思归心切，返回人间却发现"洞中方七日，世上已千年"，该人最后也不知所踪。❶ 不难发现，三种模式虽然独立，但也有共同点：都经历"出发—变形—回归"三个阶段，都借助超能力的点化或帮助才能实现三个阶段的历程，都同功名婚姻等密切相关等。

在《红楼梦》第一回，作者将中国传统文学中的三种叙事模式既交融又嫁接，最终化为了一个整体，显示出独具特色的艺术匠心。神瑛侍者凡心偶炽、下世为人，属于思凡模式，曹雪芹又用绛珠草"还泪报恩"的前缘给旧模式披上了新外衣。石头向往人世间温柔富贵，央求僧道二人将它带到尘世，经历离合悲欢后复归大荒山无稽崖青埂峰下，这是思凡模式和仙游模式相结合的写作手法。甄士隐从当地望族突遭变故，以致妻离子散、家破人亡，后被跛足道人的《好了歌》点化，脱去臭皮囊，这属于悟道模式；后四十回续书又写他在急流津觉迷渡茶叙贾雨村、接引女儿英莲等，与原著开篇遥相呼应。

以上即是我们通过《红楼梦》第一回三个环环相扣的故事，所领略到的中国文化的丰厚瑰丽以及蕴含其间的文化基因。冯其庸先生曾说"大哉《红楼梦》，再论一千年"，这一自信之源即来自《红楼梦》吸收中国优秀传统文化之后所体现出来的体大思精。这也是红学研究的生命源泉。

---

❶ 梅新林. 红楼梦哲学精神 [M]. 上海：华东师范大学出版社，2007：61.

### 三、读哲学意蕴

我们常说,《红楼梦》具有深刻的时代性和超强的现代性。所谓时代性,是指它包含了产生它那个时代的方方面面;所谓现代性,是指它有一种对当下社会与生活的切入能力。如果说《红楼梦》的时代性是一种定格之美,那么《红楼梦》的现代性就是一种穿越之美,它可以立足当下、启示万民。我们从《红楼梦》的第一回能读出什么哲学意蕴呢?

前面已经讲到,甄士隐的故事属于中国文学中的悟道模式。甄士隐的了悟源于自身的遭遇以及《好了歌》的点醒。《好了歌》是作者曹雪芹借跛足道人之口唱出的一首关于中国人信仰危机的歌。什么是信仰?"信仰是人总是有所依凭的存在状态"以及"人对意义有所依凭的存在状态"的总和。[1] 不难看出,在信仰中,人所依凭的既有物质层面的东西,又有精神层面的东西。信仰是人们在某一特定的文化环境中的基本境况,在潜意识里,无论信与不信,每个人都处于信仰之中。如果一个人对信仰有所怀疑和动摇,他往往会精神紊乱,现实生活也会随之崩塌。

概括起来,古代中国人主要有三大信仰:儒家信仰、道家信仰、佛家信仰。在这三大信仰中,儒家信仰是最基本的信仰。儒家信仰不是宗教信仰,更确切地说它是一种世俗信仰,因为它关注的是人道,是人现实的存在。儒家信仰从来不讲"怪力乱神",对"生从何来,死往何去"这样的话题从不感兴趣,用儒家的话说,这叫"六合之外,存而不论"。儒家关注的人道指什么?是"内圣"和"外王"。格物、致知、诚意、正心、修身是"内圣",它是本我道德修为的完成;齐家、治国、平天下是"外王",它是超我事功的完成。"内圣"与"外王"相辅相成,互为表里,缺一不可。单就"外王"而言,它由"齐家"和"治国平天下"两部分组

---

[1] 成穷. 从《红楼梦》看中国文化 [M]. 昆明:云南人民出版社,2005:92.

成。在现实社会中,"齐家"需要有一定的财力,有妻有子才是一个完整的家;而"治国平天下"就是出将入相、建功立业,从而名垂青史。如果把《好了歌》中的功名、金银、娇妻、儿孙等内容铺展开来看,它构成了一个中国人在世俗信仰中所追求的全部内容。❶

功名、金银、娇妻、儿孙等确然是中国人在现实世界中的基本依凭,是中国人衡量人生意义的基本尺码,但在《好了歌》中,这一切都在"好"与"了"之间变得空无所依,变得无可依凭。这还是中国人所需要的信仰吗?如果不是,那么应该是什么?曹雪芹没有给出答案,他似乎也在"好"与"了"之间徘徊不定,迷茫之间便只有暂且丢下世俗的信仰,去寻求另一种内心的依凭。

### 四、结语

以上即是"三层读法"在《红楼梦》第一回教学中的实例应用。同第七回冷香丸片段的学习,它没有任何的不同,读红楼故事、读中国文化、读哲学意蕴比比皆是;不同在于完整章回的宏观把握上。

对讲授者而言,需要具有丰厚的文化储备,才能拓展教学视野和格局。《红楼梦》叙事的网状结构决定了它的故事发展不是单线式的,而是前后穿插、左右贯通的,这就要求讲授者制订出行之有效的教学方案,然后借助"三层读法",在学生学习过程中起到激趣、引导、疏通的作用。

对学生而言,则是在教师的有效指导下,既要做到单篇精读又要做到多篇通读,既要独立学习又要分组协作;不要停靠在模糊的感性理解上,而要从理性认识入手。这就要求学生通过"三层读法",在与红楼文本的亲密接触中梳理故事情节,了解复杂的人物形象,理解并传承优秀传统文化,并感受完整一回所蕴含的哲学反思,以促进生命感悟和精神成长。

---

❶ 成穷. 从《红楼梦》看中国文化[M]. 昆明:云南人民出版社,2005:95.

"三层读法"在《红楼梦》分回教学中如何具体运用，教师如何教，学生如何学，本节只是泛泛而谈，以下"项目教学法在《红楼梦》课程中的运用研究""引导课文教学法在《红楼梦》课程中的运用研究"等各章内容则较为具体，可参看。

# 第四章　项目教学法在《红楼梦》课程中的运用研究

读红楼故事、读中国文化、读哲学意蕴，这是前文专章所论述的《红楼梦》的"三层读法"。在阅读的过程中，"三层"也代表着三个步骤。从基于工作过程的教学理念上看，"三层"是一个完整的阅读过程。换句话说，无论阅读《红楼梦》的哪个章回，读文本故事、读中国文化、读哲学意蕴这三个基本步骤是不会变的。然而如何让学生更好地掌握并运用"三层读法"？项目教学法可以全面、系统、精准地解决这个问题。

## 第一节　项目教学法概况

项目教学法是行动导向教学理念下最基本的教学方法，它是教师和学生通过实施完成一个具体的、完整的"项目"任务而展开的教与学的行动。一般而言，每一个项目的完成有计划好的起始与结束的时间，最终的成果是一件可视化的产品。因为项目教学法源于职业教育体系，所以检验项目的最好方式就是看产品。正因为如此，项目教学的最终评价也落在了一个具体的项目产品之上。

项目教学法中的"项目"是一个较为复杂的工作过程，所以学生一般都要组成学习小组，合作完成规定的项目。这是区别于传统教学法最突出的一点。传统教学中，都是学生以个人为单位进行学习并独立完成任务；而项目教学法则是团队共同学习，相互协作，从而完成任务。所以项目教学法在实施的过程中自然而然地培养了学生的团队合作精神，这也是现代企业最看重的素质之一。

项目教学法一般分为五个步骤，如图4-1所示。

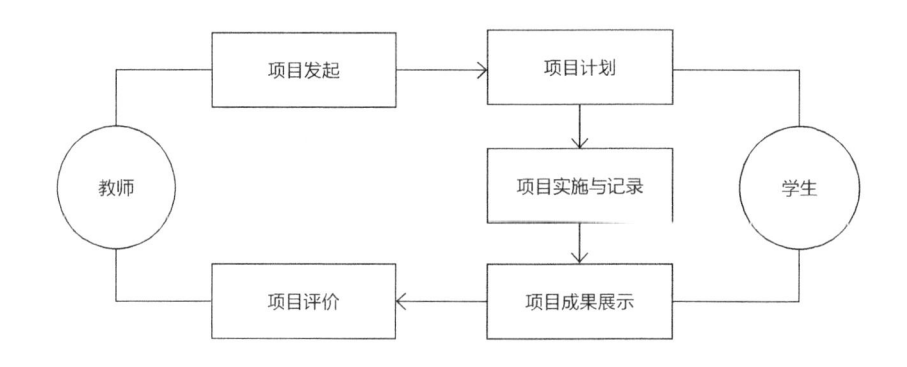

**图 4-1 项目教学法步骤图**

## 一、项目发起

项目的发起是由教师提出几个任务设想，经过和学生讨论，最终确定一个可行的项目。学生和老师一起厘清项目的任务要求，以及该项目完成后应该有的成果。需要注意的是，在项目发起阶段，对于项目任务的描述只是一个宏观性的概述，并非详细罗列具体的做法与步骤。

## 二、项目计划

项目计划是学生完成的起始工作。学生们各自组成团队，依据项目发起阶段的任务要求及要达到的成果，商量并制订出一个工作计划。项目计划阶段的主要目的是让学生们在确定的时间段里，规划时间，细化工作步骤，明确完成项目需要的条件，进而分工，安排落实每个成员的具体工作任务。项目计划阶段需要注意的是，教师不做任何示范，不参与学生们的计划制订，但是在计划过程中，如果学生犯了明显的方向性错误，教师可以及时纠正。

## 三、项目的实施与记录

项目的实施是整个项目最核心的环节。从理论上讲，明确任务并制订相关计划之后，按部就班地执行就会有很好的实施效果，但是在实际操作过程中并非如此简单。因为在项目的实施过程中，极有可能出现计划范围外的困难及突发事件，此时就需要对困难进行排除，对项目计划进行修正，对工作步骤进行调整。同时，要记录好所遇到的困难及处理办法，为以后的工作积累文字资料和经验教训。不难看出，项目的实施与记录是对下一轮项目计划的经验积累。

## 四、项目成果展示

项目成果分为两种：一种是阶段性成果；另一种是最终成果。所以项目成果展示，既有阶段性成果展示，也有最终成果展示。对于学生而言，项目成果展示是再一次厘清思路和小组之间相互交流经验的时间段；对于教师而言，成果展示则是教学质量监控、及时纠正错误的时间段。

## 五、项目评价

项目评价处于整个项目的结尾阶段，教师和学生一起对整个项目过程进行回顾、总结，将预期成果和实际成果进行比较。项目教学法的特点就是结果的开放性，所以教师要辅助学生找出预期与现实之间的差异，并总结产生差异的原因。

"项目教学的关键是创设一个设计导向的学习环境，学生通过自我组织、自我管理与自我学习的主动性，构建自己的经验性知识并发展综合职业能力。"❶ 所以在开展项目教学的时候，教师需要考虑以下几个方面的问题。

第一，本次项目教学的目的是什么？它与课程总目标之间有什么关系？它能够促进学生哪方面能力的发展？

第二，在明确项目任务与目标之后，如何编写引导问题，从而引导并激发学生完成任务？

第三，评价标准如何设定？因为评价不仅要看结果，还要注重过程。除知识层面外，更多地要关注学生能力提升层面。

第四，如何提供教学资源？提供哪些资源能辅助学生顺利完成项目任务？

第五，充分考虑项目在实施过程中可能遇到的问题，并提前做好应对策略。

此外，项目教学法要顺利有效地实施是需要一定条件的。对于学生而言，需要具备一定的独立学习能力，而且要有团队合作意愿。对于老师而言，首先要转变传统的教学观念，从课堂的主导地位转变到课堂的辅助地位；其次从宏观上把握整个项目进程，需要更为精细地做好前期准备工作。对于教学条件而言，传统教室已经不适合开展项目教学，因为无论

---

❶ 赵志群，海尔伯特·罗什.职业教育行动导向的教学[M].北京：清华大学出版社，2016：59.

是教学设施和教学硬件都是"以教师为中心"而设置的，在这样的环境之下，学生的行动及思考会受到很大的限制，所以改变传统教室环境是项目教学的硬件基础。

## 第二节 《红楼梦》项目教学设计

如何将项目教学法运用于《红楼梦》人文素质课程之中，这是本文研究的重点。下面我们以《红楼梦》与中国服饰文化主题为例，运用项目教学法的理念进行教学设计。

### 一、项目的提出与设想

《红楼梦》描写的是一个家族的日常生活状态，而衣、食、住、行中，衣又排在了第一位。我们常说《红楼梦》是精雅生活的典型，在这份精致典雅中，服饰文化占据了很大的比重。我们首先来赏析一段描写：

一语未了，只听后院中有人笑声，说："我来迟了，不曾迎接远客！"黛玉纳罕道："这些人个个皆敛声屏气，恭肃严整如此，这来者系谁，这样放诞无礼？"心下想时，只见一群媳妇丫鬟围拥着一个人从后房门进来。这个人打扮与众姑娘不同：彩绣辉煌，恍若神妃仙子。头上戴着金丝八宝攒珠髻，绾着朝阳五凤挂珠钗；项上戴着赤金盘螭璎珞圈；裙边系着豆绿宫绦双衡比目玫瑰珮；身上穿着缕金百蝶穿花大红洋缎窄裉袄，外罩五彩刻丝石青银鼠褂；下着翡翠撒花洋绉裙。❶

---

❶ ［清］曹雪芹著，［清］无名氏续，［清］程伟元、高鹗整理，中国艺术研究院红楼梦研究所校注：《红楼梦》，人民文学出版社，2008年版，第39—40页。

这段文字出自《红楼梦》第三回，林黛玉初进贾府，第一次见到王熙凤。作者对凤姐的衣着做了一番详细描写。此时我们闭上眼想一想，王熙凤的衣着在脑海中能显现成具体的画面吗？如果不能，那就说明对上面服饰描写所涉及的专有词汇并不了解，换句话说，我们不知道什么叫"缕金"工艺，什么叫"百蝶穿花"图样，什么叫"宫绦"，什么叫"五彩刻丝"技术。如果对中国传统服饰文化没有丝毫的了解，《红楼梦》的精致与典雅是很难通过阅读呈现在脑海中的。既然如此，通过《红楼梦》了解中国传统服饰文化，是读懂红楼文本、感受红楼精雅生活的基础与前提。于是我们就要做一个主题阅读项目，并命名为"《红楼梦》与中国服饰文化"。

## 二、项目的确定

当教师提出项目设想之后，教师和学生一起厘清项目要求、项目成果及项目时长。

项目要求：认真仔细地通读《红楼梦》原文，收集、整理小说文本中关于服饰描写的相关信息；然后按照一定的原则梳理红楼服饰文化，了解《红楼梦》原文中所提到的服饰知识，理解红楼服饰的艺术特点与时代背景，分析红楼服饰与人物塑造之间的关系。

项目成果：一是按照一定原则梳理出的"红楼服饰文化"文稿一份，其中以注释的方式标注并解释相关服饰知识。二是每人撰写一篇分析红楼服饰与人物塑造之间关系的文章，主要阐释服饰与人物性格、身份、处境、命运等之间的关系。三是以小组为单位制作PPT课件一份，用于汇报项目要求中所涉及的内容。

项目时长：8课时。

由上可见，在进行项目要求与项目成果的描述时，都指向了《红楼梦》阅读的三个层次："认真仔细地通读《红楼梦》原文，收集、整理小说文本中关于服饰描写的相关信息"，这是读红楼故事层；"按照一定的原则梳理红楼服饰文化，了解《红楼梦》原文中所提到的服饰知识，理解红楼服饰的艺术特点与时代背景"，这是读中国文化层；"阐释服饰与人物性格、身份、处境、命运等之间的关系"，这是读哲学意蕴层。整个项目的实施是让学生在阅读实践过程中真正理解并掌握《红楼梦》"三层读法"。

## 三、项目计划

项目计划的目的是勾勒项目轮廓，让每一个参与者都知道项目进行的各个环节并落实分工。项目计划是学生分组后自行完成的第一步任务，教师虽然不参与学生小组计划的制订，但要密切关注每一个小组制订计划的动态，如果有方向性的偏差就需要及时纠正。对于"《红楼梦》与中国服饰文化"这个项目，参考计划如下：

第一步：将120回《红楼梦》分成6个部分，每一部分20回。小组成员各自承担一个部分的阅读，也即每一个小组成员只读20回。因为在有限的时间内，每个成员要通览且精读100余万字的《红楼梦》原文，是比较困难的，所以分人、分工、分段阅读较为合理。

第二步：每一位小组成员在阅读自己的文段过程中，将所有服饰描写摘录下来。摘录的过程中，要注明章回及描写谁的服饰。

第三步：小组将每一位成员所摘录的红楼服饰信息，按章回顺序进行归拢。此时每个小组将讨论一个关键性的问题——按照何种原则来梳理《红楼梦》中的服饰信息。这个问题是整个项目的核心，它关乎着项目最终成果的面貌，也关乎着项目后续计划的开展。而且这个问题是开放性的，换言之，每个小组讨论出来的原则可能不尽相同，但只要言之成理即可。

对《红楼梦》服饰信息的梳理，一般有四个原则可供参考：一是以服饰的款式为原则，就是将人从头到脚作为一个整体，而后梳理服饰信息。

它包括头衣、领衣、上衣、腰衣、下衣、足服等六个部分，在这六部分中，每一个部分又有细化的分类，需要详细归纳总结。二是以服饰的面料为原则，从丝绸类、皮毛类、舶来类等方面梳理。三是以服饰的纹样为原则，如花卉类、团纹类等。四是以服饰的工艺为原则，如镶滚、缕金、二色金、掐金挖云、盘金、印染等工艺。

第四步：每个小组按照确定的原则将红楼服饰信息归类整理之后，紧接着就是对小说文本中的服饰专有名词进行注解。因为需要注解的名词很多，所以这一步又涉及分工协作。例如，按照服饰的款式原则进行注解，将头衣、领衣、上衣、腰衣、下衣、足服六个部分分解给不同的小组成员，每个人只注解与自己相对应的部分，最后归总。

以上四步完成之后，第一个项目成果就完成了——按照一定原则梳理出的"红楼服饰文化"文稿一份，其中以注释的方式标注并解释相关服饰知识。此时可以进行小组阶段成果汇报。汇报的目的是让小组之间彼此了解对方的梳理原则，以及查看自己梳理的服饰信息是否全面。

第五步：小组成员每人选择一个主要红楼人物为对象，按照一定的原则梳理这个红楼人物的服饰。这里的"原则"，和上面所提及的服饰归纳原则可以相同，也可以不同。

第六步：小组内部讨论，分享小组成员所梳理的红楼人物服饰。

第七步：每人撰写一篇分析红楼服饰与人物塑造之间关系的文章，主要阐释服饰与人物性格、身份、处境、命运等之间的关系。

完成了第五步、第六步、第七步之后，第二个项目成果完成——一篇解读红楼服饰与小说人物的文章。

第八步：小组集中讨论项目汇报的思路。主要考虑如何清晰完整地展现《红楼梦》与中国服饰文化的关系，以及服饰文化对《红楼梦》创作的意义。

第九步：在确定的汇报思路下，小组成员划分任务，分别完成PPT制作。注意统一风格，最后归总。

第十步：成果展示，小组汇报。

在整个项目计划中，第一步、第二步是细读《红楼梦》文本，这是"三层读法"中的读红楼故事层；第三步、第四步是通过《红楼梦》梳理中国传统服饰文化，这是"三层读法"中的读中国文化层；第五步、第六步、第七步是解读服饰文化如何辅助塑造人物形象，这是"三层读法"中的读哲学意蕴层。

在整个项目计划中，第一步、第二步是学生以个人为单位，训练的是文本阅读能力。第三步、第四步是以小组为单位，头脑风暴，群策群力，训练的是团队协作能力以及个人的思考能力。第五步、第六步、第七步是个人独立与团队协作混合运用，除了加强团队协作能力以外，还训练个人书面文字表达能力。第八步、第九步、第十步是个人独立与团队协作混合运用，训练的是团队协调能力、个人口语表达能力，以及集体荣誉感。

### 四、项目参考资料

项目参考资料如表4-1所示。

表4-1　项目参考资料表

| 资源类别 | 资源名称 |
| --- | --- |
| 书籍 | 1. 冯其庸、李希凡主编《红楼梦大辞典》（修订版），文化艺术出版社2010年版<br>2. 季学源著《红楼梦服饰鉴赏》，浙江大学出版社2002年版<br>3. 李建华著《红楼梦丝绸密码》，上海科学技术文献出版社2014年版<br>4. 启功著《启功给你讲红楼》，中华书局2006年版<br>5. 胡文彬著《红楼梦与中国文化论稿》，中国书店出版社2005年版 |
| 论文 | 1. 曾慧《小说〈红楼梦〉服饰研究（上）》，《满族研究》2011年第2期<br>2. 曾慧《小说〈红楼梦〉服饰研究（中）》，《满族研究》2011年第3期<br>3. 曾慧《小说〈红楼梦〉服饰研究（下）》，《满族研究》2011年第4期<br>4. 陈东生、甘应进、王强《〈红楼梦〉服饰的衣料探析》，《服饰导刊》2013年第4期 |

续表

| 资源类别 | 资源名称 |
| --- | --- |
| 论文 | 5. 周梦《从服饰看薛宝钗的内心世界——以〈红楼梦〉前八十回为例》,《明清小说研究》2015 年第 2 期<br>6. 解晓红《纹饰之美,意蕴之深——浅析〈红楼梦〉中装饰纹样的人文内涵》,《红楼梦学刊》2007 年第 4 辑<br>7. 夏薇《〈红楼梦〉中的睡鞋与明清史料价值小议》,《红楼梦学刊》2014 年第 1 辑<br>8. 李祝喜《〈红楼梦〉服饰人生意象论——以晴雯为个案》,《中国文化研究》2012 年第 3 期 |
| 视频 | 超星学习通平台:马经义主讲《红楼梦与中国服饰文化》,上、下集,90 分钟<br>《百家讲坛》:李建华主讲《〈红楼梦〉丝绸密码》,六讲,250 分钟 |

## 五、成果展示

项目成果的展示可以是阶段性成果展示,也可以是最终成果展示。方式方法可以多种多样,如文本展示、汇报展示等。对于本项目而言,展示目的有三:一是教师可以在小组研学过程中掌握动态,便于指导;二是小组之间相互学习,彼此借鉴,共同进步;三是《红楼梦》作为人文素质课程,其教学目标之一就是培养学生的表达能力,而各种汇报正是锻炼文字表达与语言表达的较好途径。

## 六、成果评估

对于成果的评估,不是传统学业考试后的评分,而是带领所有学生对整个项目过程进行回顾、总结,并将最终成果与预期成果进行比较,查看差异。同时,让学生的自我评价与教师客观公正的评价相结合,找出需要改进的地方,为新一轮项目做基础。

教师在对学生项目成果进行评估之前,需要做大量的功课。评估不能是零碎的,而是要放在项目系统中来。换言之,教师的评估一定要站在项目之上。下面用一个例子来逐步解释。

第一步：服饰文段摘录。

一语未了，只听外面一阵脚步响，丫鬟进来笑道："宝玉来了！"黛玉心中正疑惑着："这个宝玉，不知是怎生个惫懒人物，懵懂顽童？"倒不见那蠢物也罢了。心中想着，忽见丫鬟话未报完，已进来了一位年轻的公子：

头上戴着束发嵌宝紫金冠，齐眉勒着二龙抢珠金抹额；穿一件二色金百蝶穿花大红箭袖，束着五彩丝攒花结长穗宫绦，外罩石青起花八团倭缎排穗褂；登着青缎粉底小朝靴。面若中秋之月，色如春晓之花，鬓若刀裁，眉如墨画，面如桃瓣，目若秋波。虽怒时而若笑，即瞋视而有情。项上金螭璎珞，又有一根五色丝绦，系着一块美玉。

黛玉一见，便吃一大惊，心下想道："好生奇怪，倒像在那里见过一般，何等眼熟到如此！"只见这宝玉向贾母请了安，贾母便命："去见你娘来。"宝玉即转身去了。一时回来，再看，已换了冠带：头上周围一转的短发，都结成小辫，红丝结束，共攒至顶中胎发，总编一根大辫，黑亮如漆，从顶至梢，一串四颗大珠，用金八宝坠角；身上穿着银红撒花半旧大袄，仍旧带着项圈、宝玉、寄名锁、护身符等物；下面半露松花撒花绫裤腿，锦边弹墨袜，厚底大红鞋。越显得面如敷粉，唇若施脂；转盼多情，语言常笑。天然一段风骚，全在眉梢；平生万种情思，悉堆眼角。看其外貌最是极好，却难知其底细。❶

上面这段文字摘自《红楼梦》第三回，主要描写小说第一男主角贾宝玉出场时的服饰。在"《红楼梦》与中国服饰文化"这个项目中，阅读原文后的第一步就是摘录关于服饰的文段。贾宝玉出场的服饰描写最为特殊，只有他，作者曹雪芹给予了同时、同地、同场合的两次服饰描写，而且其间还穿插了贾宝玉的外貌描写、林黛玉的心理描写，寓意深刻，阐释

---

❶ ［清］曹雪芹著，［清］无名氏续，［清］程伟元、高鹗整理，中国艺术研究院红楼梦研究所校注：《红楼梦》，人民文学出版社，2008年版，第47-48页。

空间巨大。所以对于这一段落信息的摘录，不能仅仅只是摘录其中关于服饰的文字部分，而需要整体摘录，这也是为后续项目任务做准备工作。在对学生进行服饰文段摘录的评价中，是需要突出这样的完整理念的。

第二步：服饰信息的梳理。

前文说过，服饰信息的梳理要按照一定的原则。原则的确定是小组内部自行商定的。在此，我们按服饰款式原则，以表格形式进行梳理（见表4-2）。

表4-2 服饰信息梳理表

| 款式 | 第一次描写 | 第二次描写 | 饰品 |
| --- | --- | --- | --- |
| 头衣 | 束发嵌宝紫金冠，二龙抢珠金抹额 | 头上周围一转的短发，都结成小辫，红丝结束，共攒至顶中胎发，总编一根大辫，黑亮如漆，从顶至梢，一串四颗大珠，用金八宝坠角 | |
| 领衣 | | | 项上金螭璎珞，又有一根五色丝绦，系着一块美玉 |
| 上衣 | 二色金百蝶穿花大红箭袖，石青起花八团倭缎排穗褂 | 银红撒花半旧大袄 | |
| 腰衣 | 五彩丝攒花结长穗宫绦 | | 戴着寄名锁、护身符等物 |
| 下衣 | 松花撒花绫裤 | | |
| 足服 | 青缎粉底小朝靴 | 锦边弹墨袜，厚底大红鞋 | |

表4-2对贾宝玉出场后的两次服饰描写，按照款式原则，进行了详细完整的归类。经过梳理，可谓一目了然。所以对服饰信息梳理的评价，有两点需要注意：一是是否按照言之成理的原则进行的；二是信息的归类是否完整。另外，服和饰是两个概念，所以在归类的时候，一定要将饰品放于相应的位置上。例如，贾宝玉所佩戴的寄名锁、护身符等物，这些东西

一般都挂在腰间，所以在归类的时候就要把它们归入"腰衣"一栏。

第三步：服饰名词注解。

服饰名词注解是以《红楼梦》作为窗口，了解、认识中国服饰文化的重要环节。注解得越详细，对相关文化的认知就越全面（见表4-3）。

表4-3　服饰名词注解表

| 名词 | 注解 |
| --- | --- |
| 嵌宝紫金冠 | 嵌宝：一种把各种珠玉镶嵌在冠上的工艺。❶<br>紫金冠：把头发束扎在头顶之后戴在上面的一种髻冠。对于紫金冠的样式，有一种说法，即冠的后面有两根金尾羽，戴上之后在走动的过程中可以摇晃。因为贾宝玉的出场穿戴为日常服饰，所以应该不是插有金尾羽这种样式的冠。 |
| 二龙抢珠金抹额 | 二龙抢珠：一种装饰纹样，一般而言都是用线刺绣出来的。<br>抹额：它是头上的服饰，属于头衣的一种。由明代的包头演变而成，其原始功能为御寒，多用于妇女。抹额的样式多种多样，有的中间宽两段窄，有的中间窄两段宽。年轻男性偶尔也带抹额，其功能则从御寒转为装饰。<br>金：这里的"金"不是指抹额的黄金质地，而是指"二龙抢珠"的图案为金线刺绣。贾宝玉所戴的金抹额是否指颜色金黄的抹额呢？不是。因为金黄色是帝王的专用色，贾宝玉只是一般的富贵公子，不能逾礼。 |
| 二色金百蝶穿花大红箭袖 | 二色金：指两种不同纯度的金子制造出来的金线，纯度高的金线较为明亮，反之相对黯淡。这样用明暗度不同的金线织出来的图纹就会呈现立体的效果。<br>百蝶穿花：传统服饰上的一种吉祥纹样。以四季花卉为主，周围有多只蝴蝶在花丛中飞舞。"百"为虚指，不一定就是一百只。"蝶"与耄耋之年的"耋"谐音，有祝福长寿之意。<br>箭袖：古代男子衣服袖口的一种款式，属窄袖类，便于射箭。<br>大红：一种鲜红的颜色。《红楼梦》中红色系最为丰富，且贾宝玉最喜欢红色。 |

❶　以下注解文字从曾慧所撰《小说〈红楼梦〉服饰研究（上、中、下）》（《满族研究》2011年第2、3、4期）及沈从文著《中国古代服饰研究》（增订本）（上海书店出版社1996年版）中获益不少。

续表

| 名词 | 注解 |
|---|---|
| 五彩丝攒花结长穗宫绦 | 宫绦：属于腰衣范畴。一般是以彩色丝线缕编而成，长度不一，两端做成穗子。使用的时候束在腰间，余下部分垂于左右两边，男女都可使用。<br>五彩丝：指编织宫绦的材料为五彩丝线。<br>攒花结：指编织宫绦时用五彩丝攒集成花的结子。 |
| 石青起花八团倭缎排穗褂 | 石青：一种深蓝的颜色。<br>八团：指衣服上的圆形图案，前胸后背各一团，左右两肩各一团，左右两膝前后各一团，所以称为"八团"。八团里面的纹样有很多种，若为花纹，就叫"起花八团"。<br>倭缎：日本制造的一种衣服面料，属于丝织品。其后福建漳州、泉州等地仿制的这样的面料也被称为倭缎。<br>排穗褂：褂的一种款式，在褂的下边缘排缀着彩穗。 |
| 青缎粉底小朝靴 | 青缎：一种黑色缎子面料。<br>朝靴：一种半高筒的鞋子。本来是北方民族的一种鞋式，南北朝以后穿靴的汉人逐渐增多。<br>粉底：指粉色的厚靴底。 |
| 松花撒花绫裤 | 裤：我国古代没有现在意义上的裤子，所谓"衣裳"，上半部分称为衣，下半部分称为裳，是连为一体的。后来赵武灵王出于军事作战考虑，对服饰进行了一次革新（史称"胡服骑射"），将蛮族的裤子引进过来。《红楼梦》中人在穿外衣的时候，里边要穿衬裤：女性因为外边裙子的遮蔽，一般看不见；男子如果外衣稍短，则可以看见，如贾宝玉出场时即是"下面半露"的状态。<br>松花：指裤子的颜色。<br>绫：一种丝织品面料。<br>撒花：绫上面的纹样。 |
| 锦边弹墨袜 | 《红楼梦》中写袜子的情节很少。<br>锦边：一种袜子边缘用锦缎镶滚过的工艺。<br>弹墨：以纸剪镂空图案覆于织品上，用墨色或其他颜色或喷成各种图样。 |

由表4-3可见，对于注解的评价，首先需要查证它的准确性，因为注解本身就是一种知识性的解释；其次要评价注解是否全面，越全面越细致，以此了解的相关文化就越清晰。

第四步：品评红楼人物。

这一步是完成读红楼故事层、读中国文化层之后的读哲学意蕴层。此时的品读是学生的自我解读，具有开放性。学生撰写的文稿，只要逻辑、语言通畅且言之成理，就达到了目的。所以对这一步的评价，没有绝对的标准，如下面这段解读贾宝玉意义的文字：

如果问：《红楼梦》中你最喜欢谁？大部分读者都会在金陵十二钗当中挑选。真是巾帼不让须眉，这些女孩子们个个了得！不是在琴棋书画方面有高深的造诣，就是能够博古通今；不是治家的奇才，就是改革的先驱。喜爱甚至敬仰这些女孩子都不足为奇。但，我一直纳闷儿：贾宝玉是《红楼梦》中的一号主角，为什么声称喜欢他的人就那么少呢？看来懂得宝哥哥的人怕是不多矣！

萝卜白菜，各有所爱。这本无可厚非。世人不喜欢贾宝玉的原因也多种多样。总结起来，可能有这样几点：第一，身为男孩子，却一副女儿之态，没有半点的"刚性"；第二，游手好闲，不思进取，作为家族的嫡系子孙，却对于家族的发展没有半点担当；第三，衣来伸手，饭来张口，几乎百无一用。

这样一个"百无一用"之人，为什么曹雪芹还要如此渲染、刻画，从而使他成为永恒的"雕塑"呢？其中原因，恐怕并非三言两语能够讲得明白。

贾宝玉的容貌在我心里并没有太多的"女性色彩"。这一点和大多数读者有出入。在《红楼梦》第三回的贾宝玉出场，曹雪芹给了他一个漂亮的亮相——"面若中秋之月，色如春晓之花，鬓若刀裁，眉如墨画，面如桃瓣，目若秋波"。这样的描写方式完全就是中国水墨画式的大写意，是用诗化的语言来刻画人物的外表。而"诗"的最大特点就是灵秀，所以用"诗"来泼染外貌，给人的第一印象就是"脂粉"和"秀气"。这就最容易造成读者的"误读"。

我们再仔细观赏这份"大写意"。其实在"灵秀"之中充斥着一份

"豪迈"与"阳刚"。"鬓若刀裁，眉如墨画"仅仅八个字，就把那一丝"脂粉"化解成了一股贵族书生的聪灵之气。所以，我们千万不要被曹雪芹的生花妙笔"欺骗"。《红楼梦》中用诗化的语言来刻画人物外貌是非常普遍的。这样的妙处就是能够给读者一个更广阔的让自己去描绘的空间。这就是为什么每个读者心中都有一个自己的"林妹妹"的原因。

话又说回来，贾宝玉身上确实存在着诸多缺点，让读者判他"百无一用"似乎也有些道理。但是"无用之用是为大用"的哲学反思，可能是曹雪芹塑造这个人物最大的意义。我们早就说过，《红楼梦》有一份渗透古今的"现代性"。那么就当下而言，贾宝玉的现实意义何在呢？

贾宝玉虽然只是"红楼梦中人"，但是对于每一个喜爱《红楼梦》的人来说，他却有色彩有温度地活在我们的人群之中。在这么一个科技高度发达、电磁波冲得人晕头转向、物资丰盛得无以复加的时代，人心也随着高速、地铁、轻轨四处奔驰。西方的强势文化，早已让龙的传人偏离了我们的传统，失去了文化精神的核心。在丢失了本源文化的状态下，人们越来越浮躁了……唤醒"文化回归"是当今"红学"的主题，也是"红学"承担的一份社会责任。那么，具体落实到贾宝玉身上的这份责任是什么呢？

"贾宝玉"不仅仅是曹雪芹笔下的一个艺术形象，他的生活方式和生活态度更是现代社会稀缺的。虽然贾宝玉生活懒散，却处处唯"爱"是尊；虽然贾宝玉不思进取，却时时唯"情"是本。当我们处处与人针锋相对而在仕途经济场中拼得你死我活的时候，人与人之间的"爱"所剩几何？当我们过分地透支自然资源来满足自己的欲望的时候，我们心中的"情"又在何处？贾宝玉对人的那份"爱"和对自然的这份"情"，不正是我们需要的一种"方式"和"态度"吗！

当今的我们被"世故"紧紧包裹，而贾宝玉却时时以一种灿烂的天真对待复杂的人际关系。"人从花间过，落叶不沾身。"这是一种善待心灵、善待他人的方式。这不正是我们稀缺的吗！

塑造贾宝玉的现实意义，不是要我们去学习他的实际所为，而是让我们的眼睛去"发现"：发现心灵，发现世界，发现人间；在无限制地张扬自己的时候，也发现一下别人的"响亮"，让别人的光辉和自己的光芒交相辉映。

在现实社会中，当我们有不如意有挫折的时候，我们可以像贾宝玉一样"精神自我"——吟唱"巧者劳而智者忧，无能者无所求"。贾宝玉虽然排斥"八股"，但是却不拒绝中华优秀文化的沐浴。这个被称为"无事忙"的富贵闲人，却有一身的"古今气象"。我们可不可以学学贾宝玉，也找回自己的文化本源而嬉戏、畅游其间呢？当古往今来的这些"精神气脉"都在你我心中发散的时候，不就达到人人和谐而与天地融合的境界了吗？

对于上面的这段文字，语言表述、内在逻辑都是比较好的，而且站在一个宏观的角度对贾宝玉的现实意义进行了分析。但有一点需要注意，《红楼梦》人文素质课程中的每一个项目就是一个主题，人物分析要紧扣主题来进行。我们现在的项目是"《红楼梦》与中国服饰文化"，那么对贾宝玉的分析就要从服饰文化的角度展开。从贾宝玉的出场看其通身穿戴，做工精细，色彩绚丽，这暗含着他性格的爽朗与阳光；他尊重女性、善待女孩，所以他的服饰以红色系最为突出。这些都是可以解读服饰文化与小说人物塑造之间的关系的。如果学生能从多视角进行鉴赏，对《红楼梦》的认识就会更加深刻与全面。

# 第五章　引导课文教学法在《红楼梦》课程中的运用研究

将《红楼梦》作为高校人文素质课程，其知识目标在于让学生通过对红楼文本的研读，了解并认知中国传统文化的内涵与表现形式；其能力目标在于通过对《红楼梦》的解读，提升学生阅读、思考、表达三种通用能力；其素质目标在于让学生通过对红学的学习，自觉地担当起对中国优秀传统文化传承与创新的历史使命。那么，以何种教学方法才能更有效地实现《红楼梦》课程的三大目标呢？笔者认为引导课文教学法是最好的选择。

## 第一节　引导课文教学法概述

引导课文教学法是属于行动导向理念下的典型教学方法，它诞生于德国，源于职业教育体系。所谓引导课文，其实质就是一套教学文件资料，以连续提问、引领的形式出现，引导学生独立思考与自主学习，从而完成学习任务，达到学习目标。引导课文教学法可以适应多种教学组织形式，如学生可以自愿组成团队，也可以独立完成。学生在引导课文的引领下，自己制订计划，独立做出决策，积极进行实施，整个过程自我检查控制。学生在学习进度安排、内容先后排序及文献资料和教材教辅的使用上，都有很大的自主决策空间。该教学法的优点在于能充分培养学生的独立性、自控能力及学习能力。

引导课文的内容因专业不同而呈现各异。一般而论，引导课文由六个方面的内容组成。

第一，任务描述。教师用精练简洁的语言文字或借助图表等把学习任务或工作任务描述清楚。任务描述的关键点在于让学生清楚自己的任务及目标是什么。

第二，引导问题。引导课文内容的呈现形式是由一个个问题组成的，所以引导问题的设置相当重要，它既是学习过程与路径的勾画，也是最终成果的指向。学生根据教师提出的引导问题来制订属于自己的工作计划并实施。

第三，学习目的描述。描述的关键点在于学生能明确在何种情况下目标即算达成。

第四，制订学习质量监控表。制订该表的意义在于让学生避免脱离学习路线，保证学习任务的有效性。

第五，制订工作计划表。该表是将学习内容与时间对应起来，以保证任务的顺利进行。

第六，制订专业资料需求表。制订该表是为学生提供完成相关任务所需的资料支撑，如文献、技术、音视频资料及网站服务等。须注意的是，专业资料需求表的提供，不是供给现成的信息，而是获取信息的路径与方法。这是锻炼学生学习能力与自我解决问题能力的必要环节。

引导课文教学法在教学实施过程中一般也分六步，如图 5-1 所示。

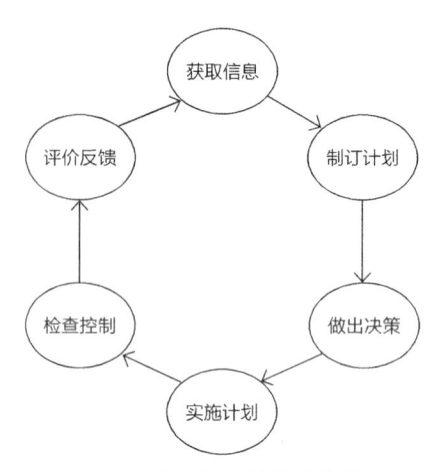

图 5-1 引导课文教学法步骤图

如果说引导课文内容的设计是教师需要完成的任务，那么图 5-1 中所示咨询、计划、决策、实施、控制、评价等六步就是学生需要完成的。学生在教师的任务描述中获取信息，明确任务和目标，然后做出完成任务的计划。在制订计划时，需要注意的是，达到目标的路径可能有多条，无论使用哪一条都需要做出决策。之后选择最佳路径实施计划，实施过程中要及时检查控制。完成任务之后，教师进行评价并反馈给学生。

引导课文教学法的运用需要注意以下三点。

第一，引导课文是教师为学生撰写的专门教学文件，其目的是让学生通过一个个连续的引导问题，明白完成设定任务所需要的知识和技能，从整体上认识并把控工作任务与工作过程之间的关系。

第二，引导课文本身不是对教学内容进行引导，而是对学生的学习过程进行引导。换言之，引导课文是为学生开辟一条自我学习、自我控制、自我反思的路径。整个过程是一个开放式的学习环境，相同的学习任务对于不同的学生可能获得不同的理解与答案。所以引导课文教学法的核心是"引导学生从专业手册等学习资源中独立获取和处理专业信息并完成任务，从而获得解决新的、未知问题的能力"❶。

第三，引导课文教学法主要用于培养学生的独立学习和工作能力，所以教师在整个教学过程中处于"外部控制者"的位置，教师的教学活动主要在前期准备和后期结尾两个阶段。教师在前期需要准备学生自主学习的资源，并提供给他们用于制订计划；后期结尾阶段教师需要做的就是评价反馈，教师在评价过程中不仅仅是找出学生学习成果的不足，还要指出产生不足的原因，并给予修正建议。由此可见，在引导课文教学法的评价阶段，其重点不是评定成绩，也不是给学习成果打分，而是引导学生从这一轮的学习过程中吸取经验教训，为下一轮学习的提升奠定基础。

## 第二节 《红楼梦》引导课文法教学设计

上述对引导课文教学法作了一个简单的介绍。其实不难看出，该教学法主要针对的是职业技能课程，它对现代职业教育及课堂教学有着重要的理论价值。然而我们如何将引导课文教学法运用于人文学科类的《红楼梦》课程中呢？

首先，我们需要解决一个概念上的问题，即《红楼梦》课程的终极目标到底是什么？它不仅仅是让学生记住一些具体的传统文化知识点，而是要通过《红楼梦》课程的学习，培养学生阅读中国古典名著的能力。学生通过这种能力的培养，不仅能在以后独立自主地阅读，而且能获得更多更丰富的知识，这与职业教育"五个对接"中"职业教育与终身教育对接"的大理念是十分吻合的。所以从这个层面上看，《红楼梦》课程的核心是培养学生的"能力"，这也契合了引导课文教学法的实际用途。

---

❶ 赵志群，海尔伯特·罗什.职业教育行动导向的教学［M］.北京：清华大学出版社，2016：66.

其次，我们还要明白，将引导课文教学法运用于人文课程，遵循的是这种教学法的理念。换言之，在教学实施过程中可以根据实际所需，适当、合理地对教学步骤进行调整与改进。

接下来我们就以实例来诠释引导课文教学法在《红楼梦》课程中的运用。这节课名曰"从林黛玉进贾府看中国古代建筑文化"。

## 一、任务描述

仔细阅读《红楼梦》第三回"贾雨村夤缘复旧职，林黛玉抛父进京都"原文，将有关贾府的建筑描写按照林黛玉初进路线依次摘录下来。书面解释贾府建筑的文化内涵，绘制荣国府建筑平面示意图。结合PPT课件，用自己的语言根据林黛玉进贾府的路线讲解荣国府建筑布局及其所包含的文化内涵，最后再谈谈自己的阅读心得。

从上述任务描述来看，学生需要做三件事：一是阅读《红楼梦》原文选段；二是通过书面形式，摘录贾府建筑描写并解释其文化内涵，同时绘制示意图；三是用自己的语言结合课件汇报展示学习成果。从课程目标来看，这三件事分别指向阅读、思考、表达三种能力的培养。从《红楼梦》"三层读法"来看，这三件事分别指向读文本故事、读中国文化、读哲学意蕴，其中读中国文化在这里主要是指中国古代建筑文化。

## 二、引导问题

1. 林黛玉看见的贾府大门是什么样的？什么叫"兽头大门"？什么叫"敕造"？林黛玉从荣国府的哪个门进入的？为什么正门不开，只有东西角门有人出入？

2. 林黛玉被抬入荣国府之后，原轿夫为何要停轿并退出，换小厮再次抬起，众婆子围随？林黛玉下轿是在什么地方？

3. 什么叫"垂花门"？什么叫"抄手游廊"？什么叫"紫檀架子大理石的大插屏"？从建筑层面上看，它们各有什么功能？从文化层面上看，它们各有什么内涵？

4. 林黛玉从垂花门到贾母正房经过了几道建筑层次？贾母的正房大院建筑描写是什么样的？

5. 贾母示意林黛玉去见两位舅舅时，邢夫人带着林黛玉是从哪条路径出来的？以何种交通工具出了荣国府的哪道门？

6. 林黛玉在拜见大舅贾赦的过程中，她看到贾赦院的布局是什么情况？她猜测贾赦院原本是荣国府的哪个部分？

7. 林黛玉从贾赦院出来后，往哪个方向拐的弯？经过哪几层建筑之后进入了荣国府上房大院？其建筑布局是什么样的？

8. 林黛玉在上房看见了一个什么样的匾额？房内陈设是什么样的？什么叫"万几宸翰"？什么叫"待漏随朝墨龙大画"？

9. 王夫人住在荣禧堂的哪边？林黛玉进入王夫人的房间后，看到什么样的屋内陈设？林黛玉为什么不坐炕上，只挨着王夫人坐下？

10. 贾母传晚饭，王夫人带林黛玉从哪个地方过去？经过了哪些路线？她看见王熙凤的院落是个什么情况？最后从贾母院的哪个门进入？

这10个引导问题是以林黛玉进贾府的路线顺序为依据而提出来的，其中还包含着对古代建筑文化知识的提问。学生根据这10个问题的答案基本可以勾勒出荣国府的建筑布局与平面示意图，同时将其中关于建筑文化问题的答案整合后就可以解释贾府建筑的文化内涵。所以这10个引导问题可以让学生连接成一个完整的工作过程，学生在引导问题的指引下达到工作目标。

## 三、学习目的描述

此次学习的目的，从知识层面上看，是让学生通过对《红楼梦》原文选段的阅读弄清林黛玉行走的路线，为读懂红楼文本提供基础条件；了解门第、建筑礼制的概念及中国传统建筑布局中府、院、房、间的含义等，以此获得关于中国古典建筑文化的相关知识。从能力层面上看，让学生通过林黛玉进贾府的阅读，掌握读红楼文本、读中国文化、读哲学意蕴的"三层读法"。学生最终提供一份完整的荣国府平面示意图、一份介绍荣国府建筑与文化内涵的文稿、一件汇报时使用的PPT课件，最终完成学习成果汇报展示。

## 四、学习质量监控表

学习质量监控，如表5-1所示。

表5-1 学习质量监控表

| 序号 | 文本阅读 | 完成情况 | 文化解读 | 完成情况 | 示意图绘制 |
|---|---|---|---|---|---|
| 1 | 林黛玉看见的贾府大门是什么样的？ |  | 什么叫"兽头大门"？什么叫"敕造"？林黛玉从荣国府哪个门进入的？为什么正门不开，只有东西角门有人出入？ |  |  |
| 2 | 林黛玉被抬入荣国府之后，是在什么地方下的轿？ |  | 原轿夫为何要停轿并退出，换小厮再次抬起，众婆子围随？ |  |  |
| 3 |  |  | 什么叫"垂花门"？什么叫"抄手游廊"？什么叫"紫檀架子大理石的大插屏"？从建筑层面上看，它们各有什么功能？从文化层面上看，它们各有什么内涵？ |  |  |

续表

| 序号 | 文本阅读 | 完成情况 | 文化解读 | 完成情况 | 示意图绘制 |
|---|---|---|---|---|---|
| 4 | 林黛玉从垂花门到贾母正房经过了几道建筑层次？贾母的正房大院建筑描写是什么样的？ | | | | |
| 5 | 邢夫人带着林黛玉是从哪条路径出来的？以何种交通工具出了荣国府的哪道门？ | | | | |
| 6 | 贾赦院的布局是什么样的情况？黛玉猜测贾赦院原本是荣国府的哪个部分？ | | | | |
| 7 | 林黛玉从贾赦院出来后，往哪个方向拐的弯？经过哪几层建筑之后进入荣国府上房大院？其建筑布局是什么样的？ | | | | |
| 8 | 林黛玉在上房看见了一个什么样的匾额？房内陈设是什么样的？ | | 什么叫"万几宸翰"？什么叫"待漏随朝墨龙大画"？ | | |
| 9 | 王夫人住在荣禧堂的哪边？林黛玉进入王夫人的房间后，看到什么样的屋内陈设？ | | 林黛玉为什么不坐炕上，只挨着王夫人坐下？ | | |
| 10 | 贾母传晚饭，王夫人带林黛玉从哪个地方过去？经过了哪些路线？她看见王熙凤的院落是个什么情况？最后从贾母院的哪门进入？ | | | | |

此表的作用便于学生在学习的过程中不盲目、不遗忘任务，保证学习

目标有序顺利地进行。此外，完成一个部分之后可以在对应的表格中作上标记。

### 五、文献资源信息表

文献资源信息，如表 5-2 所示。

表 5-2　文献资源信息表

| 资源类别 | 资源名称 |
| --- | --- |
| 书籍 | 1. 冯其庸、李希凡主编《红楼梦大辞典》（修订版），文化艺术出版社 2010 年版<br>2. 关华山著《〈红楼梦〉中的建筑与园林》，百花文艺出版社 2008 年版<br>3. 刘黎琼、黄云皓著《移步红楼》，生活·读书·新知三联书店 2010 年版 |
| 论文 | 1. 述闻《〈红楼梦〉中的建筑研究》，《红楼梦学刊》1986 年第 3 辑<br>2. 井良音、张永超、王学勇《红楼梦视角下的中国古代建筑等级观念》，《建筑与文化》2017 年第 10 期<br>3. 张靖琪《人文相契，蕴情阐序——〈红楼梦〉贾母上房的"人文"智慧》，中央美术学院 2017 年硕士学位论文 |
| 视频 | 超星学习通平台：马经义主讲《红楼梦与中国建筑文化》，上、下集，90 分钟 |
| 网络 | 《红楼梦建筑图解》，http://wemedia.ifeng.com/38484916/wemedia.shtml |

此表中所提供的书籍、论文、视频等是帮助学生完成任务所必需的资源，即学生可以在所提供的资源中找到任务结果。

### 六、评价参考

评价参考是一份具有"参看答案"性质的资料，这份资料不能提前透露给学生，它是用于教师对学生成果进行评价的参考资料。

## （一）荣国府建筑平面示意图❶

荣国府建筑平面示意图，如图 5-2 所示。

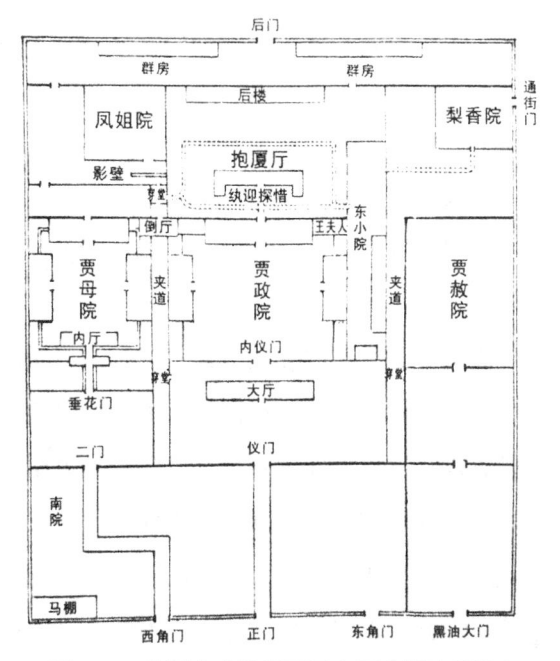

图 5-2　荣国府建筑平面示意图（周汝昌绘）

## （二）建筑文化内涵解释

1.三间兽头大门：所谓"兽头"是大门上门环的一种装饰。《大清律例·服舍违式》规定，一、二品官员的大门用"兽面铜环"，三、四、五品官员的大门用"兽面摆锡环"。公侯府邸的大门一般不开，只有在节庆、祭祀或婚丧嫁娶等重要仪式时开启，家人们平日出入都走角门。此外，圣旨降临或来了身份地位较高的宾客，是要开大门迎接的，如元妃省亲，属于国礼，开中门迎驾。而林黛玉进贾府从礼制上讲非为大门迎接的等次且她又是晚辈，所以从西角门入府。

---

❶ 关华山.《红楼梦》中的建筑与园林［M］.天津：百花文艺出版社，2008：38.

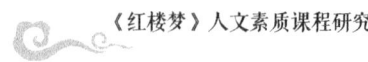

2. 敕造荣国府：从字面意义上讲，"敕造"就是指奉皇帝之命修建。但在清代，无论是王公侯府还是中央衙门机构，很少有在大门上张挂建筑名称匾额时标明"敕造"二字的，府邸和衙门的匾额一般都挂于主堂之上。清康熙年间，江宁织造署因曾是康熙南巡驻跸的行宫，地位尊崇，所以其匾额上特意注明"敕造"二字。所以《红楼梦》中"敕造宁（荣）国府"的匾额是有其生活原型的，它来源于作者曹雪芹家族的史实实录。

3. 垂花门：《红楼梦大辞典》上的解释是："大门以内的第二重门，或内院、跨院的院门。"❶ 因为在此门的正面，有两根挑檐梁，其端部有倒垂着的一对莲花，所以称垂花门。从建筑功能上讲，垂花门与二门都是内外的分界线。在有些建筑中，垂花门和二门是一回事；但在《红楼梦》中的荣国府，二者是有显著区别的。在《红楼梦》中，二门是贾府内外府邸的重要分界点：一般而言，成年男性仆人都在二门以外工作；二门以内是女性活动场所，而小姐是不轻易出二门的，所以有"大门不出，二门不迈"的说法。当林黛玉的轿子从西角门进入荣国府后，走了一箭之地，停下来换人再往里走，其原因就在于成年男性仆人是不能进二门的，所以换上来复抬起轿子的是未成年的小厮。

4. 府、院、房、间：府邸原本并不是一个建筑名词，而是一个门第概念。《宋史·舆服六》规定："执政亲王所居曰府，余官曰宅，庶民曰家。"所以我们常说的宫殿、府邸、宅、家等都不是建筑本身，而是指社会地位等次。贾府是公爵之家，所以"宁国府""荣国府"是身份地位的象征。院则是建筑概念。《红楼梦》中的"院"很多，以林黛玉初进贾府为例，整个路线就包括了贾母院、贾赦院、贾政院等。在《红楼梦》中，"院"还包含"家"的含义，其伦理及社会意味浓厚。例如，贾赦院就是贾赦的家，贾政院就是贾政的家，这些院不仅在建筑上相对独立，也代表着家庭之间的独立。房是院落建筑下又一独栋建筑。以四合院为例，有正房、东

---

❶ 冯其庸，李希凡. 红楼梦大辞典 [M]. 北京：文化艺术出版社，2010：83.

西厢房、南屋、北屋等。房也分等级，如正房是一个院落中最重要的场所，一般处于院落中轴线的端点。间则是房里面的建筑空间，以四合院为例，间是一个横向的概念。通常一房分为左、中、右三间：正中间被称为外间，也称堂屋或客厅，是相对公共的区域，主要用于主人会客；左、右两间被称为里间，是较为私密的空间，一般用于卧室或者书房。"三间房"是中国民居住宅建筑中最基本的样式。从文化内涵层面上讲，客厅、卧室、书房，是一个人社会交往、自身个体及文化修养的三维合一。

做完以上六个部分的工作，我们就完成了"从林黛玉进贾府看中国古代建筑文化"引导课文设计的前期准备。引导课文教学法和传统讲授法相比较，讲授法以教师为中心，突出教师的主导地位，学生依赖教师的传授来"拿"知识组装构成自己的认知能力。引导课文教学法恰恰相反。引导课文教学法以学生为中心，学生通过引导课文，围绕咨询、计划、决策、实施、控制、评价等六个步骤进行独立学习，能力在独立完成任务的过程中逐渐自动生产，而教师只是教学过程中的引导者与控制者。所以学生能力的"组装构成"与"自动生成"是实施传统讲授法与引导课文教学法最大的区别。

**附：《红楼梦》第三回原文选段**

且说黛玉自那日弃舟登岸时，便有荣国府打发了轿子并拉行李的车辆久候了。这林黛玉常听得母亲说过，他外祖母家与别人家不同。他近日所见的这几个三等仆妇，吃穿用度，已是不凡了，何况今至其家。因此步步留心，时时在意，不肯轻易多说一句话，多行一步路，惟恐被人耻笑了他去。

自上了轿，进入城中，从纱窗向外瞧了一瞧，其街市之繁华，人烟之阜盛，自与别处不同。又行了半日，忽见街北蹲着两个大石狮子，三间兽头大门，门前列坐着十来个华冠丽服之人。正门却不开，只有东西两角门有人出入。正门之上有一匾，匾上大书"敕造宁国府"五个大字。黛玉想道："这必是外祖之长房了。"想着，又往西行，不多远，照样也是三间大门，方是荣国府了。却不进正门，只进了西边角门。那轿夫抬进去，走了一射之地，将转弯时，便歇下退出去了。后面的婆子们已都下了轿，赶上前来。另换了三四个衣帽周全十七八岁的小厮上来，复抬起轿子。众婆子步下围随至一垂花门前落下。众小厮退出，众婆子上来打起轿帘，扶黛玉下轿。林黛玉扶着婆子的手，进了垂花门，两边是抄手游廊，当中是穿堂，当地放着一个紫檀架子大理石的大插屏。转过插屏，小小的三间厅，厅后就是后面的正房大院。正面五间上房，皆雕梁画栋，两边穿山游廊厢房，挂着各色鹦鹉、画眉等鸟雀。台矶之上，坐着几个穿红着绿的丫头。一见他们来了，便忙都笑迎上来，说："刚才老太太还念呢，可巧就来了。"于是三四人争着打起帘笼，一面听得人回话："林姑娘到了。"

黛玉方进入房时，只见两个人搀着一位鬓发如银的老母迎上来，黛玉便知是他外祖母。方欲拜见时，早被他外祖母一把搂入怀中，心肝儿肉叫着大哭起来。当下地下侍立之人，无不掩面涕泣，黛玉也哭个不住。一时众人慢慢解劝住了，黛玉方拜见了外祖母。——此即冷子兴所云之史氏太君，贾赦贾政之母也。当下贾母一一指与黛玉："这是你大舅母；这是你二舅母；这是你先珠大哥的媳妇珠大嫂子。"黛玉一一拜见过。贾母又说："请姑娘们来。今日远客才来，可以不必上学去了。"众人答应了一声，便去了两个。

不一时，只见三个奶嬷嬷并五六个丫鬟，簇拥着三个姊妹来了。第一个肌肤微丰，合中身材，腮凝新荔，鼻腻鹅脂，温柔沉默，观之可亲。第二个削肩细腰，长挑身材，鸭蛋脸面，俊眼修眉，顾盼神飞，文彩精华，见之忘俗。第三个身量未足，形容尚小。其钗环裙袄，三人皆是一样的妆饰。黛玉忙起身迎上来见礼，互相厮认过，大家归了坐。丫鬟们斟上茶来。不过叙些黛玉之母如何得病，如何请医服药，如何送死发丧。不免贾母又伤感起来，因说："我这些儿女，所疼者独有你母，今日一旦先舍我而去，连面也不能一见，今见了你，我怎不伤心！"说着，搂了黛玉在怀，又呜咽起来。众人忙都宽慰解释，方略略止住。

众人见黛玉年貌虽小，其举止言谈不俗，身体面庞虽怯弱不胜，却有一段自然的风流态度，便知他有不足之症。因问："常服何药，如何不急为疗治？"黛玉道："我自来是如此，从会吃饮食时便吃药，到今日未断，请了多少名医修方配药，皆不见效。那一年我三岁时，听得说来了一个癞头和尚，说要化我去出家，我父母固是不从。他又说：'既舍不得他，只怕他的病一生也不能好的了。若要好时，除非从此以后总不许见哭声；除父母之外，凡有外姓亲友之人，一概不见，方可平安了此一世。'疯疯癫癫，说了这些不经之谈，也没人理他。如今还是吃人参养荣丸。"贾母道："正好，我这里正配丸药呢。叫他们多配一料就是了。"

一语未了，只听后院中有人笑声，说："我来迟了，不曾迎接远客！"黛玉纳罕道："这些人个个皆敛声屏气，恭肃严整如此，这来者系谁，这样放诞无礼？"心下想时，只见一群媳妇丫鬟围拥着一个人从后房门进来。这个人打扮与众姑娘不同，彩绣辉煌，恍若神妃仙子。头上戴着金丝八宝攒珠髻；绾着朝阳五凤挂珠钗；项上戴着赤金盘螭璎珞圈；裙边系着豆绿宫绦双衡比目玫瑰佩；身上穿着缕金百蝶穿花大红洋缎窄裉袄，外罩五彩刻丝石青银鼠褂；下着翡翠撒花洋绉裙。一双丹凤三角眼，两弯柳叶吊梢眉，身量苗条，体格风骚。粉面含春威不露，丹唇未启笑先闻。黛玉连忙起身接见。贾母笑道："你不认得他，他是我们这里有名的一个泼皮破落户儿，南省俗谓作'辣子'，你只叫他'凤辣子'就是了。"

黛玉正不知以何称呼，只见众姊妹都忙告诉他道："这是琏嫂子。"黛玉虽不识，也曾听见母亲说过，大舅贾赦之子贾琏，娶的就是二舅母王氏之内侄女，自幼假充男儿教养的，学名王熙凤。黛玉忙陪笑见礼，以"嫂"呼之。

这熙凤携着黛玉的手，上下细细打谅了一回，仍送至贾母身边坐下，因笑道："天下真有这样标致的人物，我今儿才算见了！况且这通身的气派，竟不象老祖宗的外孙女儿，竟是个嫡亲的孙女，怨不得老祖宗天天口头心头一时不忘。只可怜我这妹妹这样命苦,怎么姑妈偏就去世了!"说着,便用帕拭泪。贾母笑道:"我才好了,你倒来招我。你妹妹远路才来,身子又弱,也才劝住了,快再休提前话。"这熙凤听了,忙转悲为喜道:"正是呢!我一见了妹妹,一心都在他身上了,又是喜欢,又是伤心,竟忘记了老祖宗。该打,该打!"又忙携黛玉之手,问:"妹妹几岁了?可也上过学?现吃什么药?在这里不要想家,想要什么吃的,什么玩的,只管告诉我;丫头老婆们不好了,也只管告诉我。"一面又问婆子们:"林姑娘的行李东西可搬进来了?带了几个人来?你们赶早打扫两间下房,让他们去歇歇。"

说话时,已摆了茶果上来。熙凤亲为捧茶捧果。又见二舅母问他:"月钱放过了不曾?"熙凤道:"月钱已放完了。才刚带着人到后楼上找缎子,找了这半日,也并没有见昨日太太说的那样的,想是太太记错了?"王夫人道:"有没有,什么要紧。"因又说道:"该随手拿出两个来给你这妹妹去裁衣裳的,等晚上想着叫人再去拿罢,可别忘了。"熙凤道:"这倒是我先料着了,知道妹妹不过这两日到的,我已预备下了,等太太回去过了目好送来。"王夫人一笑,点头不语。

当下茶果已撤,贾母命两个老嬷嬷带了黛玉去见两个母舅。时贾赦之妻邢氏忙亦起身,笑回道:"我带了外甥女过去,倒也便宜。"贾母笑道:"正是呢,你也去罢,不必过来了。"邢夫人答应了一声"是"字,遂带了黛玉与王夫人作辞。大家送至穿堂前。

出了垂花门,早有众小厮们拉过一辆翠幄青绸车,邢夫人携了黛玉,坐在上面,众婆子们放下车帘,方命小厮们抬起,拉至宽处,方驾上驯骡,亦出了西角门,往东过荣府正门,便入一黑油大门中,至仪门前方下来。众小厮退出,方打起车帘,邢夫人搀着黛玉的手,进入院中。黛玉度其房屋院宇,必是荣府中花园隔断过来的。进入三层仪门,果见正房厢庑游廊,悉皆小巧别致,不似方才那边轩峻壮丽,且院中随处之树木山石皆在。一时进入正室,早有许多盛妆丽服之姬妾丫鬟迎着,邢夫人让黛玉坐了，一面命人到外面书房去请贾赦。一时人来回话说："老爷说了'连日身上不好，见了姑娘彼此倒伤心，暂且不忍相见。劝姑娘不要伤心想家，跟着老太太和舅母，即同家里一样。姊妹们虽拙，大家一处伴着，亦可以解些烦闷。或有委屈之处，只管说得，不要外道才是。'"黛玉忙站起来，一一听了。再坐一刻，便告辞。

邢夫人苦留吃过晚饭去，黛玉笑回道："舅母爱惜赐饭，原不应辞，只是还要过去拜见二舅舅，恐领了赐去不恭，异日再领，未为不可。望舅母容谅。"邢夫人听说，笑道："这倒是了。"遂令两三个嬷嬷用方才的车好生送了姑娘过去。于是黛玉告辞。邢夫人送至仪门前，又嘱咐了众人几句，眼看着车去了方回来。

一时黛玉进了荣府，下了车。众嬷嬷引着，便往东转弯，穿过一个东西的穿堂，向南大厅之后，仪门内大院落，上面五间大正房，两边厢房鹿顶耳房钻山，四通八达，轩昂壮丽，比贾母处不同。黛玉便知这方是正经正内室，一条大甬路，直接出大门的。进入堂屋中，抬头迎面先看见一个赤金九龙青地大匾，匾上写着斗大的三个大字，是"荣禧堂"，后有一行小字："某年月日，书赐荣国公贾源"，又有"万几宸翰之宝"。大紫檀雕螭案上，设着三尺来高青绿古铜鼎，悬着待漏随朝墨龙大画，一边是金蜼彝，一边是玻璃盒。地下两溜十六张楠木交椅，又有一副对联，乃乌木联牌，镶着鏨银的字迹，道是：

座上珠玑昭日月，堂前黼黻焕烟霞。

下面一行小字，道是："同乡世教弟勋袭东安郡王穆莳拜手书"。

原来王夫人时常居坐宴息，亦不在这正室，只在这正室东边的三间耳房内。于是老嬷嬷引黛玉进东房门来。临窗大炕上铺着猩红洋罽，正面设着大红金钱蟒靠背，石青金钱蟒引枕，秋香色金钱蟒大条褥。两边设一对梅花式洋漆小几。左边几上文王鼎匙箸香盒；右边几上汝窑美人觚——觚内插着时鲜花卉，并茗碗痰盒等物。地下面西一溜四张椅上，都搭着银红撒花椅搭，底下四副脚踏。椅之两边，也有一对高几，几上茗碗瓶花俱备。其馀陈设，自不必细说。

老嬷嬷们让黛玉炕上坐，炕沿上却有两个锦褥对设，黛玉度其位次，便不上炕，只向东边椅子上坐了。本房内的丫鬟忙捧上茶来。黛玉一面吃茶，一面打谅这些丫鬟们，妆饰衣裙，举止行动，果亦与别家不同。茶未吃了，只见一个穿红绫袄青缎掐牙背心的丫鬟走来笑说道："太太说，请林姑娘到那边坐罢。"老嬷嬷听了，于是又引黛玉出来，到了东廊三间小正房内。

正面炕上横设一张炕桌，桌上磊着书籍茶具，靠东壁面西设着半旧的青缎靠背引枕。王夫人却坐在西边下首，亦是半旧的青缎靠背坐褥。见黛玉来了，便往东让。黛玉心中料定这是贾政之位。因见挨炕一溜三张椅子上，也搭着半旧的弹墨椅袱，黛玉便向椅上坐了。王夫人再四携他上炕，他方挨王夫人坐了。王夫人因说："你舅舅今日斋戒去了，再见罢。只是有一句话嘱咐你：你三个姊妹倒都极好，以后一处念书认字学针线，或是偶一顽笑，都有尽让的。但我不放心的最是一件：我有一个孽根祸胎，是家里的'混世魔王'，今日因庙里还愿去了，尚未回来，晚间你看见便知了。你只以后不要睬他，你这些姊妹都不敢沾惹他的。"

黛玉亦常听得母亲说过，二舅母生的有个表兄，乃衔玉而诞，顽劣异常，极恶读书，最喜在内帏厮混，外祖母又极溺爱，无人敢管。今见王夫人如此说，便知说的是这表兄了。因陪笑道："舅母说的，可是衔玉所生的这位哥哥？在家时亦曾听见母亲常说，这位哥哥比我大一岁，小名就唤宝玉，虽极憨顽，说在姊妹情中极好的。况我来了，自然只和姊妹同处，兄弟们自是别院另室的，岂得去沾惹之理？"王夫人笑道："你不知道原故：他与别人不同，自幼因老太太疼爱，原系同姊妹们一处娇养惯了的。若姊妹们有日不理他，他倒还安静些，纵然他没趣，不过出了二门，背地里拿着他两个小幺儿出气，咕唧一会子就完了。若这一日姊妹们和他多说一句话，他心里一乐，便生出多少事来。所以嘱咐你别睬他。他嘴里一时甜言蜜语，一时有天无日，一时又疯疯傻傻，只休信他。"

## 第五章　引导课文教学法在《红楼梦》课程中的运用研究

　　黛玉一一的都答应着。只见一个丫鬟来回:"老太太那里传晚饭了。"王夫人忙携黛玉从后房门由后廊往西,出了角门,是一条南北宽夹道。南边是倒座三间小小的抱厦厅,北边立着一个粉油大影壁,后有一半大门,小小一所房室。王夫人笑指向黛玉道:"这是你凤姐姐的屋子,回来你好往这里找他来,少什么东西,你只管和他说就是了。"这院门上也有四五个才总角的小厮,都垂手侍立。王夫人遂携黛玉穿过一个东西穿堂,便是贾母的后院了。

　　于是,进入后房门,已有多人在此伺候,见王夫人来了,方安设桌椅。贾珠之妻李氏捧饭,熙凤安箸,王夫人进羹……❶

---

　　❶ [清]曹雪芹著,[清]无名氏续,[清]程伟元、高鹗整理,中国艺术研究院红楼梦研究所校注:《红楼梦》,人民文学出版社,2008年版,第37—46页。

# 第六章　角色扮演教学法在《红楼梦》课程中的运用研究

"角色扮演"原本属于表演艺术范畴。1935年，美国社会学家乔治·赫伯特·米德（G. H. Mead）将角色扮演引入社会学领域，随着时间的推移，逐渐形成较为系统的角色扮演理论并被广泛运用于教育学、管理学、心理学等学科。在教育学领域，角色扮演是行动导向教学法中使用较早的方法之一。那么，角色扮演教学法在《红楼梦》人文素质课程中如何运用呢？下面我们作一简要论述。

## 第一节　角色扮演教学法概况

美国心理学家阿尔伯特·班杜拉（A. Bandura）认为，观察学习是人获得社会行为的最好方式。因为观察学习时时处处都可以进行，不需要刻意寻求老师，而且学习成本极低。学生只需要通过对榜样的观察，就可以获取知识与技能，学到新的行为方式。正是基于这样的理念，角色扮演法被纳入职业教育中，通过模拟情境活动，让学生进入职业人的社会位置或社会角色，让学生通过设定好的角色，并按照此角色的社会要求和职业标准来行事。角色扮演教学法的目的是让学生感受未来的职业状态，为适应未来职业角色的心理与完成未来职业技能做针对性训练。

那么，如何定义角色扮演法呢？乔治·赫伯特·米德的角色扮演理论认为："个人通过扮演他人的角色，获得运用和解释有意义的行为的能力，从而了解社会的各种行为习惯和规范，并最终实现自我的社会化。"❶

从知识的接受层面上看，在原有的传统课堂教学中，学生是被动接受状态。而在角色扮演法教学中，学生通过某种角色扮演，主动获取知识。此时"扮演"成了学生自我组建知识的工具。更重要的是，角色扮演的过程是一个知识、技能、素养、态度等多维度融合提升的过程，因为角色扮演是对具体情境与个人的模拟，那么就要认可被模拟的一切，去感受、了解、认知被模拟的人，并因此成为组织知识的手段。

角色扮演教学法在实际操作中有两种形式：一是特定性角色扮演；二是开放性角色扮演。所谓特定性角色扮演，是指对扮演的角色在行动、内容上有明确的规定。所谓开放性角色扮演，是指对扮演的角色没有明确的规定，需要学生自己有创见性地理解并分配角色。与特定性角色扮演相较，开放性角色扮演需要学生充分理解角色内涵，事先做好各种准备。

角色扮演法的目标主要有三点。

第一，可以体验新的社会行为方式。角色扮演的本质就是在模拟真实的职业活动，如学生进入一个设定好的情景中，通过真实的行动去处理问题，从而体验职业环境下的行为方式与社交技巧，领悟职业角色的内涵，最终建立职业认同感与归属感。

第二，可以换位思考并反思自己的行为。角色扮演就是一个身份换位

---

❶ 赵志群，海尔伯特·罗什.职业教育行动导向的教学[M].北京：清华大学出版社，2016：69.

的过程，在这个过程中，学生不仅仅是进入角色，还可以反思自己，有利于学生思想和行为的转变。

第三，可以唤醒学生的内动机制。"角色扮演过程是一个生动活泼、具有内在吸引力的知识学习与知识组织过程。它通过学生的参与和观察，动用学生的全部感官，激发学生的兴趣，吸引学生的注意力，为学生提供了学习和个性发展的机会和内在推动力。"❶对于学生而言，如果说传统讲授法是知识的被动灌输与组装，那么角色扮演法就是知识的自动生成与自行构建，所以角色扮演法是唤醒学生内动机制的好方式。

## 第二节 《红楼梦》角色扮演教学设计

角色扮演教学法运用于《红楼梦》人文素质课程，其主要目的是让学生理解红楼人物，体验在不同时代背景、文化背景、家族背景下红楼人物的内心状态与行为表现。从《红楼梦》"三层读法"理论来看，红楼角色扮演教学法训练的是学生对文本的阅读，也就是读红楼故事层。我们以王熙凤为例，选择一个红楼文段，欣赏并体验王熙凤的语言艺术。

### 一、《红楼梦》第六回原文选段

（王熙凤）端端正正坐在那里，手内拿着小铜火箸儿拨手炉内的灰。平儿站在炕沿边，捧着小小的一个填漆茶盘，盘内一个小盖钟。凤姐也不接茶，也不抬头，只管拨手炉内的灰，慢慢的问道："怎么还不请进来？"一面说，一面抬身要茶时，只见周瑞家的已带了两个人在地下站着呢。这

---

❶ 赵志群，海尔伯特·罗什.职业教育行动导向的教学［M］.北京：清华大学出版社，2016：72.

才忙欲起身，犹未起身时，满面春风的问好，又嗔着周瑞家的怎么不早说。刘姥姥在地下已是拜了数拜，问姑奶奶安。凤姐忙说："周姐姐，快搀起来，别拜罢，请坐。我年轻，不大认得，可也不知是什么辈数，不敢称呼。"周瑞家的忙回道："这就是我才回的那姥姥了。"凤姐点头。刘姥姥已在炕沿上坐了。板儿便躲在背后，百般的哄他出来作揖，他死也不肯。

凤姐儿笑道："亲戚们不大走动，都疏远了。知道的呢，说你们弃厌我们，不肯常来，不知道的那起小人，还只当我们眼里没人似的。"刘姥姥忙念佛道："我们家道艰难，走不起，来了这里，没的给姑奶奶打嘴，就是管家爷们看着也不像。"凤姐儿笑道："这话没的叫人恶心。不过借赖着祖父虚名，作了穷官儿，谁家有什么，不过是个旧日的空架子。俗语说，'朝廷还有三门子穷亲戚'呢，何况你我。"说着，又问周瑞家的回了太太了没有。周瑞家的道："如今等奶奶的示下。"凤姐道："你去瞧瞧，要是有人有事就罢，得闲儿呢就回，看怎么说。"周瑞家的答应着去了。

……

说话时，刘姥姥已吃毕了饭，拉了板儿过来，躭舌咂嘴的道谢。凤姐笑道："且请坐下，听我告诉你老人家。方才的意思，我已知道了。若论亲戚之间，原该不等上门来就该有照应才是。但如今家内杂事太烦，太太渐上了年纪，一时想不到也是有的。况是我近来接着管些事，都不知道这些亲戚们。二则外头看着虽是烈烈轰轰的，殊不知大有大的艰难去处，说与人也未必信罢。今儿你既老远的来了，又是头一次见我张口，怎好叫你空回去呢。可巧昨儿太太给我的丫头们做衣裳的二十两银子，我还没动呢，你若不嫌少，就暂且先拿了去罢。"

那刘姥姥先听见告艰难，只当是没有，心里便突突的，后来听见给他二十两，喜的又浑身发痒起来，说道："嗳，我也是知道艰难的。但俗语说的：'瘦死的骆驼比马大'，凭他怎样，你老拔根寒毛比我们的腰还粗呢！"周瑞家的见他说的粗鄙，只管使眼色止他。凤姐看见，笑而不睬，只命平儿把昨儿那包银子拿来，再拿一吊钱来，都送到刘姥姥的跟前。凤姐乃道：

"这是二十两银子，暂且给这孩子做件冬衣罢。若不拿着，就真是怪我了。这钱雇车坐罢。改日无事，只管来逛逛，方是亲戚们的意思。天也晚了，也不虚留你们了，到家里该问好的问个好儿罢。"一面说，一面就站了起来。

## 二、角色扮演的准备阶段

在角色扮演教学法的实施过程中，教师承担的是一个"导演"的角色，所以在准备阶段，教师首先引导学生阅读《红楼梦》原文选段，厘清其中的人物关系，用引导文引领学生思考，提供文献、音视频等资料供学生参考学习。需要注意的是，教师在引导学生理解文本的过程中，不宜做过多的解读，避免教师的主观诠释影响学生的思考与体验。

准备阶段主要包括引导课文与资料提供两项内容。

### （一）引导课文

1. 在所选文段中，王熙凤与刘姥姥之间的对话，以地位身份论，是"上对下"还是"下对上"？

2. 下面这段文字体现了王熙凤什么样的状态？她对刘姥姥的来访有着何种心理？

（王熙凤）端端正正坐在那里，手内拿着小铜火箸儿拨手炉内的灰。平儿站在炕沿边，捧着小小的一个填漆茶盘，盘内一个小盖钟。凤姐也不接茶，也不抬头，只管拨手炉内的灰，慢慢的问道："怎么还不请进来？"

3. 下面这段话，王熙凤想表达什么意思？

凤姐儿笑道："亲戚们不大走动，都疏远了。知道的呢，说你们弃厌我们，不肯常来，不知道的那起小人，还只当我们眼里没人似的。"

4. 下面这段话如何理解？王熙凤所说是真还是假？

凤姐儿笑道："这话没的叫人恶心。不过借赖着祖父虚名，作了穷官儿，谁家有什么，不过是个旧日的空架子。俗语说，'朝廷还有三门子穷亲戚'呢，何况你我。"

5. 下面这段话，王熙凤表达了若干意思，其虚实如何判断？

凤姐笑道："且请坐下，听我告诉你老人家。方才的意思，我已知道了。若论亲戚之间，原该不等上门来就该有照应才是。但如今家内杂事太烦，太太渐上了年纪，一时想不到也是有的。况是我近来接着管些事，都不知道这些亲戚们。二则外头看着虽是烈烈轰轰的，殊不知大有大的艰难去处，说与人也未必信罢。今儿你既老远的来了，又是头一次见我张口，怎好叫你空回去呢。可巧昨儿太太给我的丫头们做衣裳的二十两银子，我还没动呢，你若不嫌少，就暂且先拿了去罢。"

6. 下面这段话中，你如何理解"二十两银子"和"一吊钱"？如何理解"一面说，一面就站了起来"这个动作？

凤姐看见，笑而不睬，只命平儿把昨儿那包银子拿来，再拿一吊钱来，都送到刘姥姥的跟前。凤姐乃道："这是二十两银子，暂且给这孩子做件冬衣罢。若不拿着，就真是怪我了。这钱雇车坐罢。改日无事，只管来逛逛，方是亲戚们的意思。天也晚了，也不虚留你们了，到家里该问好的问个好儿罢。"一面说，一面就站了起来。

（二）资料提供

资料提供，见表6-1。

表 6-1　资料参考表

| 资源类别 | 资源名称 |
| --- | --- |
| 书籍 | 1. 曹立波著《红楼十二钗评传》，清华大学出版社 2007 年版<br>2. 马经义著《红楼十二钗评论史略》，四川大学出版社 2012 年版<br>3. 王昆仑著《红楼梦人物论》，北京出版社 2004 年版 |
| 论文 | 1. 吕启祥《辣手·心机·刚口——王熙凤的魔力与魅力》，文化艺术出版社 2005 年版《红楼梦寻——吕启祥论红楼梦》<br>2. 薛瑞生《机关算尽太聪明——王熙凤论》，《红楼梦学刊》1995 年第 2 辑 |
| 视频 | 1.《百家讲坛》：吕启祥主讲《王熙凤的魔力与魅力》，上、下集，90 分钟<br>2. 超星学习通平台：马经义主讲《趣话王熙凤》，上、下集，90 分钟<br>3.1987 版电视剧《红楼梦》第 2 集<br>4.2010 版电视剧《红楼梦》第 3 集 |

通过如上课文引导与相关资料参考，学生在角色扮演的准备阶段，要明确角色扮演的目的。对于本次角色扮演，主要目的在于，让学生进入红楼人物内心，体会语言表达对人物塑造的重要性，理解红楼人物的语言风格，从而实现细读文本。

### 三、角色扮演的计划制订

学生自由组成团队，在教师的引领下，通过引导课文思考，讨论相关的问题。同时，各合作小组要在团队中分配好角色，并进行反复排练。

### 四、角色扮演的实施与评价

对于角色扮演的实施，可以是现场表演，也可以是视频录制后进行表演播放。对于角色扮演的评价，需要教师和学生一起观看并进行点评。在此需要注意的是，角色扮演的评价并非评价"演技"高低，而是对角色语言及说话方式、情绪把控等的评价。所以当角色扮演完毕后，教师或观看者可以根据学生扮演的状态进行提问，由扮演者现场回答。

## 五、原文解读参考

王熙凤是《红楼梦》中的核心人物之一，无论是管理家政，还是周旋在公婆妯娌之间，语言的表达与交流都是凤姐需要具备的第一要素。她的说话能力如何？当然是第一流的。如同贾府的说书女先儿所说："奶奶好刚口。奶奶要一说书，真连我们吃饭的地方也没了。"在社会交往中，判断一个人的说话能力有三个标准，第一是准确传递信息，第二是使用恰当的词汇，第三是对事物命名的能力。作为贾府的执行总经理，王熙凤要面对上上下下各色人，所以她的语言，会根据不同的人做出不同的设置和调整。

如《红楼梦》第六回，刘姥姥第一次到荣国府，她来的目的是想得到一些好处，因为寒冬逼近，家里实在艰难，所以才想到了这个法子。王熙凤原本并不认识刘姥姥，当她得知刘姥姥的来意，又综合王夫人的指示，于是便和刘姥姥有了这样一番对话：

凤姐儿笑道："亲戚们不大走动，都疏远了。知道的呢，说你们弃厌我们，不肯常来，不知道的那起小人，还只当我们眼里没人似的。"刘姥姥忙念佛道："我们家道艰难，走不起，来了这里，没的给姑奶奶打嘴，就是管家爷们看着也不像。"凤姐儿笑道："这话没的叫人恶心。不过借赖着祖父虚名，作了穷官儿，谁家有什么，不过是个旧日的空架子。俗语说，'朝廷还有三门子穷亲戚'呢，何况你我。"

凤姐说的第一句话就把她不认识刘姥姥的尴尬扭转了过来，而且不认识的原因是像刘姥姥这样的亲戚厌弃她们，不肯常来。当然这话并非真的在怪罪谁，而是让双方都有一个台阶下。当刘姥姥表示自己穷，走不起的时候，王熙凤的话就更加有意思了——"不过借赖着祖父虚名，作了穷官儿，谁家有什么，不过是个旧日的空架子。俗语说，'朝廷还有三门子穷亲戚'呢，何况你我。"这句话有两层含义：第一层意思是回应刘姥姥，表示所谓的富贵不过是个空架子而已；第二层意思是为下面的对话作铺垫，因为凤姐已经知道刘姥姥来的目的，有这句话作铺垫，后面就好操控了。

当刘姥姥用过饭，而王熙凤也获悉王夫人的意思之后，便笑道：

且请坐下，听我告诉你老人家。方才的意思，我已知道了。若论亲戚之间，原该不等上门来就该有照应才是。但如今家内杂事太烦，太太渐上了年纪，一时想不到也是有的。况是我近来接着管些事，都不知道这些亲戚们。二则外头看着虽是烈烈轰轰的，殊不知大有大的艰难去处，说与人也未必信罢。今儿你既老远的来了，又是头一次见我张口，怎好叫你空回去呢。可巧昨儿太太给我的丫头们做衣裳的二十两银子，我还没动呢，你若不嫌少，就暂且先拿了去罢。

开头几句（"若论亲戚之间……都不知道这些亲戚们"）是客套话，虽然说得真心诚意，其实一听就知道不是重点。第二句话虽然是在告穷，但情真意切、实实在在——"外头看着虽是烈烈轰轰的，殊不知大有大的艰难去处"；然而就如同凤姐说的一样——"说与人也未必信"，当然包括现在的刘姥姥。第三句话落到了实处，虽然如今的贾府不如从前，但亲戚们找上门来，自然要想办法接济，于是凤姐将王夫人给她丫头做衣服的二十两银子拿了出来。三段话，三层意思，有虚也有实，有真心也有假意，有实情也有伪造；从人际交往中的说话能力来评价，无论是从信息传递的准确性还是从用词的恰当性来讲都分寸有度、恰到好处。

当平儿把二十两银子拿来，再拿了一吊钱，都送到刘姥姥跟前时：

凤姐乃道："这是二十两银子，暂且给这孩子做件冬衣罢。若不拿着，就真是怪我了。这钱雇车坐罢。改日无事，只管来逛逛，方是亲戚们的意思。天也晚了，也不虚留你们了，到家里该问好的问个好儿罢。"一面说，一面就站了起来。

在接待即将结束的时候，王熙凤的这段话饱含了对刘姥姥的同情。二十两银子是王夫人给的，凤姐儿不过转了一道手。另有一吊钱才是王熙凤给的，她的原话是"钱雇车坐罢"，也许在这个时候，她不忍心再看到这一老一少光着脚走回去。这一念之间，让一个玩弄权术的贵妇多了一份人性本善的闪光点，也因此为自己的女儿巧姐积下一份阴德。

# 第七章 《红楼梦》作为人文素质课程的教学设计案例

　　华夏文化，悠悠五千年的历史，成就了无数的文学形式。然而，中国古典小说常遇到一种很尴尬的境况，学生们对它敬而远之，想读但又怕读，读了又觉似懂非懂，于是总在"拿"与"放"之间往返再三。这就触碰到了一个非常棘手的问题——古典名著如何读？本章以《红楼梦》为例，探讨中国古典名著的读法。严格来说，本章内容属于说课稿，可供教育同行参看。下面笔者将从课堂教学思路、课堂教学过程、课堂教学特色与创新三个方面进行说课。

# 第一节　课堂教学思路

## 一、教学内容

本节课的内容选自我院[1]"经典诵读"课程模块三"小说";本节课的教学任务是"中国古典名著的读法——以《红楼梦》为例",课时为1学时。

## 二、教学对象

本课程是公共基础课,所以它面向我院所有高职专业一年级学生。学生们求知欲强,善于运用网络资源;同时他们有一定的语文基础,但自学能力较弱,阅读面较窄,欠缺良好的学习方法。所以本节课让学生们在现代信息化手段的使用下赏析中国古典名著,既激发阅读激情,又能把学习过程变得形象直观。

## 三、教学目标

1. 知识目标:理解《红楼梦》第一回中的三段故事情节,理解倒叙、插叙、顺叙三种叙事方式及思凡、悟道、仙游三种文学模式,理解《石上偈》《好了歌》《好了歌注》的哲学内涵。

2. 能力目标:熟练运用以"读名著故事—读中国文化—读哲学意蕴"为核心的"三层读法"赏析中国古典名著。

---

[1] 即笔者单位四川国际标榜职业学院。

3. 素质目标：能进行自主学习，欣赏中国古典文学之美，传承中华优秀文化。

### 四、教学重点及难点

1. 教学重点：中国古典名著的"三层读法"，以及《红楼梦》第一回三段故事的文化内涵与哲学意蕴。

2. 教学难点：灵活运用"三层读法"，欣赏、解析中国古典名著。

### 五、教学方法

根据学生实际情况，结合教学目标，以任务设计为主线，学生通过教师讲授、分组讨论、汇报分享、旋转木马读书法、相互诵读、教师引读等教学方法，突破重点难点，完成教学任务。

### 六、信息化手段

本节课采用的信息化手段有："学会学"信息化课堂教学平台[1]及该平台上的"点将问答""粘贴板信息分享""互动抢答""一句话回答"等在线操作；智能手机、高清影视片段、微课视频、多媒体教室。

### 七、评价方法

遵循"过程与结果考核并重"原则，考评系统，预设权重。根据学生课堂各环节的表现，老师点评、学生互评等多元化综合评价。

---

[1] 此为四川国际标榜职业学院课堂教学平台。

## 第二节　课堂教学过程

### 一、课前准备

学生登录"学会学"信息化课堂教学平台，查看本节课学习任务；阅读《红楼梦》原著第一回文本；观看微课视频《红楼梦原名解析》。

### 二、课中教学

#### （一）课堂调查

教师在"学会学"信息化课堂教学平台上发送调查问卷，学生通过智能手机回答。教师根据调查结果的实际情况进行分析，并解析相关知识。

#### （二）任务一："石头神话"解读

教师通过"学会学"信息化课堂教学平台"互动点将"的方式进行课堂提问，从而切入对"石头神话"的解析；结合影视片段、微课视频等方式，通过"读名著故事—读中国文化—读哲学意蕴"三个步骤解析"石头神话"，从而总结提炼出阅读中国古典名著的"三层读法"。

#### （三）任务二："还泪故事"解读

"三层读法"运用实践：学生在老师的引领下首先使用旋转木马读书法相互朗读"还泪故事"中的经典段落；再以小组讨论的方式探究"还泪故事"中的中国文化及故事所包含的哲学意蕴，并以小组为单位将各组答案以"粘贴板"的形式发送到"学会学"信息化课堂教学平台。教师根据各组的回答进行点评，最后总结。

### （四）任务三："甄家突变"解读

"三层读法"运用实践：学生结合影视片段默读"甄家突变"的故事情节，教师通过"学会学"信息化课堂教学平台"互动抢答"的方式，让学生用自己的语言叙述该故事内容。学生在老师的引导下朗诵《好了歌》和《好了歌注》，独立思考该故事所包含的中国文化及哲学意蕴，并用"一句话"的形式将答案发送到"学会学"信息化课堂教学平台。学生相互评价，教师进行点评，最后师生一起探究该故事情节所包孕的文化内涵和哲学意蕴。

### （五）课堂总结

通过"学会学"信息化课堂教学平台打印课堂报告。整节课通过教师讲授及学生分组探究、独立思考三个环节，运用"三层读法"，完成了"石头神话""还泪故事""甄家突变"三段红楼故事的解读（教师小结）。教师再次点出"三层读法"的意义及理论依据，并用一首诗文总结"三层读法"，加深学生记忆。

## 三、课后拓展

学生登录"学会学"信息化课堂教学平台进行明清小说知识点测试；阅读"四大名著"节选章回；按照"三层读法"阅读《西游记》节选章回"三打白骨精"，并撰写读书报告。

## 第三节　课堂教学特色与创新

### 一、课堂教学特色

1. 以任务设计为主线，运用讲、学、练、诵、评相结合的方式进行教学。
2. 本节课分课前、课中、课后三部分，达到承上启下的教学效果。
3. 在课中教学环节，三段文本故事的选取与解读按从易到难的顺序安排。从教师讲授引领，到小组讨论集思广益，再到个人独立阅读思考，层层递进巩固"三层读法"。三段文本故事的阅读运用了听读、诵读、默读、朗读、引读等形式，让"读书百遍，其义自见"得到较好验证。
4. 灵活运用信息化、多媒体等教学手段解决教学中的重难点问题。

### 二、课堂教学创新

1. 以《红楼梦》为例，总结提炼出"读名著故事—读中国文化—读哲学意蕴"的中国古典名著"三层读法"。
2. "三层读法"以认知规律为原则：第一层"读名著故事"，即把知识变成记忆；第二层"读中国文化"，即在理解的基础上生成分析；第三层"读哲学意蕴"，即在分析的基础上产生创造与反思。
3. "三层读法"以小说的功能为脉络："读名著故事"体现了小说的原始功能；"读中国文化"体现了小说的文化功能；"读哲学意蕴"体现了小说的启示功能。

"中国古典名著的读法——以《红楼梦》为例"教学设计，如表7-1所示。

表 7-1 "中国古典名著的读法——以《红楼梦》为例"教学设计表

| 课程名称 | 经典诵读 | 教学任务 | 中国古典名著的读法——以《红楼梦》为例 |
|---|---|---|---|
| 课程类型 | 公共基础课 | | |
| 教学班级 | 2015级工商1班 | 学时安排 | 1学时 |
| 选用教材 | 《品味经典 解读人生》 | 授课地点 | 多媒体信息化教室 |
| 课程情况 | "经典诵读"是我院各专业的公共基础课,旨在让学生于优秀传统文化的潜移默化中,涵养品德,陶冶情操,提升素质。古典名著是中华文化的重要组成部分,如何阅读、用什么方式阅读以让学生更好地欣赏、传承中国文化,这是一个极其重要的问题。本课程是在充分了解高等职业教育的特点下,以培养学生实际阅读能力为切入点,进而设计形成的。 | | |
| 教学内容 | 通过对长篇章回体小说《红楼梦》第一回中"石头神话""还泪故事""甄家突变"三段故事情节的鉴赏解析,总结提炼出阅读中国古典名著的一般方法和步骤。 | | |
| 教学目标 | ◆知识目标:理解《红楼梦》第一回中的三段故事情节,理解倒叙、插叙、顺叙三种叙事方式以及思凡、悟道、仙游三种文学模式,理解《石上偈》《好了歌》《好了歌注》的哲学内涵。<br>◆能力目标:熟练运用以"读名著故事—读中国文化—读哲学意蕴"为核心的"三层读法"赏析中国古典名著。<br>◆素质目标:能进行自主学习,欣赏中国古典文学之美,传承中华优秀文化。 | | |
| 教学重点 | 中国古典名著的"三层读法"<br>《红楼梦》第一回三段故事的文化内涵与哲学意蕴 | | |
| 教学难点 | 灵活运用"三层读法",欣赏、解析中国古典名著 | | |
| 学情分析 | ◆知识特点:本节课面向高职工商企业管理专业学生。该专业的学生有一定的语文基础,并且通过前面的学习,欣赏并了解到华夏文化的博大精深以及诗歌、散文等文学形式,但是他们的文学知识面较窄,缺乏大量经典阅读。本节课的学习则可为学生们阅读中国古典小说这一文学形式打下良好基础。<br>◆心理特点:学生们虽然有一定的求知欲望,但缺乏深入探究的能力;虽然善于运用网络资源,但自学能力较弱,欠缺良好的学习方法。正因如此,本节课采用讲、学、诵、评一体化教学,结合相应的阅读任务,讲解阅读方法;同时进行诵读练习,重点提升学生运用"三层读法"阅读中国古典名著的能力,以实现学生的素质目标。 | | |

续表

| 教学方法 | 根据学生实际情况，结合教学目标，以任务设计为主线，学生通过教师讲授、分组讨论、汇报分享、旋转木马读书法、相互诵读、教师引读等教学方法，突破重难点，完成教学任务。 | | | |
|---|---|---|---|---|
| 方法评价 | 遵循"过程与结果考核并重"原则，考评系统，预设权重。根据学生课堂各环节的表现，老师点评、学生互评等多元化综合评价。 | | | |
| 教学进程 | 课前准备 | 学生登录"学会学"信息化课堂教学平台，查看本节课学习任务；阅读《红楼梦》原著第一回文本；观看微课视频《红楼梦原名解析》。 | | 课前 |
| | 课中教学 | 教师综合运用多种信息化手段，在讲、学、诵、评等教学环节下，对《红楼梦》第一回中"石头神话""还泪故事""甄家突变"三段故事进行解析，让学生掌握阅读古典名著的"三层读法"并能够灵活运用。 | | 课中 |
| | 课后拓展 | 学生登录"学会学"信息化课堂教学平台进行明清小说知识点测试；阅读"四大名著"节选章回；按照"三层读法"阅读《西游记》节选章回"三打白骨精"，并撰写读书报告。 | | 课后 |
| | 考核评价 | 课上——教师点评、学生互评<br>课后——测试考评、读书报告考评 | | 课上<br>课后 |
| 课堂教学流程 | 时间 | 教学行为 | 设计意图 | 信息化支撑 |
| | | 教师行为 | 学生行为 | | |
| 课堂导入 | 2分钟 | 教师对这节课的学习内容做简要介绍。 | 学生认真倾听。 | 让学生明白这节课学习的目的。 | 课件 |
| 课堂调查 | 3分钟 | 教师发送课堂调查问卷：①是否理解倒叙、插叙、顺叙这三种叙事方式？②是否理解思凡、悟道、仙游这三种文学模式？③是否读过《红楼梦》原著？ | 学生通过手机登录"学会学"信息化课堂教学平台，参与课堂调查。 | 了解学生对上节课及相关知识的掌握情况。 | 智能手机，"学会学"信息化课堂教学平台 |

续表

| 课堂调查分析解析 | 3分钟 | 教师在"学会学"信息化课堂教学平台上查看课堂调查结果，分析结果，并对不理解的知识点做简要解析。 | 学生认真倾听还未理解的知识点。 | 为接下来的教学活动做准备。 | "学会学"信息化课堂教学平台，课件 |
|---|---|---|---|---|---|
| "石头神话"解读 | 8分钟 | ①教师课堂提问：《红楼梦》一书，除此书名外还有别的书名吗？<br>②教师以"曹雪芹为什么在写作早期将《红楼梦》命名为'石头记'"为切入点，开始讲授"石头神话"故事。<br>③教师以"为什么作者曹雪芹会选择石头作为小说的核心素材"为切入点，借用微课视频，讲授中国"石头崇拜"的文化传统。<br>④教师分析讲授《石上偈》的哲学意蕴。<br>⑤教师发起任务，让学生回顾读"石头神话"的步骤。<br>⑥教师总结解读"石头神话"的三个步骤，并总结提炼出"三层读法"的步骤与口诀。 | ①通过"互动点名"的形式让学生回答。<br>②学生认真倾听讲授。<br>③学生认真观看微课视频。<br>④学生结合影视视频，认真倾听讲授。<br>⑤学生使用智能手机，将阅读"石头神话"的步骤用"一句话"的形式发送到"学会学"信息化课堂教学平台。<br>⑥学生配合教师积极思考，记住"三层读法"口诀。 | 通过老师的讲授和提炼，总结出阅读古典名著的"三层读法"。为解读接下来的两段故事做步骤和方法铺垫。这一部分突出讲授与引领。 | "学会学"信息化课堂教学平台，微课视频，影视视频，课件 |

续表

| | | | | | |
|---|---|---|---|---|---|
| "还泪故事"解读 | 10分钟 | ①教师解释旋转木马读书法的规则。②教师发出指令，让学生以小组为单位，将"还泪故事"中读到的中国文化和哲学意蕴，以"粘贴板"的形式发送到"学会学"信息化课堂教学平台。③教师对各小组所发内容进行点评。④教师总结提炼"还泪故事"中的中国文化以及哲学意蕴。 | ①学生以旋转木马读书法对相应部分的经典文本进行诵读。②学生讨论之后进行总结提炼，将小组最后的共识答案发到指定平台。③学生认真倾听。④学生认真倾听，并对不同于自己小组的答案进行思考。 | "读书百遍，其义自见。"以小组为单位，进行"三层读法"的练习。这部分突出合作与分享，并进一步熟悉"三层读法"。 | 多媒体，智能手机，"学会学"信息化课堂教学平台，课件 |
| "甄家突变"解读 | 14分钟 | ①教师播放相应的影视视频，让学生结合文本自我默读。②教师发出指令，让学生用自己的语言分享自己读到的故事以及中国文化。③教师发出指令，让学生用"一句话"回答体会到的哲学意蕴。④教师根据学生所发的"一句话"进行评点，然后和学生一起朗读《好了歌》。在老师的引读下，学生诵读《好了歌注》并分享自己读后感悟到的哲学意蕴。 | ①学生认真观看视频，并默读相应文本。②学生在"学会学"信息化课堂教学平台上以"抢答"的形式分享自己的阅读体会。③学生在"学会学"信息化课堂教学平台上用"一句话"回答哲学意蕴，同时学生间相互点赞。④学生认真倾听，跟着老师一起朗读，并结合自己的阅读体会进行思考。 | 以个人为单位，阅读"甄家突变"，对"三层读法"再一次巩固。这部分突出个人解读。 | 智能手机，"学会学"信息化课堂教学平台，课件 |

续表

| | | | | | |
|---|---|---|---|---|---|
| 课堂总结 | 5分钟 | ①教师做课堂总结，回顾阅读三段故事的三个层次；分别介绍"读名著故事—读中国文化—读哲学意蕴"的内涵与理论依据。<br>②布置课后作业。<br>③打印课堂报告。 | 学生认真倾听，并做好笔记。 | 让学生再一次理解"三层读法"的原理及意义。这堂课的三段故事分别从教师引领，到小组集思广益，再到个人独立解读，从而真正掌握"三层读法"。 | 课件，"学会学"信息化课堂教学平台 |
| 特色创新 | ◆特色<br>①以任务设计为主线，运用讲、学、练、诵、评相结合的方式进行教学。<br>②本节课分课前、课中、课后三部分，达到承上启下的教学效果。<br>③在课中教学环节，三段文本故事的选取与解读按从易到难的顺序安排。从教师讲授引领，到小组讨论集思广益，再到个人独立阅读思考，层层递进巩固"三层读法"。三段文本故事的阅读运用了听读、诵读、默读、朗读、引读等形式，让"读书百遍，其义自见"得到较好验证。<br>④灵活运用信息化、多媒体等教学手段解决教学中的重难点问题。<br>◆创新<br>①以《红楼梦》为例，总结提炼出"读名著故事—读中国文化—读哲学意蕴"的中国古典名著"三层读法"。<br>②"三层读法"以认知规律为原则：第一层"读名著故事"，即把知识变成记忆；第二层"读中国文化"，即在理解的基础上生成分析；第三层"读哲学意蕴"，即在分析的基础上产生创造与反思。<br>③"三层读法"以小说的功能为脉络："读名著故事"体现了小说的原始功能；"读中国文化"体现了小说的文化功能；"读哲学意蕴"体现了小说的启示功能。 | | | | |

## 附:《红楼梦》第一回原文选段

### 石头神话 ❶

列位看官:你道此书从何而来?说起根由虽近荒唐,细按则深有趣味。待在下将此来历注明,方使阅者了然不惑。

原来女娲氏炼石补天之时,于大荒山无稽崖练成高经十二丈,方经二十四丈顽石三万六千五百零一块。娲皇氏只用了三万六千五百块,只单单剩了一块未用,便弃在此山青埂峰下。谁知此石自经煅炼之后,灵性已通,因见众石俱得补天,独自己无材不堪入选,遂自怨自叹,日夜悲号惭愧。

一日,正当嗟悼之际,俄见一僧一道远远而来,生得骨格不凡,丰神迥异,说说笑笑来至峰下,坐于石边高谈快论。先是说些云山雾海神仙玄幻之事,后便说到红尘中荣华富贵。此石听了,不觉打动凡心,也想要到人间去享一享这荣华富贵;但自恨粗蠢,不得已,便口吐人言,向那僧道说道:"大师,弟子蠢物,不能见礼了。适闻二位谈那人世间荣耀繁华,心切慕之,弟子质虽粗蠢,性却稍通;况见二师仙形道体,定非凡品,必有补天济世之材,利物济人之德。如蒙发一点慈心,携带弟子得入红尘,在那富贵场中、温柔乡里受享几年,自当永佩洪恩,万劫不忘也。"二仙师听毕,齐憨笑道:"善哉,善哉!那红尘中有却有些乐事,但不能永远依恃,况又有'美中不足,好事多魔'八个字紧相连属,瞬息间则又乐极悲生,人非物换,究竟是到头一梦,万境归空,倒不如不去的好。"

这石凡心已炽,那里听得进这话去,乃复苦求再四。二仙知不可强制,乃叹道:"此亦静极思动,无中生有之数也。既如此,我们便携你去受享受享,只是到不得意时,切莫后悔。"石道:"自然,自然。"那僧又道:"若说你性灵,却又如此质蠢,并更无奇贵之处。如此也只好踮脚而已。

---

❶ 《红楼梦》原文并无小标题,此为课堂讲解及阅读方便所加,以下类同。另,"还泪故事"文字中的波浪线原文亦无,为课堂讲解及便于阅读所加。

也罢,我如今大施佛法助你助,待劫终之日,复还本质,以了此案。你道好否?"石头听了,感谢不尽。那僧便念咒书符,大展幻术,将一块大石登时变成一块鲜明莹洁的美玉,且又缩成扇坠大小的可佩可拿。那僧托于掌上,笑道:"形体倒也是个宝物了!还只没有实在的好处,须得再镌上数字,使人一见便知是奇物方妙。然后携你到那昌明隆盛之邦,诗礼簪缨之族,花柳繁华地,温柔富贵乡去安身乐业。"石头听了,喜不能禁,乃问:"不知赐了弟子那几件奇处,又不知携了弟子到何地方?望乞明示,使弟子不惑。"那僧笑道:"你且莫问,日后自然明白的。"说着,便袖了这石,同那道人飘然而去,竟不知投奔何方何舍。

后来,又不知过了几世几劫,因有个空空道人访道求仙,忽从这大荒山无稽崖青埂峰下经过,忽见一大块石上字迹分明,编述历历。空空道人乃从头一看,原来就是无材补天,幻形入世,蒙茫茫大士、渺渺真人携入红尘,历尽离合悲欢炎凉世态的一段故事。后面又有一首偈云:

无材可去补苍天,枉入红尘若许年。

此系身前身后事,倩谁记去作奇传?

诗后便是此石坠落之乡,投胎之处,亲自经历的一段陈迹故事。其中家庭闺阁琐事,以及闲情诗词倒还全备,或可适趣解闷,然朝代年纪,地舆邦国,却反失落无考。❶

## 还泪故事

出则既明,且看石上是何故事。按那石上书云:

当日地陷东南,这东南一隅有处曰姑苏,有城曰阊门者,最是红尘中一二等富贵风流之地。这阊门外有个十里街,街内有个仁清巷,巷内有个古庙,因地方窄狭,人皆呼作葫芦庙。庙旁住着一家乡宦,姓甄,名费,

---

❶ [清]曹雪芹著,[清]无名氏续,[清]程伟元、高鹗整理,中国艺术研究院红楼梦研究所校注:《红楼梦》,人民文学出版社,2008年版,第7-10、15-18页。

## 第七章 《红楼梦》作为人文素质课程的教学设计案例

字士隐。嫡妻封氏,情性贤淑,深明礼义。家中虽不甚富贵,然本地便也推他为望族了。因这甄士隐禀性恬淡,不以功名为念,每日只以观花修竹,酌酒吟诗为乐,倒是神仙一流人品。只是一件不足:如今年已半百,膝下无儿,只有一女,乳名唤作英莲,年方三岁。

一日,炎夏永昼,士隐于书房闲坐,至手倦抛书,伏几少憩,不觉朦胧睡去。梦至一处,不辨是何地方。忽见那厢来了一僧一道,且行且谈。

只听道人问道:"你携了这蠢物,意欲何往?"那僧笑道:"你放心,如今现有一段风流公案正该了结,这一干风流冤家,尚未投胎入世。趁此机会,就将此蠢物夹带于中,使他去经历经历。"那道人道:"原来近日风流冤孽又将造劫历世去不成?但不知落于何方何处?"那僧笑道:"此事说来好笑,竟是千古未闻的罕事。只因西方灵河岸上三生石畔,有绛珠草一株,时有赤瑕宫神瑛侍者,日以甘露灌溉,这绛珠草始得久延岁月。后来既受天地精华,复得雨露滋养,遂得脱却草胎木质,得换人形,仅修成个女体,终日游于离恨天外,饥则食蜜青果为膳,渴则饮灌愁海水为汤。只因尚未酬报灌溉之德,故其五内便郁结着一段缠绵不尽之意。恰近日这神瑛侍者凡心偶炽,乘此昌明太平朝世,意欲下凡造历幻缘,已在警幻仙子案前挂了号。警幻亦曾问及,灌溉之情未偿,趁此倒可了结的。那绛珠仙子道:'他是甘露之惠,我并无此水可还。他既下世为人,我也去下世为人,但把我一生所有的眼泪还他,也偿还得过他了。'因此一事,就勾出多少风流冤家来,陪他们去了结此案。"

那道人道:"果是罕闻。实未闻有还泪之说。想来这一段故事,比历来风月事故更加琐碎细腻了。"那僧道:"历来几个风流人物,不过传其大概以及诗词篇章而已,至家庭闺阁中一饮一食,总未述记。再者,大半风月故事,不过偷香窃玉,暗约私奔而已,并不曾将儿女之真情发泄一二。想这一干人入世,其情痴色鬼,贤愚不肖者,悉与前人传述不同矣。"那道人道:"趁此何不你我也下世度脱几个,岂不是一场功德?"那僧道:"正合吾意,你且同我到警幻仙子宫中,将蠢物交割清楚,待这一干风流孽鬼下世已完，你我再去。如今虽已有一半落尘，然犹未全集。"道人道："既如此，便随你去来。"

却说甄士隐俱听得明白，但不知所云"蠢物"系何东西。遂不禁上前施礼，笑问道："二仙师请了。"那僧道也忙答礼相问。士隐因说道："适闻仙师所谈因果，实人世罕闻者。但弟子愚浊，不能洞悉明白，若蒙大开痴顽，备细一闻，弟子则洗耳谛听，稍能警省，亦可免沉伦之苦。"二仙笑道："此乃玄机不可预泄者。到那时不要忘我二人，便可跳出火坑矣。"士隐听了，不便再问。因笑道："玄机不可预泄，但适云'蠢物'，不知为何，或可一见否？"那僧道："若问此物，倒有一面之缘。"说着，取出递与士隐。

士隐接了看时，原来是块鲜明美玉，上面字迹分明，镌着"通灵宝玉"四字，后面还有几行小字。正欲细看时，那僧便说已到幻境，便强从手中夺了去，与道人竟过一大石牌坊，上书四个大字，乃是"太虚幻境"。两边又有一副对联，道是：

假作真时真亦假，无为有处有还无。

士隐意欲也跟了过去，方举步时，忽听一声霹雳，有若山崩地陷。士隐大叫一声，定睛一看，只见烈日炎炎，芭蕉冉冉，所梦之事便忘了大半。……

## 甄家突变

真是闲处光阴易过，倏忽又是元宵佳节矣。士隐命家人霍启抱了英莲去看社火花灯，半夜中，霍启因要小解，便将英莲放在一家门槛上坐着。待他小解完了来抱时，那有英莲的踪影？急得霍启直寻了半夜，至天明不见，那霍启也就不敢回来见主人，便逃往他乡去了。那士隐夫妇，见女儿一夜不归，便知有些不妥，再使几人去寻找，回来皆云连音响皆无。夫妻二人，半世只生此女，一旦失落，岂不思想，因此昼夜啼哭，几乎不曾寻死。看看的一月，士隐先就得了一病；当时封氏孺人也因思女构疾，日日请医疗治。

不想这日三月十五，葫芦庙中炸供，那些和尚不加小心，致使油锅火逸，便烧着窗纸。此方人家多用竹篱木壁者，大抵也因劫数，于是接二连三，牵五挂四，将一条街烧得如火焰山一般。彼时虽有军民来救，那火已成了势，如何救得下？直烧了一夜，方渐渐的熄去，也不知烧了几家。只可怜甄家在隔壁，早已烧成一片瓦砾场了。只有他夫妇并几个家人的性命不曾伤了。急得士隐惟跌足长叹而已。只得与妻子商议，且到田庄上去安身。偏值近年水旱不收，鼠盗蜂起，无非抢田夺地，鼠窃狗偷，民不安生，因此官兵剿捕，难以安身。士隐只得将田庄都折变了，便携了妻子与两个丫鬟投他岳丈家去。

他岳丈名唤封肃，本贯大如州人氏，虽是务农，家中都还殷实。今见女婿这等狼狈而来，心中便有些不乐。幸而士隐还有折变田地的银子未曾用完，拿出来托他随分就价薄置些须房地，为后日衣食之计。那封肃便半哄半赚，些须与他些薄田朽屋。士隐乃读书之人，不惯生理稼穑等事，勉强支持了一二年，越觉穷了下去。封肃每见面时，便说些现成话，且人前人后又怨他们不善过活，只一味好吃懒作等语。士隐知投人不着，心中未免悔恨，再兼上年惊唬，急忿怨痛，已有积伤，暮年之人，贫病交攻，竟渐渐的露出那下世的光景来。

可巧这日拄了拐杖挣挫到街前散散心时，忽见那边来了一个跛足道人，疯癫落脱，麻屣鹑衣，口内念着几句言词，道是：

世人都晓神仙好，惟有功名忘不了！
古今将相在何方？荒冢一堆草没了。
世人都晓神仙好，只有金银忘不了！
终朝只恨聚无多，及到多时眼闭了。
世人都晓神仙好，只有姣妻忘不了！
君生日日说恩情，君死又随人去了。
世人都晓神仙好，只有儿孙忘不了！

痴心父母古来多，孝顺儿孙谁见了？

士隐听了，便迎上来道："你满口说些什么？只听见些'好''了''好''了'。那道人笑道："你若果听见'好''了'二字，还算你明白。可知世上万般，好便是了，了便是好。若不了，便不好；若要好，须是了。我这歌儿，便名《好了歌》。"士隐本是有宿慧的，一闻此言，心中早已彻悟。因笑道："且住！待我将你这《好了歌》解注出来何如？"道人笑道："你解，你解。"士隐乃说道：

陋室空堂，当年笏满床；衰草枯杨，曾为歌舞场。蛛丝儿结满雕梁，绿纱今又糊在蓬窗上。说什么脂正浓、粉正香，如何两鬓又成霜？昨日黄土陇头送白骨，今宵红灯帐底卧鸳鸯。金满箱，银满箱，展眼乞丐人皆谤。正叹他人命不长，那知自己归来丧！训有方，保不定日后作强梁。择膏粱，谁承望流落在烟花巷！因嫌纱帽小，致使锁枷扛；昨怜破袄寒，今嫌紫蟒长：乱烘烘你方唱罢我登场，反认他乡是故乡。甚荒唐，到头来都是为他人作嫁衣裳！

那疯跛道人听了，拍掌笑道："解得切，解得切！"士隐便说一声"走罢！"将道人肩上褡裢抢了过来背着，竟不回家，同了疯道人飘飘而去。当下烘动街坊，众人当作一件新闻传说……

# 第八章 《红楼梦》"三层三阶"视频课程建设研究

将《红楼梦》开发建设成一门人文素质课程,是实现"学术惠及民众"的重要路径。然而,如何突破课程实施只能在校园与线下的局限性呢?随着互联网信息技术的发展,慕课(MOOC)、微课、资源共享课等视频课程蜂起,逐渐打破了课程学习的时间局限与地域壁垒。正因如此,《红楼梦》课程要想惠及更多的学生,服务于社会大众,除了确定课程目标、构建课程内容、选择教学方法、设计教学过程外,还要重点建设视频课程。那么问题随之而来了,什么是视频课程?《红楼梦》视频课程本着何种理念进行构建?如何构建?本章将围绕这些问题展开论述。

## 第一节 视频课程的含义

视频课程是一个笼统的概念,学界对此并没有一个明确的定义。它的兴起源于互联网技术的高度发展,以及视频教学资源的广泛运用。从视频课程的发展历史来看，它分为三个阶段。

一是教育影视阶段，即通过电影、电视等实录而传播知识。早期的教育影视资源多是自然科普类的节目，从严格意义上说，它并不是课程，因为它缺少了相应的教学管理及教学评价机制。然而它结合影视技术，让枯燥的概念在生动的视听图像中变得直观有趣，这为视频课程的发展起到了积极的推动作用。20世纪70年代，随着卫星电视的发展与普及，电视教育逐渐成熟。

二是网络视频课程阶段。20世纪90年代，网络技术迅猛发展，电脑逐渐进入普通百姓之家，此时的电视教育也开始向基于网络数字化平台转变。2003年，教育部下发《国家精品课程建设工作实施办法》，从国家层面上正式拉开了网络视频课程建设的序幕；随后的十多年间，共建成1000多门国家级精品视频课程。这些课程通过视频录制与后期制作，借助互联网与智能学习平台，为学习者提供了一个方便快捷且多元化的学习环境。此时的视频课程已逐渐发展成熟。

三是微型视频课程阶段。这里的"微"主要是指智能终端移动技术的发展，PC机逐渐被掌上电脑与智能手机所替代，因此改变了学习者接受知识的途径与方式，碎片化的时间被有效利用，进而促进了网络视频课程向微型视频课程的转变。❶这种科技的发展与人们生活方式的改变倒逼了视频课程的升级，微课程由此逐渐成为视频课程的主要形式。

从上述视频课程发展的三个阶段来看，科技的突飞猛进是其发展的内在动力。虽然视频课程随着时代与科技的发展而变化，但视频课程是"视频"与"课程"两相结合的本质始终没有改变。换句话说，视频课程既要有课程的基本属性，又要有视频的灵活性与可视可听性。更重要的是，视频课程可以借助网络平台与智能移动终端实现资源共享，所以视频课程还具有可重复利用的网络教学资源属性。需要注意的是，课程视频和视频课程是两个完全

---

❶ 王觅，贺斌，祝智庭.微视频课程：演变、定位与应用领域[J].中国电化教育,2013(4).

不同的概念：课程视频是将线下的课程录制成视频，它展示的是线下课堂的实施理念以及实况记录；而视频课程是基于网络环境并结合多媒体视听技术而专门设计的课程形式。所以对于视频课程的含义，我们可以概括为：本着课程教学的基本原理，以传授知识为目的，灵活运用教学分析与教学理念，以视频为教学实施的表现形式，以互联网为传播平台，以数字化资源整合为手段，符合学习者接受信息的实际情况与习惯的课程类别。

## 第二节 《红楼梦》视频课程的现状

在网络社区平台接受《红楼梦》的相关知识是当下普通民众喜闻乐见的形式。正因为如此，像B站（哔哩哔哩）、抖音、喜马拉雅等平台推出了海量的红楼视听资源。三大平台在推送红楼信息的过程中各有特点：因不受时间长短的限制，B站汇聚了众多《红楼梦》影视剧以及红学名家讲座等视频；抖音平台以短视频传播为主，短而精的《红楼梦》赏析主要集中于此；喜马拉雅是现在规模最大的视听平台，据不完全统计，其中至少有六千多个和《红楼梦》相关的音视频资源，单是《红楼梦》原文诵读就有近1亿人次的听众。❶以上三大平台对红楼文化的推广起到了积极的推动作用。但如果按照视频课程的含义来审视三大平台的《红楼梦》视听资源，其中90%以上的内容都不能称为"课程"，因为它们不具备课程教学的基本原理与要素，如没有明确的教学目标、没有具体的教学设计、没有有效的教学评价等。

真正能称得上《红楼梦》视频课程的是"中国大学MOOC""慕课网""智慧树"等国内大型慕课平台上的《红楼梦》课程。所谓慕

---

❶ 张云，胡晴，何卫国.2019年度中国红学发展研究报告［J］.红楼梦学刊，2020（2）.

课（MOOC）是指网络开放性在线课程，它的英文全称是"Massive Open Online Course"。我国的慕课发展始于2013年，教育部分别在2018年和2019年评定了1291门国家级精品慕课。到现在为止，各大慕课平台已有12000多门慕课上线。在如此庞大的慕课数量中，《红楼梦》慕课数量不算多，一共有9门课程（见表8-1）。❶

表8-1 我国《红楼梦》慕课一览表

| 序号 | 视频课程名称 | 开设学校 | 主讲教师 |
| --- | --- | --- | --- |
| 1 | 《红楼梦》的空间艺术 | 暨南大学 | 张世君 |
| 2 | 《红楼梦》经典章回评讲 | 中央民族大学 | 曹立波 |
| 3 | 伟大的《红楼梦》 | 北京大学 | 刘勇强 等 |
| 4 | 走近《红楼梦》 | 九江学院 | 郑连聪 |
| 5 | 《红楼梦》叙事趣谈 | 中国海洋大学 | 薛海燕 |
| 6 | 《红楼梦》"三书"浅说 | 西安文理学院 | 贺信民 |
| 7 | 《红楼梦》 | 台湾大学 | 欧丽娟 |
| 8 | 红楼梦——母神崇拜 | 台湾大学 | 欧丽娟 |
| 9 | 大观与微观：红楼梦1—40回 | 台湾"清华"大学 | 杨佳娴 |

这9门《红楼梦》视频课程有着什么样的特点呢？第一，主讲教师绝大部分都是较为知名的红学专家，他们对《红楼梦》有深入的研究，所以在课程内容设置上有较强的学术性。第二，这9门课程，从内容上看，分为文本解析和专题研究两类：曹立波"《红楼梦》经典章回评讲"、杨佳娴"大观与微观：红楼梦1—40回"属于文本解析；张世君"《红楼梦》的空间艺术"、欧丽娟"红楼梦——母神崇拜"则属于专题研究。第三，这9门课程主要面向的是一流本科院校的学生，且指向文学类专业。也正因为如此，课程的普及性和受众面明显偏低。第四，这9门课程都属于长视频课程，所以学习者需要有较为固定的时段来学习，时间的灵活性受到限制。当然，这和国家精品慕课的评价标准有一定的关系。第五，在文本解

---

❶ 彭利芝，陈黎：《红楼梦》慕课的发展现状与思考［J］.曹雪芹研究，2020（2）.

析类课程中，虽然主讲教师都能深入浅出地分析并娓娓道来，但缺少了《红楼梦》整本书阅读与赏析的全面设置。同时，讲解与分析的对象也多以小说情节中的点或面为主，并不全面，前后贯通有一定难度。第六，这9门课程都是国家级精品课程，课程除担负《红楼梦》相关教学目的外，还需要有更为宏观的文化传承的功能与义务，但9门课程在树立文化自信与传承优秀文化的思政元素方面显然是缺失的。

除了慕课以外，国家教育部还主导推动了另外一种视频课程的建设——"精品资源共享课程"。其实精品资源共享课程与慕课的本质一样，都是通过网络为学习者提供优质的课程资源。然而它们之间的区别在哪里呢？从课程的发展源头来看，慕课最早兴起于欧美国家，精品资源共享课程是我国教育部主导各大高校共建共享的网络课程。从课程的服务对象来看，精品资源共享课程主要针对的是我国的高校师生，而慕课所面向的是全世界的高校，所以受欢迎的慕课，其学习者的数量可以高达上百万人。从课程与学习者之间的交互来看，慕课更为方便快捷，因为精品资源共享课程有着固定的网络课程建设模式与交互系统，从形式上看虽然整齐划一，但却局限了课程与学习者之间的交流和互动。

在我国精品资源共享课程系列中，也有《红楼梦》视频课程，如超星学习通平台上的"红楼梦与中国传统文化""红楼梦赏析"等。这些课程因为属于高校自建课程，所以在推广上稍逊一筹。

## 第三节 《红楼梦》视频课程体系构建

基于视频课程的内涵与《红楼梦》视频课程的现状，结合网络技术与移动终端的发展趋势，我们应该建立什么样的《红楼梦》视频课程体系呢？在回答这个问题之前，需要明确三个要点。

第一，《红楼梦》视频课程的教学目标是什么？这是一个关键性的问题，同时也是一个没有标准答案的问题。如果我们以红学的终极意义在于惠及民众为理念，以《红楼梦》是中国传统文化的集大成者为前提，以肩负普及与传承中华优秀文化为责任而出发，那么《红楼梦》视频课程的教学目标就应该确定为：以《红楼梦》为载体，在了解红楼文本故事与红楼思想内涵的文学性鉴赏前提之下，系统认识中国优秀传统文化，从整本书阅读的视域下理解《红楼梦》与中国传统文化之间的关系与渊源。

第二，《红楼梦》视频课程的教学对象是谁？要想达到传承优秀传统文化的目的，树立民族文化自信，教学对象的设定就不能仅仅圈定在文学专业的大学生群体，还要兼顾非文学专业的学生以及中小学生。同时，《红楼梦》视频课程还要能共享服务于社会大众。

第三，《红楼梦》视频课程的建设既要满足课程的基本属性与课程建设的系统性，还要适应当下网络技术的发展与人们因为智能终端的不同而养成的接受信息的习惯，充分利用碎片化的时间。

在上述三个要点的基础上，《红楼梦》视频课程可以按照"三层三阶"的体系来建设，如图8-1所示。

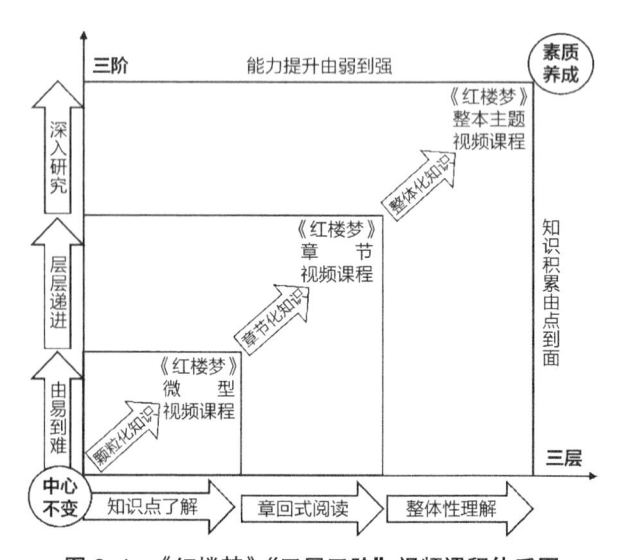

图8-1 《红楼梦》"三层三阶"视频课程体系图

所谓"三层"是指《红楼梦》视频课程的内容按照三层设置，分别是微型视频课、章节视频课、整本主题视频课。所谓"三阶"是指学习者通过"三层"内容的学习之后，能达到课程的知识、能力、素养"三阶"目标。在《红楼梦》"三层三阶"视频课程体系中，有四个要点需要解释：

一、中心不变

所谓"中心不变"，是指"三层"视频课程的教学目标一致，教学内容指向同一方向。例如我们确定要建设"红楼梦与中国传统文化"视频课程，其教学目标是以阅读《红楼梦》文本故事为载体进而认知中国传统文化，所以无论是微型视频课、章节视频课还是整本主题视频课，其教学目标都是围绕这一点来展开的。所谓教学内容指向同一方向，其意是指"三层"视频课程的内容是一致的，例如微型视频课程有"红楼梦与中国服饰文化""红楼梦与建筑文化""红楼梦与儒家文化"等内容，对应章节视频课程和整本主题视频课程也要有"红楼梦与中国服饰文化""红楼梦与建筑文化""红楼梦与儒家文化"等内容。

二、微型视频课

微型视频课即微课。"微课"这一概念源于美国，它是戴维·彭罗斯（David Penrose）提出的一种方便在线学习的课程形式。微课有三大特征：一是时间短，一节微课一般在5分钟左右；二是内容聚焦，一节微课解决一个知识点；三是呈现形式多样化，内容不局限于教师的讲解，可以是动画或影视片段的剪辑融合等。[1]《红楼梦》微型视频课程是将《红楼梦》中相关的中国传统文化内容，划分为不同的系列，然后将每一个系列解构成若

---

[1] 张一川，钱扬义.国内外"微课"资源建设与应用进展[J].远程教育杂志，2013（6）.

干个知识点，运用影视技术与数字化资源为每一个知识点制作一节微课。

如"红楼梦与中国传统文化"这门课程，先将此课程划分为红楼梦与中国服饰文化、建筑文化、园林文化、饮食文化、儒家文化等系列；然后将每一个系列分别解构成若干个知识点，如"红楼梦与中国服饰文化"可解构成款式、头衣、上衣、腰衣、下衣、足服、面料、纹样、工艺、饰品、颜色等20个知识点；将这20个知识点分别制作成微课，共20集。每一集微课相对独立，时长不超过5分钟。学习者观看一集微课就掌握一个知识点，将这20集微课连起来看，掌握的就是一个主题系列的知识点。

### 三、章节视频课

所谓章节视频课就是以《红楼梦》文本中的某一章回节选为阅读对象，以"读红楼故事—读中国文化—读哲学意蕴"的"三层读法"为路径解析《红楼梦》。章节视频课一般为45分钟一集，依旧本着认知中国传统文化为目标进行教学。如"红楼梦与中国服饰文化"章节视频课，可以选择小说第三回林黛玉进贾府中"宝黛初会"这个片段。在了解了"宝黛初会"的故事情节以及感悟了所选片段的哲学意蕴之后，在"读中国文化"这一层面就可以从头衣、上衣、腰衣、下衣、足服、工艺、纹样、颜色等方面，着重讲解贾宝玉出场的穿戴描写。需要注意的是，章节视频课只是对所选片段进行阅读和讲解，不作其他延伸。

### 四、整本主题视频课

所谓整本主题视频课就是以《红楼梦》全书（前八十回）为载体，以某一个主题为中心，在赏析红楼故事、感悟哲学意蕴的基础上认知中国传统文化。整本主题视频课与微型视频课和章节视频课最大的区别就在于它的讲解对象既不是一个点，也不是一个节选的面，而是《红楼梦》全书。

正因为如此，整本主题视频课每一集都在 90 分钟以上。依旧以"红楼梦与中国服饰文化"为例，对它的讲解仍然是从头衣、领衣、上衣、腰衣、下衣、足服、面料、纹样、工艺、饰品、颜色等方面展开，但不同的是，对每一个点都要基于全书来讲。如"头衣"，要把《红楼梦》中出现的所有头衣情节集中起来，以作讲解；讲"面料"，要把《红楼梦》中出现的所有面料如丝绸、皮毛、舶来品等全部梳理归纳起来。

综上所述，《红楼梦》"三层三阶"视频课程体系主要有四个方面的特点：

第一，从时间维度上看，它能满足不同时间段的学习需求。微型视频课对应的是碎片化的时间，用颗粒化的知识满足碎片化时间的学习；章节视频课对应的是标准化的 45 分钟课堂时间；整本主题视频课对应的是要深入研究的整块化时间。

第二，从认知维度上看，微型视频课是知识点的学习，章节视频课是知识面的学习，整本主题视频课是立体框架性的学习。

第三，从能力维度上看，"三层"视频课程对学习者能力的提升是层层递进、由表及里、逐渐深入的。

第四，从服务对象上看，微型视频课主要服务于普通民众，因为他们并没有整块的时间用于学习红楼知识；章节视频课主要服务于非文学专业的学习者，他们可以选择和自己专业相关的主题进行选择性学习；整本主题视频课主要服务于文学类专业的学习者，他们可以从学术的高度厘清《红楼梦》与中国传统文化之间的关系与渊源，从而理解《红楼梦》是中国传统文化百科全书的真正含义。需要注意的是，"三层"视频课程的服务对象并不是绝对的，它主要体现的是《红楼梦》视频课程的可选择性。

# 第九章 《红楼梦》作为"管理学原理"课程教学中的案例研究

"案例教学法"（Case Methods of Teaching）的最早提出者是美国哈佛大学法学院原院长克里斯托弗·哥伦布·兰代尔（Christopher Columbus Langdell）。然而真正将案例教学作为一种科学的方法论来研究，并大量用于教学实践的是哈佛大学商学院。1908年，哈佛商学院正式成立；1919年，哈佛商学院正式将案例教学法引入商学教育；1921年，科波兰德（Malvin T. Copeland）博士撰写并结集出版了商学院第一本案例集，由此奠定了案例教学法在管理学教育中的基础地位。在长达100余年的MBA教育中，哈佛商学院的案例教学法得到了长足的发展，对世界各国的管理学教育理念产生了巨大的影响和推动。

1949年以后，我国的教育制度引用了苏联教学模式，又受中国传统教育方法与理念的影响，逐渐形成了一套应试教育体制。1979年，我国工商行政代表团出访美国，将当时先进的教学理念引进中国，案例教学法由此在中国高等教育界生根发芽。经过40余年的发展，案例教学法已广泛运用于管理学、法学、经济学、中医学等众多领域。该教学法虽然在中国起步较晚，但也取得了一定的成果。当然，可改进以及推陈出新的地方也很多。本章即爬梳案例教学法的相关问题,并将《红楼梦》作为"管理学原理"课程教学中的案例进行论析。

## 第一节 案例教学法的定义及特点

因为案例教学法源于西方,所以我们先来梳理西方学者对该教学法的界定。如柯瓦斯基(Kowalski)所理解的案例教学法是依靠具体的案例,在课堂上经过学生们的研讨,从而传授理论与概念,重点训练学生的批判思维、推理能力以及寻找问题、解决问题的能力与技巧❶。作为案例教学法的权威机构——哈佛商学院,他们是如何定义这一概念的呢?从他们的实际教学操作而言,首先组织教师收集编写案例,然后用于课堂,引导学生讨论,从而达到学习管理的目的。可见,哈佛商学院强调案例教学是一种教学方法,它由师生共同参与、共同讨论,以书面形式呈现出真实的工商管理情景。

案例教学法在我国被广泛使用后,对它的界定有了广义和狭义两个层面的解释:从广义上讲,案例教学法就是一种包含教师与学生互动的教学方法❷;从狭义上讲,案例教学法就是借鉴使用哈佛商学院的案例教学。姚国荣先生定义案例教学法是:"运用媒介(语言、书面、音响)手段,将所描述的客观真实的特定情景作为教学案例带入课堂,让学生通过对案例的阅读和分析,在群体中共同讨论,甚至作为某种角色进入特定的实践情景和行为过程,建立真实的感受和寻求解决实际问题的方案。"❸我国《教育

---

❶ KOWALSKI T J.Case Studies on Educational Administration [M].NewYork: longman.1991:116.
❷ 陈德智.管理案例编写与教学 [M].上海:上海交通大学出版社,2005.
❸ 姚国荣.案例教学法在管理学原理教学中的运用探索 [J].高等农业教育,2008(10).

大辞典》对案例教学法也有解释和定义："高等学校社会科学某些科类的专业教学中的一种教学方法。即通过组织学生讨论一系列案例，提出解决问题的方案，使学生掌握有关的专业技能、知识和理论。"

从国内外对案例教学法的界定来看，主要突出了案例教学法的三大特点：首先，案例是以书面形式呈现出来的管理中的实际情景，它有鲜明的代表性和典型性。其次，案例教学以小组分析、研讨的形式展开，老师是讨论的引领者，学生是讨论的实际参与者。最后，它的目的是通过讨论掌握理论，总结管理的一般规律，重在培养学生寻找问题、分析问题、解决问题的能力。

## 第二节 案例教学法的本质特征

对于管理学的教学理念，历来就有理论派和案例派之分：理论派认为管理是一门科学，所以管理理论教学是很重要的，案例只是传授理论的工具而已；案例派认为管理是一种技能，在教学中，只有通过案例分析才能让学生更好地掌握专业能力。然而无论是理论派还是案例派，案例教学法都是其教学手段中的一种，只不过所占据的比例大小不同而已。在实际教学中，案例教学的方式多种多样，常见的有案例讲解、案例讨论、案例问答、角色扮演等。哈佛商学院主要采取案例讨论法，并且所占课时量高达85%；而在中国，仍以案例讲解为主。

虽然中西方对案例教学的认识有一定的差别，但这种教学法已成为双方的教学共识却是毋庸置疑的。那么案例教学法有着什么样的本质特征，能让教学理念迥异的中西方在这个问题上形成交汇呢？要回答这个问题，我们需要厘清案例教学法与中国传统教学法的本质区别。为了一目了然，我们采用表格形式比较二者之间的差异（见表9-1）。

表 9-1 案例教学法与我国传统教学法之差异比较表

| 序号 | 比较项目 | 传统教学法 | 案例教学法 |
|---|---|---|---|
| 1 | 教材使用 | 理论框架式的固定教材 | 事实情景式的资料读本 |
| 2 | 角色定位 | 教师讲授为主，学生被动接受 | 学生参与为主，教师引导指点 |
| 3 | 信息传递 | 点对面的单向教授式 | 点对点的——引领式 |
| 4 | 思维方式 | 接受式的定向思维 | 互动式的多向思维 |
| 5 | 授课结果 | 统一标准式 | 多元开放式 |
| 6 | 评价模式 | 理论记忆的多少 | 运用能力的强弱 |

由表 9-1 可知，中国传统教学法与案例教学法有六个方面的差异，同时在这种差异的划分中也凸显出案例教学法的本质特征：它不是理论知识性的传授，也并非探究标准答案或寻找解决具体问题的办法，它是一种需要学生积极参与思考分析，调动学生学习自觉性和主动性，促进学生多维度甚至逆向思维，进而提升学生在纷繁复杂的现实环境中诊断问题和解决问题的能力。比如管理学是一门没有标准答案的学科，对于同一件事往往见仁见智，正是因为这种学科特性，案例教学法更有助于增强学生的实际运用能力。

## 第三节 案例教学法对学生能力的培养

案例教学法对学生能力的培养，归纳起来主要表现在四个方面。

第一，培养学生收集并处理信息的能力。在现实社会中，信息的呈现是零碎的，所以对杂乱无章的信息进行归类、分析、处理并找到其中的联系与逻辑关系，至关重要，因为它是解决问题的基础。

第二，培养学生多元思维及分析实际问题、做出决断的能力。多元思维能让人看清事实真相，它是分析实际问题、提出解决方案的前提条件。

第三，培养学生自主学习的能力。在案例教学法的实施过程中，老师充当的是引领者的角色，而非知识的给予者。对于学生而言，如何获取智慧，全凭自己积极主动地学习，这对学生终身学习有着极大的帮助。

第四，培养学生团队合作以及处理人际关系的能力。案例教学法主要以小组讨论的形式进行，在此期间，如何调动小组成员的积极性、如何整合思想观念差异、如何处理意见的分歧，这一切都是关乎"人性"的大问题；而管理的核心就是人，理顺了人际关系，促进了团队合作，距离实现管理目标也就不远了。

如上可见，高职教育应该在"为什么"和"怎么办"上下功夫，而不仅仅是为学生指出"是什么"的问题。换言之，懂得方法、获得能力远比记住知识点要强得多。案例教学法重在训练、培养学生的分析能力和判断能力，让学生掌握能动的规律而不是死记定义与公式。

案例教学法的效果如何？向春先生在《实效培训》[1]一书中，将案例教学法同其他常用教学方法的效果作了数值方面的比对（见表9-2）。

表9-2  案例教学法与其他常用教学方法之效果比较表

| 方法 | 效果排名 |||||| 
|---|---|---|---|---|---|---|
| | 传授知识 | 改变态度 | 提高分析能力 | 改善人际关系 | 接受程度 | 知识巩固 |
| 讲授法 | 5 | 8 | 8 | 8 | 2 | 8 |
| 案例法 | 2 | 4 | 1 | 4 | 2 | 2 |
| 研讨 | 3 | 3 | 4 | 3 | 1 | 5 |
| 角色扮演 | 7 | 2 | 3 | 2 | 4 | 4 |
| 游戏法 | 6 | 5 | 2 | 5 | 3 | 6 |
| 视听技术 | 4 | 6 | 7 | 6 | 5 | 7 |
| 自学 | 1 | 7 | 6 | 7 | 7 | 1 |
| 训练 | 8 | 1 | 5 | 1 | 6 | 3 |

注：表格中数字越大，代表其效果越差。

从表9-2可以看出，案例教学法在提高学生分析能力这点上是其他教学方法所不能比拟的。

---

[1] 向春.实效培训［M］.广州：广东经济出版社，2005.

## 第四节 高职教育中案例教学法实施的现状

当前，案例教学法已在众多学科门类被广泛使用，管理学类课程教学尤为突出。据统计，作为案例教学的开创者哈佛商学院，其案例教学占总课时的85%。然而，这种先进的教学方法和理念被引进我国高等职业教育课堂后，其效果却远远低于我们的期望值。概括起来，主要有以下五个方面的原因。

第一，对待案例教学法的态度。中国传统教学法以理论讲授为主，学生对知识的理解和记忆是评判教学效果的重要依据。这种观念可谓根深蒂固。所以案例教学法被引入中国课堂教学后，它只是充当了增加课堂趣味性和生动性的调料。案例教学的本质是在特定的教学情境中让学生积极主动地去"发现"和"归纳"，而并不仅仅是固有理论体系的补充和说明。遗憾的是，案例教学法虽已经进入中国高职教育课堂，但它的精神和实际意义还没有得到充分地发挥。

第二，案例教学的基础设施。在中国传统教学观念中，教学设施一直不太受重视，特别是类似于管理学这样的理论学科。一支粉笔、一块黑板、一间教室，学生整整齐齐地坐在座位上，老师严肃权威地站在讲台上，一切教学活动都在这样的模式环境下进行。然而案例教学主要是讨论式，不是单一的信息传递式，所以中国传统的教学设施满足不了案例教学法的基本要求。哈佛商学院的案例课堂有马蹄形教室、阶梯形桌椅、良好的音响设备、6~8块可移动的黑板，方便学生和老师讨论时随时记录与总结❶。

---

❶ 武亚军，孙轶．中国情境下的哈佛案例教学法：多案例比较研究［J］．管理案例研究与评论，2010（1）．

第三，教师在案例教学实施中的作用。案例教学需要经验丰富的教师，教师的作用是在学生讨论的过程中进行指点、参与讨论，做一个倾听者和促进学生讨论的领导者，更重要的是，规划案例讨论的步骤和持续的教学过程。但在中国高职教育的课堂上，案例教学往往会出现三种形式的偏差：一是原本属于开放性的案例讨论在教师的引领下逐步走入教师设定好的结论中，开放式变成了闭合式；二是案例指给学生后，完全由学生讨论，教师不作任何的归纳和总结，课堂讨论演变成学生间的玩耍聊天，导致开放过度；三是案例教学需要严格规范的教学手册，如课前准备、课堂讨论、成果呈现、成绩考核等，但绝大多数案例教学都未细化，以致于教学效果不佳。

第四，学生的参与状态。哈佛商学院的案例教学主要针对的是MBA，学员们大多都有工作经历；而我国高职教育的学生却缺乏相应的社会实践，案例情境于他们而言很陌生。案例教学要求学生的积极性和主动性都要高，如课前预习、课堂参与、课后总结等都考验学生的自觉性；但我国高职学生在这方面明显不振，因此在进入分析讨论时往往容易陷入困境。再加之中国传统文化的影响和约束，学生们不善于当众表达思想和意见，更不愿意当面提出反驳意见而与他人论争，所以原本应该各抒己见的热烈场面往往会在沉默寡言中草草收场，案例教学无实际效果可言也就不难想见了。

第五，案例的编写与选取。哈佛商学院有着世界上最为优秀的案例库，这也是它能将案例教学推向高峰的主要原因之一。为了激励人员编写案例，哈佛商学院不仅投入大量经费，还将案例编写纳入科研成果范畴。1920年，哈佛商学院专门成立企业研究所，在企业的大力赞助下，在学院老师的积极参与下，开始收集撰写案例。所以哈佛商学院案例的来源主要有两个方面，一是专任教师的编写，二是校友及大型企业中高级管理层的编写。而当案例教学被引进中国后，国内案例的使用主要依靠教师自己编写以及直接借用哈佛商学院的案例，但这样的方式远不能支持案例教学。

在这种情况下，北京大学、清华大学、上海交通大学、大连理工大学等纷纷成立案例研究中心，提供资金和专职人员编写案例，但也不能保证教学中案例使用的质量和数量。国内一流大学的案例来源尚且如此，更不用说高职教育了，与之相配套的、形成系统的案例书籍也极为匮乏。此外，对于我国高职教育而言，在案例本身较为匮乏的前提下，案例的选取就更加粗糙。如新闻报道、网络信息、报纸杂志摘录等都可能成为教学案例，但这些缺少加工、没有一定深度且目的性、针对性、客观性、系统性、启发性都较弱的所谓案例是发挥不了案例教学的实际效果的。

## 第五节　树立高职教育案例教学观

从上述我国高职教育中案例教学实施的五点现状来看，要进行彻底地修正和改变，还任重而道远。如转变对待案例教学的态度、促进学生参与的状态、完善基础设施等，都需要一个长期的过程；脚踏实地，按步骤、有计划地整改方是务实之举。笔者以为，当下高职教育中案例教学的当务之急是促进案例的编写和对案例教学观念的厘清，在这两项之中，厘清并树立高职教育案例教学的观念又是重中之重。

什么是案例教学观？高职教育应该树立怎样的案例教学观？

所谓案例教学观，就是想通过案例教学达到什么样的目的。从上面案例教学主要培养学生四个方面的能力可以看出，当下中西方共同的案例教学观就是通过案例教学，培养学生分析、判断、决策、处理实际问题的能力。这一实用性方向是无可异议的，但其中有一个问题不能回避——案例本身的局限性。案例虽然是真实事件的反映，但与实际情景仍然有一定的差距；而且它是特定时间、特定情况下的实时记录，就算这个案例本身被我们分析清楚了，然而同样的问题又将在什么时间发生呢？换句话说，一件事情重复出现的概率是比较小的，如此就会导致案例自身的实用性大大减弱。

那么在这种情况下，我们就要考虑，我们想通过案例分析找到什么？得到什么？换言之，我们所需要的高职教育中的案例教学观是什么？笔者以为，绝对不只是分析问题、解决问题的能力，而是要让学生在案例分析讨论中，总结中国人的人性特征，只有把握住这点，才能真正实现分析问题、解决问题。

至此，我们就可以树立一个高职教育的案例教学观：

在案例教学中，让学生通过案例分析和讨论，得出管理的一般原理与方法，并且总结归纳案例中所述事件的文化背景与当事人群在这种文化背景下所表现出的人性特征，从而提升学生分析、判断、解决实际问题的能力。

在这一观念中，了解文化背景、总结人性特征尤为重要。因为管理的方法、理念是千变万化的，管理中唯一不变的就是事件背后的文化依托以及这种文化背景下所产生的人性特征。孔子曾说"智者知人"，能深入地了解人、懂得人，其管理也就会因此而顺利。将梳理文化背景以及总结人性特征作为案例教学法的一项任务，是为学生在以后工作中实施管理以不变应万变的理性选择。

## 第六节　案例编写建议

有了上述案例教学观的确立，再来编写案例就有的放矢了。此时我们会非常明确，案例编写不仅要求有针对性、时效性、典型性，还要看能不能体现中国文化特征以及中国人性。这里有一条捷径可走，即从中国人文名著中选取片段以编写案例。

案例教学法其实在我国古已有之。先秦诸子百家在传道授业之时最常

## 第九章 《红楼梦》作为"管理学原理"课程教学中的案例研究

用的教学方法就是讲故事,如我们今天还在说的"塞翁失马""暗度陈仓"等都是曾被使用过的教学案例。"小故事,大道理"已成为中国传承文化与思想的重要渠道。《论语》《庄子》《春秋》《战国策》《史记》等经典著作,除供人们阅读外,亦是中国传统文化教学的案例库。可见,古圣先贤们这种以真实、生动、可听的故事作为例子,解析事理并吸纳经验,其本质思想同西方案例教学法并无二致。

为什么说从人文名著中选取案例是一条捷径呢?要从两个方面来看:

第一,什么是"管理"。近百年来许多学者都试图给管理下定义,然而不同的角度和阐释却让管理陷入了无可定义的局面。1916年,被誉为"过程管理学之父"的法约尔(Henri Fayol)指出,管理是由计划、组织、指挥、协调及控制等职能为要素组成的活动过程。这一观点历经岁月积淀,逐渐显现出它的光芒,也为后来管理的定义作了基础和铺垫。1942年,美国管理学家福莱特(Follett)以人为核心诠释了管理,他认为管理是有目的地通过其他人来完成工作的过程,其核心问题就是如何处理人与人之间的关系、如何去调动他人的积极性。1954年,美国管理学家彼得·德鲁克(Peter F. Drucker)通过自己多年的管理经验总结认为:管理是一门运用于实践的综合艺术,它的本质不在于"知"而在于"行",其验证不在于逻辑而在于成果。彼得的这番阐释,也诞生了一个新概念——"目标管理"。1978年,诺贝尔经济学奖获得者赫伯特·西蒙(Herbert Simon)定义管理就是决策。这一简单明了的解释为管理工作开辟了一条发现问题、解决问题的必经之道。1993年,美国管理学家哈罗德·孔茨(Harold Koontz)说,管理就是设计并保持一种良好环境,使人在群体里高效率地完成既定目标的过程。2005年,斯蒂芬·P. 罗宾斯(Stephen P. Robbins)定义管理就是通过协调他人的工作,有效率和有效果地实现组织目标的过程。

综合以上诸说,"管理是指一定组织中的某些人,通过有效地利用人力、物力、财力、信息等资源,运用决策、计划、组织、领导、激励和控制等职能,来协调他人的活动,从而使他人与自己共同实现既定目标的活动过程"❶。不难发现，近一百年的发展中，在众多管理学家的定义里，虽然我们看到的是不同的表达方式以及管理视野和管理实践的结晶，然而有一个核心自始至终没有变，那就是"人的存在"。

第二，人文名著的本质特征。任何一部传世经典名著都具有深刻的时代性和超强的现代性。所谓时代性是指这部名著中烙下了诞生它的那个时代的方方面面；所谓现代性是指经典名著对现代社会的切入能力。时代性还原了一个真实的社会空间，现代性构建了一个巨大的阐释空间，两个时空的叠加便形成了一种解读经典的方法。我们可以在时代性和现代性所构成的空间内找到中国文化的特点，以及在中国固有文化特征下中国人的言行举止、行为方式、思维习惯、价值观念等。

人文名著之所以能流芳百世，除了上述的"两性"以外，一定还有一个或多个经得起时间打磨的人物形象。名著之所以能成为经典且经得起岁月的淘洗，就是因为这些人物身上有着永恒不变的中国人性特征。高职教育案例教学所持的观念正是通过案例的分析，寻求中国人性的典型特征。这样一来，以人文名著作为案例平台进入管理案例教学就事半功倍了。

有一点也需要正视和面对：任何学术理念、教学方法都有其自身的优点与劣势，优点需要阐扬与利用，劣势需要屏蔽和化解。如我们讨论的案例教学法，西方理念重在分析、解决问题以及归纳管理的一般方法上，它以案例的真实性为前提；我们树立的案例教学观念以突出人性与固有文化背景为中心，以不变应万变的理念为出发点，它建立在虚拟环境中。中西方两种案例教学法之间没有高下之分、强弱之别，主要看使用的对象能不能接纳，在特定的时间、特定的空间及特定的文化氛围里选取哪一种更为合适。

---

❶ 姚丽娜. 管理学教程[M]. 杭州：浙江大学出版社，2007：4.

第九章 《红楼梦》作为"管理学原理"课程教学中的案例研究

# 第七节 《红楼梦》与管理学

　　经典有它诞生的时代，然而经典却不仅仅属于诞生它的时代，它总是能穿越时空，立足于原本并不属于它的层面之上。这似乎构成了一种空间矛盾。但恰是这种矛盾成就了经典的现代性，又正是这份现代性激活了经典的永恒。《红楼梦》与管理学，前者是产生于清代的小说，后者是20世纪70年代才传入我国的学科门类，两者之间似乎风马牛不相及；然而经典的生命力让人惊讶，它竟能从古代渗透到当下，成为现代学科的文化参考与例证。

　　从红学到管理学，不是简单地通过《红楼梦》中的故事只言片语地介绍一点管理启示，而是要从这部经典名著中读出管理学的系统来。即立足于现代管理学构架，让《红楼梦》中的人物、事件等案例去解读管理中的原理，从而启迪人们去找到一种适合运用于管理实践的方法。有了这样一种学术理念，在进行研究探索之前就需要解决一个问题——《红楼梦》与管理学有何关系？

　　前面我们已经对管理的定义作了解释。那么什么是红学呢？这也如同管理的定义一样，百余年来争论不休却又莫衷一是。一般读者认为所谓红学就是研究《红楼梦》及作者曹雪芹的学问，这种解释不能说错，但是它又不是严格意义的定义。1982年，周汝昌先生在《河北师范大学学报》发表《什么是红学》一文，定义红学就是研究曹雪芹、脂砚斋、《红楼梦》版本、红楼探佚四个方面的综合学问。这一定义直接引发了一场关于"什么是红学"的大讨论。应必诚、赵齐平等先生纷纷否定周先生的观点，然而否定之后的红学界定似乎也不能让人满意。2008年，笔者在《中国红学概论》一书中定义红学为："就是研究《红楼梦》本身及其相关课题，从而达到了解、研究、传承中华优秀传统文化，让人明辨是非、美丑、善恶，启迪人类新思想、新思路、新视角、新方法，最终使人了解自我、实现自我、超越自我的学问。"❶

当然，对于红学与管理学的定义，在它们各自的发展史上形成了属于自己的特点。相比较而言，从同质层面上看，二者的解释都呈现众说纷纭状。从异质层面上看，诸家管理学的定义相互之间没有否定关系，换句话说，福莱特的管理定义并没有建立在否定法约尔的定义之上，反而相互之间有所补充和借鉴。对红学的定义恰恰相反。这一家的定义，往往是在否定另一家定义的前提下诞生的，这也造成早年周汝昌和应必诚二位先生关于"什么是红学"的论战，至今余波犹存。

有了对管理学与红学的定义梳理，它们之间的关系也就容易厘清了。从研究的时长上看，两种学术从诞生到当下都历经了百余年的历史，虽然都还属于年轻的学科行列，但其系统的构建、理论的深度、视野的广度已然形成了严格意义上的学科门类。从研究对象的根源上看，二者的根系都紧扎在文化的土壤之中：西方管理学以西方文化为背景与依托；中国管理以中华五千年的文化为根本。所以离开本源文化谈管理，管理只能停留在学术的层面，唯有以本源文化滋生出来的管理才能真正运用于实践。而《红楼梦》是中国传统文化的结晶，它传承着华夏文化的基因，以《红楼梦》作为案例透视中国的管理，这不是随意嫁接，当为有本之木。

管理学揭示着社会组织的内在逻辑与构架，《红楼梦》演绎着由逻辑与构架支撑起来的这个社会组织的故事，其实两者归根结底都在研究人。红学研究以人为中心去透视文化的种种表现，又在五彩缤纷的文化表现中理解人性。管理学研究呢？无论是东方还是西方，所有的管理都以人为出发点，而最终又归结于人，所以红学与管理学研究的核心对象是一样的，只不过前者以文艺形式呈现，后者以组织形式呈现。

---

❶ 马经义.中国红学概论［M］.成都：四川大学出版社，2008：24.

## 第九章 《红楼梦》作为"管理学原理"课程教学中的案例研究

既然管理学与红学在理论逻辑上有上述诸多关联,那么以《红楼梦》文本故事来诠释管理学原理其可行性到底有多大?在管理学的理论透视下解读《红楼梦》,其意义又在哪里?我们从管理的四个特性来看。

第一,管理是由两个以上的人员组织起来的社会活动,它的生产动力来自社会组织的要求。组织的规模越大,劳动分工、领导与协调、控制与激励就越复杂,管理工作也就越显重要。《红楼梦》文本围绕贾史王薛四大家族的兴衰史展开叙述,涉及四五百人。如果把四大家族看成一个股份制企业,如此众多的员工,其规模已经不小了。要让这个企业良好地运转,其中的管理是不可缺少的,劳动分工的千头万绪、组织领导的复杂程度可想而知。所以从这一层面上看,《红楼梦》中庞大的人物构架、系统的劳动分工,为体现管理的特征提供了依靠。

第二,管理的载体是组织。组织是构成社会大系统的子系统,管理正是通过组织这个子系统来实现管理目标。《红楼梦》中的荣宁二府是演绎红楼故事的主要场所,它是社会这个大系统中的一个子系统。在以贾母、王夫人、王熙凤等人为领导层的管理之下,协调着这个组织的众多成员,从而实践着他们的管理理念,整个家族也在具有系统模式的管理中运转往复了近百年。所以从这一层面看,荣宁二府这个组织足以承载得起管理理念的实施,这也为阐释管理特性提供了平台。

第三,管理的核心对象是人,处理好人际关系是领导所要具备的职业素养之一。在管理活动中,每一个环节都要和人打交道,只有深刻地了解了人性,认识到了他们的真正所需,处理好各种人际关系,管理的目标才能最终实现。《红楼梦》之所以经典,是因为其中有一大批栩栩如生的人物;曹雪芹之所以伟大,是因为在他笔下诞生了一大批经典的艺术形象。红楼人物之间有钩心斗角的、有尔虞我诈的、有相亲相爱的、有互帮互助的、有相依为命的、有冤冤相报的、有感恩戴德的、有恩将仇报的……正是因为有如此错综复杂的人际关系,才为阐释管理特征提供了丰富的案例。

第四,管理的任务就是有效地利用人力、物力、财力、信息等资源,通过对组织成员的领导，使用决策、计划、激励、控制等管理职能去实现组织目标。《红楼梦》中的荣宁二府是皇帝敕造的国公府邸，是极有名望的贵族之家，其人力、物力、财力都是非常雄厚的。所以从这一层面上看，王熙凤等人通过利用这一切资源来打理整个家族的生活与生产的过程，为诠释管理特性提供了环境支持。

以上四点足以说明，用《红楼梦》文本故事诠释管理学原理的可行性是非常大的。那么，站在管理学的视角解读《红楼梦》，其意义何在呢？

前面提过，任何一部传世经典名著都具有深刻的时代性和超强的现代性：时代性是指名著烙下了诞生它的那个时代的方方面面；现代性是指名著对现代社会的切入能力。时代性还原了一个真实的社会空间，现代性构建了一个巨大的阐释空间，两个时空的叠加便形成了一种解读经典的方法。正因如此，从管理学的视野解读《红楼梦》，会看到被尘封在历史中的社会组织当年坍塌的管理原因，其历史意义便在于此。我们又可以反过来审视当下某些组织的现状，从而找到问题、解决问题，以此构建新的管理方式，得到新的管理启示，其现实意义也就此诞生。《红楼梦》被誉为美学的典范之作，而对美的解读应是多方面的，多维度的解读才能让美更为立体，所以从管理学层面解析《红楼梦》，其美学意义也在于此。能以一书名学，在中国文学史上，《红楼梦》是独一份。一部小说聚集起来的不仅仅是红学家，还有史学家、文学家、哲学家、经济学家、建筑学家、美食家、管理学家等，众多学者的会集，众多社会学科的交汇，让红学更加光彩照人。所以用管理学解读《红楼梦》再次证明了中国文化理念相通的传统，其文化意义也就此实现。

《红楼梦》的伟大归根结底在于中国传统文化的伟大，中国传统文化的伟大根源在中国人，所以红学研究的本质在于中国人。管理无国界，这是站在管理学原理层面上来说的；管理有国界，这是站在管理学对象层面上来说的。在中华文化的背景下，管理的核心对象是中国人，所以"中国人"成了二者之间永恒的焦点，这也搭建起《红楼梦》与管理学之间的桥梁。

# 第十章 《红楼梦》人文素质课程教材的开发与编写

2019年1月24日,国务院下发《国家职业教育改革实施方案》,其中提到教师、教法、教材的改革,俗称"三教改革"。在这三个方面的改革中,教师是根本,因为提升教学质量的根源在于教师的职业素养与专业能力;教法是途径,因为在科技迅速发展的今天,仅仅依靠口耳相传已经无法实现传道授业、教书育人的目的,所以教法紧跟时代与科技的变化而变化;教材是基础,无论是教师的改革还是教法的改革,最终都要依托教材来实现。在"三教改革"中,教师与教法的改革是"虚态",而教材的改革属于"实态"。所谓虚态是指改革的结果无法直观呈现在某个事物上;所谓实态是指改革的成果可以固化,看得见也摸得着。正因为如此,教材的开发与编写成了"三教改革"中的抓手。

## 第一节 课程开发的五个步骤

教材开发是课程建设过程中的重要环节,然而教材的编写并不是放在最前面来做的,相反它处于整个课程建设较为靠后的阶段。这是为什么呢?因为课程的开发有一个逻辑顺序,归纳起来主要有以下五个步骤。

第一,依据专业人才培养的总目标,确定课程目标。专业人才培养是通过对课程体系的实施来完成的,每一门课程都是为支撑专业人才培养总目标而服务的。换句话说,每一门课程的目标都是专业人才培养总目标中的一个子目标。可能此时你会问,那专业人才培养的总目标是从哪里来的呢?它是从调研分析社会需求之后而获得的。也就是说,社会上需要什么样的专业人才,大学就培养什么样的人才。

第二,根据课程目标,选择合适的课程建设模式。课程建设模式有基于学科体系的章节化课程模式或基于工作过程的情景化课程模式等。如一流本科院校,一般以学术研究为主,所以大多数教材都采用学科体系的章节化课程模式来进行撰写。而高职院校则以职业技能训练为主,所以核心课程的教材皆采用基于工作过程的情景化课程模式来进行编写。

第三,在已确定的课程模式下,根据相关学分、学时的要求,按照一定的逻辑关系,划分出具体的章节或模块数量,形成课程框架。章节的长短与模块的多少是依据课程所占用的学分与学时来定的,学时、学分多,课程框架就宏大丰富,反之就精练简洁。

第四,将课程目标分解到具体的章节或模块中,形成章节或模块的子目标。换言之,章节或模块的目标总和就是课程目标。为什么要这样做?因为课程目标的实现不是一个章节或模块就能够完成的,它需要多个章节和模块的支撑,所以课程目标就需要分解到不同的章节和模块中来实现。

这和第一步中将专业人才培养总目标分解到每一门课中来实现是一个道理。

第五，在固定的课程框架下，根据学情选择适合学生的教学内容。教师通过教学内容教授，学生完成教学内容的学习，从而共同达到教学目标的实现。这里的"教学内容"就是我们要撰写的教材内容，一本教材开发与编写的过程就是课程框架与教学内容相互融合的过程。不难发现，教学内容的选择是整个课程建设的收尾阶段，因此教材的开发与撰写也就处于课程建设的后期了。

从上述五点可以看出，在课程目标一定的情况下，教学内容可以千变万化。因为学校可以根据自己的学情选择不同的教学内容，只要通过教学内容能达成教学目标即为合理。如掌握中国古典名著的"三层读法"是某堂课的教学目标，是选择《红楼梦》还是《西游记》作为教学内容，完全根据学情而定。通过调研，如果学生对《红楼梦》感兴趣，那就选择《红楼梦》；如果对《西游记》感兴趣，那就选择《西游记》。教学内容仅是实现教学目标的载体，只要能达到这个目标，载体的选择是可以多样化的。

## 第二节 《红楼梦》人文素质课程编写的前提

弄清了课程开发的逻辑，那么《红楼梦》人文素质课程教材该如何编写呢？首先我们回答两个问题。

第一，《红楼梦》人文素质课程的目标是什么？在回答这个问题之前，我们需要知道这门课程属于哪个专业。一般而言，《红楼梦》人文素质课程属于公共基础课，它适合于任何一个专业。但按照我们前面所提到的"通晓文化，融通专业"的课程建设理念，在不同专业，《红楼梦》人文素质课程内容的设置会有所不同。所以我们需要假定一个专业，只有这样，才能具体说出《红楼梦》人文素质课程的目标。

我们假定此时的《红楼梦》人文素质课程属于服装设计专业，那么它的课程目标就可以确定：知识目标是通过阅读红楼故事以了解其中所涉及的中国传统服饰文化，理解《红楼梦》"三层读法"的内涵，掌握"三层读法"的环节与步骤；能力目标是能够运用"三层读法"阅读《红楼梦》文本情节，进而提升阅读、思考、表达三大核心能力；素质目标是树立文化自信，培养传承中国优秀传统文化的意识。

第二，《红楼梦》人文素质课程建设采用哪种课程模式？教材编写使用什么样的架构？在前面我们提出了"一心两通，三读四教"的课程模式。在这种模式之下，《红楼梦》人文素质课程建设是处于学科体系与工作过程体系之间的一种课程，所以教材的编写既不能完全采用章节化架构，也不能绝对套用情景化架构，将两种架构形式进行融合无疑是首要之选。

## 第三节 《红楼梦》人文素质课程教材设计样章

明确了《红楼梦》人文素质课程教材的开发步骤与编写前提，我们以《红楼梦》第三回为例，设计一个以"《红楼梦》与中国服饰文化"为主题的内容样章，以深化对《红楼梦》人文素质课程教材开发与编写的认识。

### 《红楼梦》与中国服饰文化

一、课程目标

知识目标：了解"宝黛初会"的故事情节，理解贾宝玉的衣着描写及其所涵盖的服饰文化信息，理解宝黛外貌描写的技巧与文化内涵。

能力目标：能够通过各种信息资源解读贾宝玉服饰所包含的文化信息，并能用自己的语言将其融入对这段故事的讲述之中。

素质目标：树立文化自信，积极传承中国优秀传统文化。

## 二、原文阅读

寂然饭毕，各有丫鬟用小茶盘捧上茶来。当日林如海教女以惜福养身，云饭后务待饭粒咽尽，过一时再吃茶，方不伤脾胃。今黛玉见了这里许多事情不合家中之式，不得不随的，少不得一一改过来，因而接了茶。早见人又捧过漱盂来，黛玉也照样漱了口。盥手毕，又捧上茶来，这方是吃的茶。贾母便说："你们去罢，让我们自在说话儿。"王夫人听了，忙起身，又说了两句闲话，方引凤、李二人去了。贾母因问黛玉念何书。黛玉道："只刚念了《四书》。"黛玉又问姊妹们读何书。贾母道："读的是什么书，不过是认得两个字，不是睁眼的瞎子罢了！"

一语未了，只听外面一阵脚步响，丫鬟进来笑道："宝玉来了！"黛玉心中正疑惑着："这个宝玉，不知是怎生个惫懒人物，懵懂顽童？"——倒不见那蠢物也罢了。"心中想着，忽见丫鬟话未报完，已进来了一位年轻的公子：

头上戴着束发嵌宝紫金冠，齐眉勒着二龙抢珠金抹额；穿一件二色金百蝶穿花大红箭袖，束着五彩丝攒花结长穗宫绦，外罩石青起花八团倭缎排穗褂；登着青缎粉底小朝靴。面若中秋之月，色如春晓之花，鬓若刀裁，眉如墨画，面如桃瓣，目若秋波。虽怒时而若笑，即瞋视而有情。项上金螭璎珞，又有一根五色丝绦，系着一块美玉。

黛玉一见，便吃一大惊，心下想道："好生奇怪，倒像在那里见过一般，何等眼熟到如此！"只见这宝玉向贾母请了安，贾母便命："去见你娘来。"宝玉即转身去了。一时回来，再看，已换了冠带：头上周围一转的短发，都结成小辫，红丝结束，共攒至顶中胎发，总编一根大辫，黑亮如漆，从顶至梢，一串四颗大珠，用金八宝坠角；身上穿着银红撒花半旧大袄，仍旧带着项圈、宝玉、寄名锁、护身符等物；下面半露松花撒花绫裤腿，锦边弹墨袜，厚底大红鞋。越显得面如敷粉，唇若施脂；转盼多情，语言常笑。天然一段风骚，全在眉梢；平生万种情思，悉堆眼角。看其外貌最是极好，却难知其底细。后人有《西江月》二词，批宝玉极恰，其词曰：

无故寻愁觅恨，有时似傻如狂。纵然生得好皮囊，腹内原来草莽。潦倒不通世务，愚顽怕读文章。行为偏僻性乖张，那管世人诽谤！

富贵不知乐业，贫穷难耐凄凉。可怜辜负好韶光，于国于家无望。天下无能第一，古今不肖无双。寄言纨袴与膏粱：莫效此儿形状！

贾母因笑道："外客未见，就脱了衣裳，还不去见你妹妹！"宝玉早已看见多了一个姊妹，便料定是林姑妈之女，忙来作揖。厮见毕归坐，细看形容，与众各别：

两弯似蹙非蹙罥烟眉，一双似喜非喜含情目。态生两靥之愁，娇袭一身之病。泪光点点，娇喘微微。闲静时如姣花照水，行动处似弱柳扶风。心较比干多一窍，病如西子胜三分。

宝玉看罢，因笑道："这个妹妹我曾见过的。"贾母笑道："可又是胡说，你又何曾见过他？"宝玉笑道："虽然未曾见过他，然我看着面善，心里就算是旧相识，今日只作远别重逢，亦未为不可。"贾母笑道："更好，更好，若如此，更相和睦了。"宝玉便走近黛玉身边坐下，又细细打量一番，因问："妹妹可曾读书？"黛玉道："不曾读，只上了一年学，些须认得几个字。"宝玉又道："妹妹尊名是那两个字？"黛玉便说了名。宝玉又问表字。黛玉道："无字。"宝玉笑道："我送妹妹一妙字，莫若'颦颦'二字极妙。"探春便问何出。宝玉道："《古今人物通考》上说：'西方有石名黛，可代画眉之墨。'况这林妹妹眉尖若蹙，用取这两个字，岂不两妙！"探春笑道："只恐又是你的杜撰。"宝玉笑道："除《四书》外，杜撰的太多，偏只我是杜撰不成？"又问黛玉："可也有玉没有？"众人不解其语，黛玉便忖度着因他有玉，故问我有也无，因答道："我没有那个。想来那玉是一件罕物，岂能人人有的。"

## 第十章　《红楼梦》人文素质课程教材的开发与编写

宝玉听了，登时发作起痴狂病来，摘下那玉，就狠命摔去，骂道："什么罕物，连人之高低不择，还说'通灵'不'通灵'呢！我也不要这劳什子了！"吓的众人一拥争去拾玉。贾母急的搂了宝玉道："孽障！你生气，要打骂人容易，何苦摔那命根子！"宝玉满面泪痕泣道："家里姐姐妹妹都没有，单我有，我说没趣；如今来了这们一个神仙似的妹妹也没有，可知这不是个好东西。"贾母忙哄他道："你这妹妹原有这个来的，因你姑妈去世时，舍不得你妹妹，无法处，遂将他的玉带了去了：一则全殉葬之礼，尽你妹妹之孝心；二则你姑妈之灵，亦可权作见了女儿之意。因此他只说没有这个，不便自己夸张之意。你如今怎比得他？还不好生慎重带上，仔细你娘知道了。"说着，便向丫鬟手中接来，亲与他带上。宝玉听如此说，想一想大有情理，也就不生别论了。

当下，奶娘来请问黛玉之房舍。贾母说："今将宝玉挪出来，同我在套间暖阁儿里，把你林姑娘暂安置碧纱橱里。等过了残冬，春天再与他们收拾房屋，另作一番安置罢。"宝玉道："好祖宗，我就在碧纱橱外的床上很妥当，何必又出来闹的老祖宗不得安静。"贾母想了一想说："也罢哩。"每人一个奶娘并一个丫头照管，馀者在外间上夜听唤。一面早有熙凤命人送了一顶藕合色花帐，并几件锦被缎褥之类。黛玉只带了两个人来：一个是自幼奶娘王嬷嬷，一个是十岁的小丫头，亦是自幼随身的，名唤作雪雁。贾母见雪雁甚小，一团孩气，王嬷嬷又极老，料黛玉皆不遂心省力的，便将自己身边的一个二等丫头，名唤鹦哥者与了黛玉。外亦如迎春等例，每人除自幼乳母外，另有四个教引嬷嬷，除贴身掌管钗钏盥沐两个丫鬟外，另有五六个洒扫房屋来往使役的小丫鬟。当下，王嬷嬷与鹦哥陪侍黛玉在碧纱橱内。宝玉之乳母李嬷嬷，并大丫鬟名唤袭人者，陪侍在外面大床上。❶

（节选自《红楼梦》第三回：贾雨村夤缘复旧职　林黛玉抛父进京都）

---

❶ ［清］曹雪芹著，［清］无名氏续，［清］程伟元、高鹗整理，中国艺术研究院红楼梦研究所校注：《红楼梦》，人民文学出版社，2008年版，第47—51页。

## 三、引导问题

1. 当贾母问林黛玉是否读书，她是如何回答的？
2. 当贾宝玉第一次进来，服饰描写由哪几部分组成？
3. 什么是束发嵌宝紫金冠？
4. 什么是二龙抢珠金抹额？
5. 什么是二色金、百蝶穿花、大红箭袖？
6. 什么是五彩丝攒花结长穗宫绦？
7. 什么是石青、起花八团、倭缎排穗褂？
8. 什么是青缎粉底小朝靴？
9. 当贾宝玉第二次进来，其服饰描写主要集中在哪里？
10. 什么是银红撒花半旧大袄？
11. 什么是项圈、宝玉、寄名锁、护身符？
12. 什么是松花撒花绫裤腿、锦边弹墨袜、厚底大红鞋？
13. 当贾宝玉问林黛玉是否读书，她是如何回答的？
14. 贾宝玉提到的《古今人物通考》是一本什么书？
15. 当贾宝玉得知林黛玉没有玉时，他是什么状态？为什么有这样的状态？

## 四、解析欣赏

（略，此部分是一篇针对节选原文的解析文章，可以是编者自撰，也可以选择名家之作。）

## 五、微型视频课程

（略，以二维码形式呈现，学生用手机扫描二维码即可自学。）

## 六、章节视频课程

（略，以二维码形式呈现，学生用手机扫描二维码即可自学。）

## 七、主题视频课程

（略，以二维码形式呈现，学生用手机扫描二维码即可自学。）

这份教材样章的题目为什么叫"《红楼梦》与中国服饰文化"呢？因为它属于服装设计专业的课程，按照"通晓文化，融通专业"的课程建设理念，《红楼梦》人文素质课程的内容要与学生的专业相关，所以就确定了这个题目。

"课程目标"的设置体现了既要"通晓文化"又要提升阅读、思考、表达三大核心能力的思想。让学生查找相关的资源，这是为提升他们阅读、思考两个方面的能力而做出的要求；让学生用自己的语言讲述这段故事，这是为提升他们的表达能力而做出的安排。

"原文阅读"之后的"引导问题"是运用引导课文教学法的必备元素，所以这些问题既是教材编写的重要组成部分，也是体现人文素质教育运用行动导向教学法的关键步骤。学生在"引导问题"的指引下有目的地阅读《红楼梦》，进而达到教学目标。"解析欣赏"是运用名家之作增加学生的阅读量，帮助学生拓宽视野，打开思路，这依旧是为了提升阅读能力而设置的。

样章最后三个部分——微型、章节、主题三种视频课程，分别以二维码的形式呈现于教材相应的位置。按照前面所讲到的"三层三阶"红楼视频课程建设思路，这是实现"一本教材'码'上学"的终端形式，也是落实"信息化课堂全贯通"的具体做法。

# 第十一章　高职学生经典诵读能力培养研究

## 第一节　高职学生经典诵读能力培养现状分析

　　文化是一个国家的灵魂，文化自信是一个民族强盛的表现之一，所以加强中国传统文化教育已成为当下贯穿整个国民教育的大战略。国家先后出台一系列文件来促进传统文化的传承，如 2015 年《教育部关于深化职业教育教学改革　全面提高人才培养质量的若干意见》指出："要把中华优秀传统文化教育系统融入课程和教材体系，在相关课程中增加中华优秀传统文化内容比重。"2017 年初，中共中央办公厅、国务院办公厅联合印发了《关于实施中华优秀传统文化传承发展工程的意见》，专题阐述中国优秀传统文化传承与发展的具体工作。作为国家未来中流砥柱的大学生群体，成了传承优秀传统文化的主力军。正因如此，加强优秀传统文化教育也被各高职院校融入人才培养体系，其中经典诵读是高职院校优秀传统文化教育中主要的形式之一。那么在实际教学中，高职院校对学生经典诵读能力培养的现状如何呢？本节将从四个方面进行梳理与分析。

## 一、对"经典"的界定与诵读内容的选取

何谓"经典"？这是进行经典诵读之前必须界定的概念。看似一个很简单的问题，回答起来却异常复杂。因为中华文明延绵了几千年，成就了博大精深的文化体系，处处是经典。如从学术层面上看，有先秦诸子经典、两汉经学经典、魏晋玄学经典、隋唐佛学经典、宋明理学经典、清代朴学经典等；从文学层面上看，有上古神话经典、两周诗歌经典、先秦散文经典、汉代辞赋经典、唐代诗词经典、宋代传奇经典以及明清小说经典等。这些经典构成了中华民族的精神气脉。

那么在高职学生经典诵读中，如何界定经典，从而选择经典诵读文本呢？从现有的文献资料来看，很多高职院校界定经典，都是从汉语语境下"经典"一词的含义入手的。经典的含义，原有广义和狭义之分：广义的经典是指包括学术和文学两种不同形式下的权威性和典范性著述；狭义的经典是指以儒家和道家为主的根源性典籍。所以概括性地说，经典就是具有超强生命力、始终活在当下并持续不断地影响、润泽着一个国家和民族的著述。然而从现有的高职院校经典诵读实施情况来看，绝大多数院校划定的经典范围都只在《大学》《中庸》《论语》《孟子》《老子》《庄子》《诗经》《易经》等为代表的先秦诸子之学中。换言之，当下高职学生诵读的经典文本几乎都是以儒道两家为主的学术经典。显然，在高职院校经典诵读的概念中，中华优秀传统文化就约等于"四书"与"五经"。

将经典范围框定在学术经典的范畴，其原因何在？笔者认为，这是混淆了"优秀传统文化"与"国学"的概念。优秀传统文化的范围囊括了上文所提到的学术经典和文学经典，但是国学的范围却比优秀传统文化的范围小得多。国学原本是晚清时期区别于西方学术而诞生的新概念，所以国学的概念是指中国固有的学术传统。著名学者马一浮先生即主张所谓国学就是研究《诗》《书》《礼》《易》《乐》《春秋》的"六艺之学"，可见国学

的范围只是中华优秀传统文化中的学术经典部分。当下我们常将中国优秀传统文化笼统地称为"国学",这势必误导大众。所以在高职教育中原本应该传承优秀传统文化的内容就被不自觉地框定在了固有学术的范畴。这就是造成经典诵读内容选取局限在"三玄""四书""五经"之中的根本原因。

毋庸置疑,"四书""五经"都属于华夏文化的元典,都是经典诵读的对象,但这些著作几乎都是理论性较强的学术经典,其中所阐释的学理与哲理可谓博大精深,很难通过一般的诵读掌握其精髓。现实也告诉我们,高职学生对学术经典的诵读效果并不理想。为什么会出现这样的情况?因为我们界定经典以及选择经典文本时忽略了一个重要的前提——学情分析。高职学生的文化基础原本薄弱,在此基础上去应对更为广博的学术经典,心有余而力不足,久而久之学生诵读的兴趣就会消耗在学术经典的浩繁之中。所以此时我们应该回过头来重新界定经典内容,准确地说是为高职学生划定符合他们学情的经典范围。这是提升高职学生经典诵读能力并传承中华优秀传统文化的第一步。

## 二、对高职学生经典诵读意义的阐释

高职院校开展经典诵读的意义何在?从现有的研究成果来看,主要包括以下四个方面。

第一个方面着眼于学生自身。经典诵读有助于学生健全身心人格,端正礼仪行为,固化伦理道德,提高感悟力、审美力,加强记忆力等。

第二个方面着眼于教育。经典诵读有助于专业学习的提升,能构建和谐校园,引领企业的精神文明。

第三个方面着眼于社会。经典诵读符合社会发展需要,可以为社会输送品学兼优的高技能人才。

第四个方面着眼于文化传承。经典诵读是民族文化得以延续的最好方式之一。

综合来看，以上四个方面的意义阐释都指向一个方位，那就是经典诵读培养的是学生的素质。以素质目标作为经典诵读的终极意义，这当然不会有错，似乎也是一个不需要再加以阐释的话题。然而，当我们纵观各类高职学生经典诵读意义的诠释时，总觉得其中少了一项最为重要的意义阐释，这项意义直接关乎高职学生经典诵读培养的终极效果。它是什么呢？

高职教育的总目标是为国家培养高素质技能型人才、服务经济社会发展和人的全面发展，其中有五个"对接"极其关键：专业设置与产业需求对接、课程内容与职业标准对接、教学过程与生产过程对接、毕业证书与职业资格证书对接、职业教育与终身教育对接。高职学生经典诵读能力培养属于哪一个"对接"呢？应该是职业教育与终身教育对接。高职学生经典诵读能力培养是实现职业教育对接终身教育的基础。所以被遗忘的这项意义就是经典诵读可以实现职业教育与终身教育对接的意义。这项意义为什么关乎高职学生经典诵读培养效果呢？因为职业教育和终身教育对接靠的是一种惠及终身的学习能力，这种能力分解之后就是一个人的阅读能力、思考能力和表达能力，而经典诵读正是培养这种能力的最佳做法。如果没有这项意义的阐释，经典诵读就只能浮在表面成为一种形式，而不能落到实处升华成能力培养，如此一来，势必影响高职学生经典诵读的价值。在当下高职学生经典诵读的实施过程中，我们确实看到了这种遗憾的普遍出现。所以这个时候我们似乎看清楚了一个问题，即高职学生经典诵读首先培养的是一种能力，只有能力目标达到了，才能实现素质目标。

## 三、高职学生经典诵读能力培养的方法及不足

高职学生经典诵读能力培养最重要的环节就是方法的运用，各高职院校在这方面都做了不同程度的研究与实践，概括起来有以下五点。

第一，从制度上保障经典诵读能力培养的实施。如出台相应文件、健全领导制度、加大师资力量、明确相关责任、建立激励机制、配备经典诵

读活动经费等，从制度上构建一个良好的循环工作机制，从而保障高职学生经典诵读能力的培养。

第二，从教学模式上设定经典诵读能力培养的框架，如"理论讲授+琴棋书画活动""国学教育+社区教育""理论第一课堂+活动第二课堂+网络资源第三课堂"等。但从现有的实际情况看，对经典诵读教学模式的研究还不深入，浅尝辄止者居多。另外，固有的传统课堂教学模式对经典诵读影响较大，很多所谓的经典诵读模式也没有摆脱其束缚。所以真正的适合高职学生经典诵读能力培养的教学模式还没有完全形成。

第三，从教学方法上落实经典诵读能力培养。各类高职院校对经典诵读能力培养仍以课堂为主，有专题教学法、原点阅读教学法、多媒体教学法、案例教学法、游戏活动教学法等教学方法，同时也尝试性地编撰相应的诵读教材与文本。另外还有在公共基础课上加大诵读课时，将经典诵读内容与专业课程教学相融合等。这些具体措施确实取得了一定的效果，但必须要看到的是，经典诵读教学方法的探究还停留在宏观层面，针对不同诵读内容的教学法研究还没有受到重视，如诗词、小说、散文等的读法。

第四，从课外活动上促进经典诵读能力培养。各高职院校在这一方面做得最多，效果相比较而言也最好。此类课外活动主要有名家讲座、建立学生诵读社团、组织经典诵读比赛等。从现有情况而论，这些活动确实能激发学生的诵读激情，不足之处是都未形成系统化。所以从整个经典诵读能力培养层面看，以课外活动促进经典诵读能力培养，其力量仍然过于薄弱。

第五，从校园环境上营造经典诵读氛围。环境育人逐渐被各高职院校所重视，其本着"润物细无声"的理念建设校园环境，从视觉感官上凸显中国优秀传统文化的风貌。如建立各类博物馆、打造适合经典诵读的建筑环境、借助各种场景将学生带入优秀传统文化氛围之中等。这种方式固然有它的优势，但财力物力耗费较大，推广起来颇有难度。

## 四、高职学生经典诵读能力培养现状调查

为了准确掌握高职学生经典诵读的状况，构建适合高职学生经典诵读能力培养的策略与方法，我们专门制订了一份调查问卷，希望通过真实的数据为本研究做支撑。问卷共设置了 8 个问题，选择省内 5 所具有代表性的高职院校进行调查，结果分析如下：

1. 你觉得有必要了解中国传统文化方面的知识吗？98% 的学生认为很有必要，2% 的学生认为一般了解即可，无人选择"没有必要了解"项。

2. 面对当前的"国学热"，84% 的学生认为这是文化的传承与发展，11% 的学生认为这只是一种知识的延续而已，5% 的学生认为这是学术界的炒作。

3. 你觉得传统文化对你的生活、学习以及今后的工作有什么样的影响？97% 的学生认为可以提升自己的素养，3% 的学生认为只是一种消遣的方式，无人选择"没有影响"项。

4. 日常生活中你会阅读中国传统文化经典著作吗？5% 的学生经常阅读，12% 的学生偶尔阅读，83% 的学生从不主动阅读。

5. 如果让你选择自己喜欢的经典著作，你会选择什么？97% 的学生会选择小说、诗词或散文，2% 的学生选择先秦诸子经典，1% 的学生选择学术文献典籍。

6. 你认为自己在阅读经典的过程中最缺乏什么？92% 的学生认为缺乏阅读的方法，8% 的学生认为缺乏阅读环境，无人选择缺乏"阅读的书籍"项。

7. 通过阅读中华经典，你最想获得什么？79% 的学生想获得阅读、思考以及表达能力，11% 的学生想获得广博的知识，10% 的学生想增强自信。

8. 你愿意在专业课程体系中增加一门"经典诵读"吗？92% 的学生愿意，8% 的学生表示无所谓，无人选择"不愿意"项。

从以上 8 个方面的问卷结果来看，在高职学生的意识中，中国传统文

化方面的知识仍然很重要，并认可优秀传统文化对自身素养的提升，而且愿意在人才培养体系中增加经典诵读课程，从而提升能力，增加知识面，树立自信。同时，在问卷结果中我们也看到与前者相矛盾的一面：绝大多数的高职学生都不会主动阅读经典；他们更愿意选择可读性强的小说、散文以及诗词类的文学经典作为自己阅读的对象，而如先秦诸子类的学术经典几乎无人问津。从这份问卷调查的结果来看，影响高职学生经典诵读效果的最主要的问题在于学生缺乏阅读方法，以及经典诵读文本选择的范围和内容。

问卷结果所反映出的经典诵读能力培养效果欠佳的问题也在我们同5所高职院校负责经典诵读课程的教师的走访座谈中得到了证实。在教学过程中不断查找问题并加以修正是提升教学质量的重要路径，所以各高职院校也在不断地反思、寻找影响经典诵读能力培养效果的根源。那么是什么原因导致经典诵读能力培养事与愿违呢？总结访谈内容，主要有以下三个方面的原因：

首先，从观念上看，无论是高职教育还是高职学生，都把学习目标定在技能培养和实用技术的学习上，潜意识里"文化无用论"根深蒂固，这就导致高职院校对经典诵读教学重视不够，学生不愿意参与。

其次，从高职教育学制上看，无论是时间长短还是专业课程设计，都很难安排足够的时间来专门开设经典诵读课程。

最后，从教学方法上看，教学模式陈旧，教学方法单一，内容零碎不成体系，活动多而杂乱，目标不统一。

以上即为高职学生经典诵读能力培养效果欠佳的原因，或者说是存在的主要问题。笔者认为要想改变现状，各高职院校必须认真思考以下四个问题。

第一，经典诵读到底要培养学生什么能力？

第二，基于真实学情之上的经典诵读的内容如何选取？

第三，如何构建一种适合高职学生的经典诵读能力培养模式？

第四，在教学模式框架下深入研究适合现实的教学方法。

只有将以上四个问题解决了，才能从实质上提升高职学生经典诵读的效果，从而达到培养的目标。

## 第二节　高职学生经典诵读能力培养的策略与方法

随着时代的发展，我们越来越坚定一个民族的强盛最终应表现于文化的繁荣与自信：越强大的国家，它的固有文化保存并传承得越完好；一个衰弱的国家，它的文化总是支离破碎。所以，优秀传统文化的复兴是实现伟大中国梦的前提。《国家中长期教育改革和发展规划纲要（2010—2020）》指出："要加强中华民族优秀文化传统教育。"在上节中，我们对高职院校学生经典诵读能力培养的现状进行了分析研究，发现高等职业院校对学生经典诵读能力的培养效果总体是欠佳的。那么，构建一套什么样的"放之四海而皆准"的策略和方法，可以培养高职学生中华经典诵读能力，从而实现传承优秀传统文化的目的呢？

在第一节的结尾，笔者提出改变当下现状的几个问题。在此，我们有必要进行再次重申与思考：第一，高职学生经典诵读能力培养的含义是什么？换言之，通过经典诵读到底要培养学生何种能力？第二，构建何种培养模式，选取哪些经典内容，才能有效提升高职学生经典诵读能力？第三，除了培养模式的构建与运用，还有哪些活动可以辅助培养从而增加参与度与趣味性？不难看出，以上几个方面构成一条环环相扣的思路，只有在这条清晰而富有逻辑的思路下探究策略与方法才是有的放矢，否则就会离题千里。下面我们逐一探究。

## 一、高职学生经典诵读能力培养的含义

高职院校的办学定位是为国家和社会培养高素质技能型人才，学生的高技能是从专业学习中获得的，而高素质主要是从文化学习中获得的，经典诵读就是培养这种高素质的路径之一。在实际教学中，我们往往会忽略一个问题，即高素质的获得是从高能力中来，换句话说，素质目标的达成是建立在能力目标的基础之上的。何谓能力？从心理学角度理解，能力就是一个人的认识力和辨别力，"它是保证人们有效地认识客观事物的稳固心理特点的综合"[1]。从教育学的角度看，能力是具有可迁移性的，它是学生从具体的知识中提炼出来的思维方式、认识方法、操作法等综合而成的行动力。这种行动力是一种可再生资源，它可以生产创作出其他的知识与技能。那么，经典诵读到底要培养学生的何种能力？概括起来，主要有三种。

第一，阅读能力。从字面上讲就是看书的能力，其核心在于通过阅读获取相关的信息并有所领悟。著名教育学家叶圣陶先生说阅读能力就是"自能读书"，会不会阅读是决定学习效果的关键因素。对于高职学生而言，阅读能力是他们实现职业教育对接终身教育的基本功。

第二，思考能力。思考是一种思维活动，但有思维并不等于有思考。因为思考是思维的高阶，它是以事实、数据、图像等作为依据，通过已有的原理与方法推演出来的具有系统化和逻辑性的能力呈现。从教育学的角度讲，思考具有独立性和创造性，它是一个人的自主思维。思考能力的强弱往往是判断一个人聪明才智最重要的标准。对于高职学生而言，思考能力是完成职业教育与终身教育对接的关键能力。

第三，表达能力。所谓表达是指"把自己内化了的知识赋予能够传递

---

[1] 余文森.从有效教学走向卓越教学[M].上海：华东师范大学出版社，2016.

给他人的形式来加以表现的过程，或是由于外化而得以表现的内容"❶。一个人能够准确地表达，这说明他有自己的思想、观点、判断，这一切都是通过阅读和思考产生出来的外显，所以表达能力是学习效果的综合反映，是经典诵读能力的最高体现。

通过上述分析可以看出，高职学生经典诵读能力培养的含义就是：通过经典诵读的方式，培养学生阅读、思考、表达三种核心能力，从而达到提升学生人文素养的目的，进而完成能力培养，实现素质目标达成的过程，让职业教育与终身教育对接，最终实现传承发扬中华文化与民族精神。

## 二、高职学生经典诵读"四三模式"的构建

基于高职学生经典诵读能力培养的调查与分析，我们构建了一套适合高职学生经典诵读能力培养的模式——基于信息化教学的"四三模式"。该模式的构架，如图11-1所示。

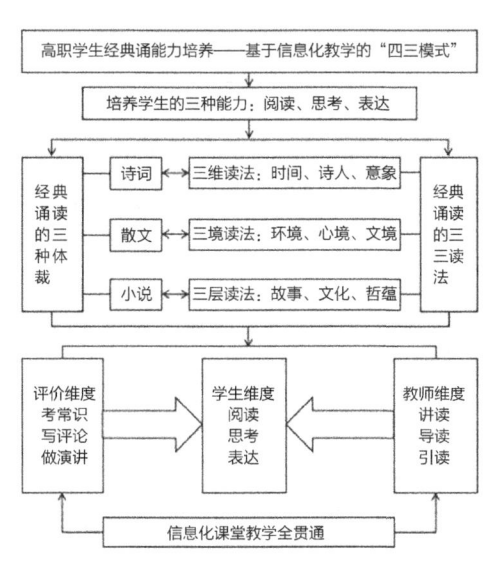

图11-1 高职学生经典诵读"四三模式"图

---

❶ 钟启泉.重视儿童的表达活动［J］.基础教育课程，2014（1）.

## （一）"四三模式"的内涵

首先需要解释这套培养模式中有哪四个"三"：

第一个"三"是指通过经典诵读，培养学生的三种能力即阅读能力、思考能力、表达能力。

第二个"三"是指经典诵读内容选自三种文学体裁即诗歌、小说、散文。每种文学体裁的内容选取以时间为纵向、作者为横向。

第三个"三"是指经典诵读内容的"三三读法"：诗歌的"三维读法"——时间维度、诗人维度、意象维度；小说的"三层读法"——读名著故事、读中国文化、读哲学意蕴；散文的"三境读法"——读环境、读心境、读文境。

第四个"三"是指诵读能力培养的"三三教法"。"三三教法"基于黑格尔"正反合"哲学理念，融合教、学、练、做、评等方式，让学生达到对经典诵读方法的掌握，从而实现学生阅读、思考、表达三种核心能力的提升。主要从三个维度入手。

一是教师维度方面，运用讲读、导读、引读三种方式教学。讲读是指教师从理论层面进行讲解的阅读方法。导读是指教师使用阅读方法讲具体作品，进行示范性阅读。引读是指学生在老师的引导与启发下运用相应的方法尝试性地阅读作品。

二是学生维度方面，围绕阅读、思考、表达三条线路进行训练。学生独立选择具体作品并阅读，运用相应的方法思考，以自己的语言表达对作品的理解。

三是评价维度方面，使用考常识、写评论、做演讲三种方式完成考评。考常识是指以考试的方式对文学知识性的内容进行考评，此项针对学生的阅读基本能力进行评价。写评论是指老师指定作品，学生运用所学的阅读方法对作品进行书面评论，此项针对学生的思考能力进行评价。做演讲是指学生将自己的书面评论以演讲的方式讲授给听众，此项针对学生的表达能力进行考评。

(二)"三三读法"的内涵

"四三模式"针对的是高职学生经典诵读能力的培养,所以其中的"三三读法"是该模式中最关键、最核心的一环。所谓"三三读法"即对诗词、小说、散文三种文学体裁的阅读方法。阅读方法的使用原本并没有统一的规范与标准,在实际运用中以适不适合阅读者为衡量的最高尺码。

针对诗词,我们提出了"三维读法",分别从时间维度、诗人维度和意象维度来解析一首诗词作品。所谓时间维度就是将诗作放置到产生它的那个时代来解读,这个维度可以让学生看到诗词演变历程中的变化与内在律动,理解不同时代会产生出不同风格的诗词作品。所谓诗人维度就是突出诗词作者的身世背景与生命轨迹,理解诗词作品是诗人在何种生活际遇中产生出来的,从而解读作品所反映的真情实感。所谓意象维度就是以诗词作品中所表现出来的具体事物为对象,理解诗词作品写作的技巧与技法,理解诗人如何将人、境、物、情等元素协调在一起,从而达到"意与境浑"的创作境界。

针对小说,我们提出了"三层读法"[1],分别从读故事情节、读中国文化、读哲学意蕴三个层次完成对小说文本的赏析。在众多文学作品中,小说的故事情节是最强的,所以读懂故事是进入小说的第一层。一部小说之所以能成为经典,其中一定承载着孕育它的文化基因,所以在读懂故事的前提下梳理文本中的固有文化就成了解析小说的第二层。读小说文本中的哲学意蕴是第三层,因为经典的本身是可以激活生命的,所谓"激活"就是生命个体在小说文本故事中得到感悟,这份感悟可以开启对生活、工作、情感等的新认知,这就是哲学意蕴的启示。

针对散文,我们提出了"三境读法",即读环境、读心境、读文境。

---

[1] 马经义.论《红楼梦》的"三层读法"[J].青年文学家,2016(29).

散文的特点是形散而神不散，作者将时间环境、空间环境以及自己的心境进行高度融合，再用文字凝炼升华形成特有的文境，最终形成散文作品。所以指导学生赏析散文宜从"三境"入手。

"三三读法"的好处在于能让高职学生记住阅读路线和层次，在学生心中构建一种符合阅读文体的具体方法，学生根据这种方法就可以深入而全面地赏析名篇佳作。

### （三）信息化教学的内涵

随着时代与科技的发展，传统教育方式已经不能满足学生获取知识的要求。借用高科技使教学内容更丰富，学生课堂参与度更高，已成为当下高职教育的一种新趋势。在这种新趋势下，传统教学观念就应该逐渐向信息化教学观念转变。所谓信息化教学是指学生和教师运用现代化的教学技术和教学资源，借助网络平台而进行的一种双边教学活动。

信息化教学的内涵主要包括三个方面：一是信息化教学环境，主要是从硬件上来说的信息化资源。如网络覆盖的区域、计算机与手机终端的使用等都是构成信息化教学环境必不可少的资源。[1] 二是信息化教学资源，主要是从课程教学角度来说的课程资源。如微课、动画、音频、视频等，这些资源可以从多角度、多渠道刺激学生，从而提高课堂教学质量。[2] 三是信息化教学平台，主要是从师生互动上来说的信息化软件平台，这个平台可以实现课前、课中、课后的师生教学互动。依托这个信息化教学平台，教师可以在课前布置学习任务，在课中进行课堂任务驱动，在课后实现答疑解惑。更重要的是，信息化教学平台可以在短时间内收集完成各种教学信息反馈，并做出客观的教学评价，为提升教学质量奠定坚实基础。

信息化教学虽然是时代的大趋势，但是信息化本身是一个相对的概

---

[1] 张颖怡.高职院校信息化教学环境构建的探究[J].网络安全技术与应用，2014（5）.

[2] 李喜云，吴金娇.高职院校信息化教学改革探析[J].科技创业月刊，2016（20）.

念。随着科技的发展，在今天看来是信息化的技术，明天也许就是教学的常态了，所以信息化教学永恒不变的是教学，是符合学情的教学设计。因此，基于信息化教学的高职学生经典诵读能力培养，在信息化教学中主要构建的是教学设计以及信息化教学资源。

（四）"四三模式"的创新性

高职学生经典诵读能力培养"四三模式"的创新点在哪里呢？总结起来主要有以下三点：

第一，从原有的经典诵读立足于素质培养转变为立足于能力培养。因为素质的达成是需要通过能力来完成的，强调素质提升但弱化能力培养无异于空中楼阁。

第二，在遵循教学规律以及高职学生阅读现状的基础上提出了诗歌、小说、散文的"三三读法"。"三三读法"的提出，改变了高职学生经典诵读宏观教学研究思路，转而从经典教学法的微观角度入手，来研究针对高职学生学情的教学法。"三三读法"为经典诵读从素质培养转变为能力培养奠定了坚实的基础，为最终提升学生的阅读、思考、表达三大能力找到了具体可行的方法。

第三，以现代信息化教学为依托，以任务驱动为基础，实现了以学生为中心、以教师为引导的教学策略。

## 三、高职学生经典诵读能力培养的辅助方略

必须要明确的是，基于信息化教学的高职学生经典诵读能力培养的"四三模式"偏重于具体的课堂教学法研究，然而经典诵读能力培养还需要课堂以外的活动来加以巩固和推进，所以这种辅助性的方略也是构成高职学生经典诵读能力培养的路径。在这方面，各高职院校已经做了较为广

泛的实践，概括起来主要有以下四种辅助方略❶：

第一，建立学生经典诵读的社团组织，引导学生开展有序的经典诵读活动。

第二，邀请校内外专家定期开设同经典诵读相关的讲座，建立系统而规范的讲座课程。

第三，举办院系经典诵读比赛，定期开展，规范实施，从而调动学生的积极性与参与性。

第四，用环境育人的理念营造经典诵读环境与氛围。

## 第三节　从文学经典到管理学："管理学原理"的教学方法

在中国，"管理"活动自古即有，然而将管理行为进行研究，逐渐将它上升为一门学科却始于西方。随着现代社会经济的发展，管理越来越受到人们的重视，学习管理的人也因此而增多。在经管类专业的课程体系中，"管理学原理"是一门专业基础课，是经济管理类各专业学生所必须修读的课程。前面说过，经典诵读是高职院校优秀传统文化教育中最主要的形式之一，那么，在教学中如何将经典诵读和管理学结合起来，教师如何去教授并选取哪种方法适合学生理解和记忆，从而达到"双赢"？本节对此略作简析。

"管理学原理"也被称为"管理学基础"，从现有各类教材来看，课本名称虽有异，内容实质却相同。编写所遵从的体系和构架也基本相似，大多按照法国管理学家法约尔（Henri Fayol）提出的管理五大职能——计划、

---

❶ 徐源.基于隐性课程文化的高职人文素养提升策略研究——以传统文化经典诵读为例[J].职业教育研究，2013（2）.

组织、指挥、协调、控制，分章、分节撰写。

　　管理的五大职能是法约尔以其五十多年的管理实践经验为背景逐渐总结出来的，要准确深刻地理解这五大职能的含义并运用于管理之中是需要管理实践作为基础的。然而对于当代大学生而言，最为欠缺的正是社会实践和工作经历，那么在这个现实层面上，我们该如何让学生去理解这些管理学的基本理论呢？管理学与文学虽然分属于不同的学科门类，但有一个相同的核心，那就是"人"。就文学而言，它是被诗化了的人的存在，终极指向是引领人心，用文学启迪人的智慧，从而让人在纷繁复杂的现实社会与纠葛不清的关系网络里有一份正确的判断和了然。就管理学而言，无论是领导者还是被领导者都基于人的作为，无论是管理活动中的计划组织还是协调控制也都是人在作为。所以管理学与文学之间看似风马不接，其实质却是理念相通的——都是对"人"的研究。由此我们就可以打开一条教学门路——利用我们耳熟能详的文学经典作为案例来诠释"管理学原理"中的相关概念，加深初学者对知识点的理解和记忆。

　　虽然我们现在所学习的管理类课程，其理论大多源于西方，但在中国古代典籍和文学经典中却处处闪现着管理的智慧。再加之我们从小就接触这些古代典籍作品，它们早已化为文化基因渗透到每个人的血液中，我们以此作为教学案例从而诠释"管理学原理"中的概念，学生接受起来就会相对轻松，原本枯燥无味的教材也会在我们熟悉的"故事情节"与"人物形象"中得到舒展。那么如何在教学中将文学经典和管理学结合起来呢？我们试举几例，权作抛砖。

　　在"管理学原理"中，"领导"一般会专章编写，就该章而论，"领导艺术"又会单独成节。在管理活动中，领导者的工作效率往往取决于领导者的管理艺术，而领导艺术又是一门内容极其丰富的学问。这门学问掌握起来很困难，因为它并非仅仅是技巧，而是一种融合了知识与智慧的表现方式。所以在教学过程中，我们所强调的，并非学生对技巧本身的把握，而是对领导艺术的"领悟"过程。通过文学经典中的表达去感悟这个过程，正是让人"领悟"的最好途径。

如我们可以用《三国演义》中的刘备来诠释领导艺术中的平易近人、信任对方、关心他人、一视同仁等。刘备为了实现自己的宏图大业，需要一批贤人志士鼎力相助，如流芳千古的美谈——"三顾茅庐"。就诸葛亮的社会地位与资历而言，他与皇叔刘备可以说是天壤之别，然而刘备并没有因为这些世俗的界定而停下寻求贤能的脚步。他放下了所有的身份与头衔，亲自带着关、张二人三访诸葛亮，最后诸葛亮也在刘备的一片诚心之下出山效劳。这一领导艺术运用的核心要义就是"平易近人，求贤若渴"。刘备让诸葛亮强烈地感受到"被需要"的用世豪情，诸葛亮又在这种强烈感受中激发出愿为马前卒的耿耿忠心。历史证明，刘备的领导艺术是成功的。

又如我们可以从《西游记》中去认识"管理学原理"的组织职能。所谓组织就是指人们按照一定的目的、任务和形式编制起来的有一定结构和功能的社会团体。美国管理学家哈罗德·孔茨（Harold Koontz）认为："为了使人们能实现目标而有效地工作，就必须设计和维持一种职务结构，这就是组织管理职能的目的。"无论对组织如何定义，其中有四点要素是要明确的：第一要有组织目标；第二要有成员；第三要有分工协作；第四要开展连续性的工作。我们可以借《西游记》中唐僧师徒四人团队来诠释管理学中的组织概念。

师徒四人有一个共同的目标——到达西天取得真经。组织中的成员就是师徒四人，再加一匹白龙马。他们之间的分工也非常明确：唐僧是领导人，虽然不能降妖除魔，却是组织的精神领袖。试想如果没有了唐僧，这个团队早就在没有统一的精神维系下涣散了。孙悟空专管降妖除魔，为整个团队解决高精尖的"技术难题"，并且还负责化缘，以保四人生活供给。一句话，孙悟空是这个团队的安全保证和物质保障。猪八戒看似"无能"，却是整个团队的快乐保障。除了大肚肥肠、憨厚取巧令人忍俊不禁外，当孙悟空和唐僧之间出现嫌隙时，猪八戒往往会在其中斡旋，最后"一把手"和"业务骨干"握手言和。沙僧虽然默默无闻，但他对自己的本职工作兢兢业业。一个组织中必须要有这样任劳任怨的老实人。对于沙僧来说，挑好担子赶好马，将来自有结果，所以他是这个团队的后勤保证。这样一分析，组织的前三个要点都齐全了。而对于第四点——要开展连续性的工作，师徒四人从长安徒步至大雷音寺，经历九九八十一难、十数载春秋，最终完成目标，这已经是一个连续性的漫长过程了。

再如我们可以通过《红楼梦》中王熙凤的管理方法来诠释"管理学原理"中的激励职能。"激励"一词译自英文"motivation"，将其用于管理活动是指通过调动人的积极性，刺激被管理者的需要，激发起动机，使之朝向所期待的目标前进的心理过程。激励的作用是挖掘人的潜能，吸引和稳定组织人才，使员工的个人目标和组织的目标协调一致。激励的前提和基础就是了解员工的需要。

王熙凤在家族管理中使用的激励主要包括两个方面，第一就是物质激励。换句话说，当仆人们办差得力时就打赏给银子，出手阔绰。俗话说"有钱能使鬼推磨"，在现实社会中有钱还往往"能使磨推鬼"，所以《史记》上说"天下熙熙皆为利来，天下攘攘皆为利往"。在现实面前，重赏之下必有猛夫。第二就是给仆人们"评职称"。这个举措也符合美国心理学家马斯洛的"需要层次"理论，即当一个人的生理需要、安全需要、社交需要都被满足后，他就向往着被尊重与自我实现。对于贾府的仆人们而言，王熙凤采取的"评职称"就是基于这种需要层次的激励。贾府的仆人分为四等：第四等是级别最低的基层员工，一般都是粗使丫头，打扫庭院是她们的日常事务；第三等高贵一点，不用做粗活；第二等相当于"副小姐"，吃穿用度和小姐们一样，专管主人的衣履钗环等；一等仆人地位是非常高的，一般都是侍候家族中德高望重的长辈或高层领导人，例如贾母身边的丫鬟鸳鸯就是一等仆人，连贾琏见了都要叫姐姐。所以在王熙凤所实施的物质和精神双重激励下，整个荣国府井井有条、秩序井然。我们在教学环节中就可借用《红楼梦》中的相关情节诠释"管理学原理"中的激励职能。

以上诸例源于我们所熟知的"四大名著",当然,这仅是选取例证的冰山一角。其他如《论语》《聊斋志异》《儒林外史》以及"三言二拍"等文学典籍,都能成为我们寻求教学案例的资源库。以文学经典讲解"管理学原理",其核心就是用文学经典中的相关故事作为案例,去诠释管理学的相关理论,让具有中国传统文化背景的学生们更好地理解管理学的基本概念,巧妙规避没有工作经验的缺陷。这种教学方式有什么好处呢?总结起来有三点。

第一,能加强学生对知识点的记忆。知识的积累原本就是一个日积月累的过程,在知识点相对零碎的状态下,如果用文学故事将"管理学原理"中的知识点串联成网状,学生的记忆就会"成片"地增长,而且网状记忆比零碎记忆更可靠、更精准、更长久。

第二,能让学生理解"理念相通"的学习原理。学生的学习绝对不仅仅是记住某一学科的知识点那么简单,而是要让知识在悟性的提升下化为智慧。知识可能会随着时间的流逝而失去原有的功效,这是知识的局限性,但是把知识融汇升华成智慧,这就是能伴随一个人终生的能量。智慧不分学科门类,换句话说,无论是从文学中提升出来的智慧,还是从管理学中提升出来的智慧,它们都能相通互用。

第三,增加课堂气氛,调动学生思考的积极性。因为"管理学原理"属于专业基础课,所以课程设置偏重于理论,"大道理"比较多,讲解起来相对枯燥,学生们会在枯燥的知识点下昏昏欲睡。如果这个时候给他们灌注喜闻乐见的名著故事,就会振奋他们的精神。同时,学生们会觉得自己曾经熟悉的文学情节原来还可以这样解读,从而兴趣被调动起来,相应的管理学知识点也就在这种愉快轻松的课堂氛围中被记住了。

# 第十二章　高职学生经典诵读"三三读法"实例研究

在上一章第二节中，基于高职学生经典诵读能力培养现状，笔者构建了一套适合高职学生经典诵读能力培养的模式——基于信息化教学的"四三模式"，而"三三读法"是这一模式的核心要件与关键部分。所谓"三三读法"，即对诗词、小说、散文三种文学体裁的阅读方法：诗词的"三维读法"——时间维度、诗人维度、意象维度；小说的"三层读法"——读名著故事、读中国文化、读哲学意蕴；散文的"三境读法"——读环境、读心境、读文境。本章则结合相关文学经典，对"三三读法"的应用进行实例研究。我们对小说的"三层读法"在前面章节中论及频密，本章将详析其提出的理论依据。

## 第一节　中国古典诗词的"三维读法"

在中国传统文化中，诗词不仅仅是一种文学体裁，更是中华儿女所追求的生活样态与人生境界。情感无论是婉约还是豪放，状态无论是雅正还是闲逸，都可以在诗词里蜿蜒流动。可以说，诗词是中国传统文化的精与神，是中国文学史上一颗璀璨的明珠，所以中国诗词的传承与发展是全面复兴传统文化历程中最重要的任务之一。当代大学生群体是传承与发展中国文化的力量源泉。2017年8月，中共中央办公厅、国务院办公厅联合印发了《关于实施中华优秀传统文化传承发展工程的意见》，其中明确指出要"推动高校开设中华优秀传统文化必修课，在哲学社会科学及相关学科专业和课程中增加中华优秀传统文化的内容"。在这样的教育导向下，诗词的赏析与阅读就成了当代大学生的必修课。

中国诗词作品可谓瀚如烟海，仅《全唐诗》就收录了三千多位诗人的五万多首诗作。由中华书局出版的《全明诗》所收录的诗文高达四十万首。那么问题随之而来了，面对浩浩荡荡的诗歌长河，在数不胜数的诗词作品中，我们如何去赏析中国古典诗词呢？什么样的阅读方法最适合大学生群体呢？在回答这个问题之前，需要明确两个基点。

第一，定位阅读诗词的人群。阅读方法的探讨，是基于阅读者而言的，不同的阅读群体会有不同的方法论。此处所针对的目标人群是大学生，而且是非中文专业方向的大学生。如此定位，学情就清晰了。既然是大学生，就应该有一定的语文功底，诗词的赏析就不能仅停留在了解诗歌内容的表层上。既然不是中文专业方向的大学生，那么阅读诗词就不应以学术研究为目的，而是以提升人文素养为目的。

第二，明确阅读诗词的目标。如果把中国古典诗词阅读作为大学生的公共基础课,那么它的目标就有三个层面:知识目标、能力目标和素质目标。所谓知识目标就是通过古典诗词的阅读,理解诗词的内容含义,了解韵律特点,掌握作者信息等;所谓能力目标是指通过学习,掌握一种方法,进而可以举一反三对其他古典诗词进行赏析;所谓素质目标是指通过对诗词的学习,提升人文素养,树立学生的文化自信,进而自觉地传承、推广、发展中华优秀文化。

有了上述两个基点的分析与定位,我们提出较为适合当代大学生赏析中国古典诗词的阅读方法——"三维读法",即以时间、诗人、意象三个不同的维度赏读诗词。

## 一、以时间维度赏读诗词

以时间维度赏读诗词,就是把诗词放到历史的时间长河中,赏析它所具有的时代特点。中国的诗词源远流长,在神州大地上延绵了三千多年而不曾间断。每一个时代都有属于自己的文化面貌与思想主流,这些面貌与主流汇聚融合成了不同时代的特殊气质,而这些气质又会通过诗人的文字彰显在他们的诗歌之中。刘勰在《文心雕龙·时序》里分析"建安文学"时就说过:"观其时文,雅好慷慨,良由世积乱离,风衰俗怨,并志深而笔长,故梗概而多气也。"意思是说,看这一时期的诗词文学作品,常常感到字里行间流露出慷慨激昂的情绪。为什么呢?是因为社会的长期动荡,风气在日渐衰落,人心积怨。作者身处其中,情志与文笔受到影响,故而在诗词作品中就散发着气势激昂之态。所以以时间维度赏析诗词最能把握时代背景与文脉发展之间的内在律动。

如唐诗和宋诗,以时间维度而论,前者讲"情趣",后者说"理趣",我们各自找出一首举例说明。唐代的李白和宋代的苏轼,他们在不同的时间维度上都去过庐山,双双留下了脍炙人口的诗作。李白的《望庐山瀑布》其二:"日照香炉生紫烟,遥看瀑布挂前川。飞流直下三千尺,疑是银河落九天。"整首诗以极度夸张的手法，将庐山瀑布的自然雄伟之气，刻画得淋漓尽致，"烟""挂""疑"等字眼又使得诗作充满了朦胧与浪漫的色彩。李白望庐山突出一个"情"字，这里的"情"不是儿女私情，而是诗人运用比喻、夸张的技法以及朦胧与浪漫的意法所展现的人与自然的和谐之情，是生命个体惊叹大自然鬼斧神工的敬畏之情。同样是在庐山，苏轼《题西林壁》道："横看成岭侧成峰，远近高低各不同。不识庐山真面目，只缘身在此山中。"苏轼从远近高低不同的角度看到了不一样的庐山面貌，于是他在"岭"与"峰"的变换之中得出了一个普适性的道理——世间万事万物，所处的视角不同就会呈现出不一样的效果与面貌，而这种效果与面貌又会影响人对事物作出的判断。所以苏轼望庐山突出的是"理趣"。

需要注意的是，以时间维度赏读诗词，这里的"时间"是一个大概念，而不是一个小时段。它需要站在文学史的高度来观察每一个历史阶段的文脉变化所带来的文风、文貌以及文理的呈现。

## 二、以诗人维度赏读诗词

以诗人维度赏读诗词就是以作者的生命个体为原点，理解赏析他所独有的诗词风格，体会字里行间所表达的真情实感，并探寻是什么样的人生阅历、家世背景、学识涵养、处世之道等元素铸就了属于诗人的特殊形象与气质。以诗人维度赏读诗词符合孔子"智者知人"的理念，也最能把握"人有其才"与"文如其人"的内在关联。

如杜甫和王维，后世尊称他们为"诗圣"与"诗佛"，这就是从诗人维度赏读诗词后而得出的结论。所谓"圣"，是站在儒家的角度给予一个人的最高评价。"仁政"是孟子治国之道的核心理念，杜甫承袭了这一思想，所以"致君尧舜上，再使风俗淳"就成了他一生追求的政治抱负。儒家思想铸就了杜甫热衷政治的豪情，虽然他一生在仕途上并不得志，但他时时关注民生疾苦，所以才有"朱门酒肉臭，路有冻死骨"的愤慨。杜甫亦曾对裴虬说："致君尧舜付公等，早据要路思捐躯。"(《暮秋枉裴道州手札，率尔遣兴，寄近呈苏涣侍御》)正是这些充满着儒家情怀的诗句，使他成为中国文学史上政治色彩最浓厚的诗人，同时也奠定了他"诗圣"的地位。

为什么把王维称为"诗佛"呢？因为他的诗篇充满着禅意。王维是唐代开元十九年的科举状元，曾官至吏部郎中，也有过积极的政治理想与抱负；后因政局变动，党派纷争，便对仕途失去了信心，并吃斋念佛、参禅悟道。自此，佛道思想逐渐在他的诗作中缓缓渗溢出来。例如他在《辋川闲居赠裴秀才迪》中写道："寒山转苍翠，秋水日潺湲。倚杖柴门外，临风听暮蝉。渡头余落日，墟里上孤烟。复值接舆醉，狂歌五柳前。"诗作所传达的平淡之气，不仅体现着自然美学意蕴，还充溢着佛道的境界。当然，王维被称为"诗佛"，也和他生活的时代背景有很大的关系。他所处的时代佛教兴起，士大夫们学佛成了一种风尚，一旦官场失意，色空思想、悟道理念等就会在笔下流露出来。

需要注意的是，以诗人维度赏读诗词，需要站在对诗人的整体评价上。换言之，对诗人特殊风格与气质的定位，是建立在诗人所有诗词之上的，而不是对诗人某一首诗作的评价与定性。

### 三、以意象维度赏读诗词

什么是"意象"？意象就是人们在接触客观事物之后，根据自己的主体感受，经过思维想象的加工而创作出来的一种文学艺术形象。以意象维度赏读诗词"就是以诗词作品中所表现出来的具体事物为对象，理解诗词作品写作的技巧与技法，理解诗人如何将人、境、物、情等元素协调在一起，从而达到'意与境浑'的创作境界"❶。

---

❶ 马经义.高职学生经典诵读能力培养策略与方法研究［J］.消费导刊，2018（15）.

在中国古典诗词中，意象是非常多的。如头顶的那轮明月，初唐时期的张若虚在江边借它发出了一番无端崖之问："江畔何人初见月，江月何年初照人。人生代代无穷已，江月年年只相似。"到了盛唐，诗仙李白端着一杯酒，望了望乌云密布的天空，叹息道："青天有月来几时，我今停杯一问之。"因为没有了明月，所以李白心中少了一份下酒的菜，于是把手中的酒放了下来。时间又流淌到了宋代，苏轼因为思念亲人又把这杯酒捧了起来，问道："明月几时有，把酒问青天。"同样是这轮明月，清代的曹雪芹将它写入书中，借史湘云和林黛玉在凹晶馆对诗联句，勾画出了"寒塘渡鹤影，冷月葬花魂"的凄楚。这个时候你会发现，时间、空间、诗人、诗体等元素都在变，而唯独没变的就是诗词中的意象。

需要注意的是，以意象维度赏读诗词，相同的意象并不代表相同的情感表达。意象的准确把握可以帮助我们理解作者所处的自然环境，而情绪、情怀、情愫的呈现是可以千变万化的。例如"酒"这个意象，陶渊明可以抒发"采菊东篱下，悠然见南山"的归隐之情；曹操可以抒发"对酒当歌，人生几何"的现实之态；李清照可以抒发"东篱把酒黄昏后，有暗香盈袖"的思念之感。

对于文学作品而言，原本读无定法，中国古典诗词也是如此。以时间、诗人、意象为维度的"三维读法"也不是三种绝对孤立的阅读方法，而是需要相互融通切换来赏读诗词。同一首诗从不同的维度上可以看到诗词内涵的不同层面。准确理解诗词的内涵意蕴，用生命激活经典，从而赏析、发展、传承中华优秀文化才是我们真正的目的。

## 第二节 中国古典散文的"三境读法"

在中国文学史上，散文是数量最多、发展历史最长、内容涉及面最广的一种文学体裁。其以"形散而神不散"的特有气质，记录着先贤的智慧，描绘着大自然的神奇险峻，反映着历史的兴衰际遇，折射着大千世界与人生百态，编织着华夏文明的辉煌，绵延着中华文明的精神与脉动，故此它和诗词一道位列中国古代文学的"正宗"。中国古典散文如何读？要回答这个问题，首先需要厘清一个概念——散文。

散文这个词对于我们来说并不陌生，但散文这个概念的形成却比较晚。在中国古代，"散文"一词最早出现在北宋时期，它的提出虽然是从文学的角度，但是和现代散文的概念并不一样。散文的出现是相对于骈文而言的，骈文讲究字句对仗工整，声律铿锵，用典精准；而散文字句参差，以单行散句为主，不讲究对偶韵律。不难看出，在中国文学史上，散文的最早提出主要是针对文句的表达形式而言的。随着时代的发展，到了五四新文化运动时期，散文开始流行，然而对它的定义依旧没有统一的说法。朱自清先生在《什么是"散文"》中就曾感慨："很难说得恰到好处，因为它实在太复杂，凭你怎么说，总难免顾此失彼，不实不尽。"[1]后来文学界有了一个约定俗成的看法，把不讲究字句对仗、不重排偶、不押韵的一切散体文章都纳入散文的范畴。这种划分当然是笼统而广义的，它对于我们认识散文依旧没有深入核心层面。看来从定义概念上诠释散文不大行得通，那么可以更换另一种方法——从文学体裁比较的角度切入。

按照体裁，文学作品一般分为诗词、散文、小说、戏剧四个大类。首先，我们把诗词与散文做一个区分。中国古典诗词是严格按照韵律来进行创作的文学作品，所以它的句式整齐，读起来声律节奏感强。散文显然不具备这样的文学特征，所以中国文学中诗词曲赋等一切以韵律为基础写成的文学作品，都应被排除在散文之外。其次，小说和散文有什么区别呢？从中国文学作品分类来看，小说历来都不和诗词、散文同集，无论是文言小说还是白话小说，都被列入子部，这是中国文学最根深蒂固的认识。从

---

[1] 萧华荣. 中国散文史话[M]. 北京：中国国际广播出版社，2010.

实质上看，小说和散文的区别其实主要体现在内容的真实性上：无论我们怎么强调"艺术来源于生活"，小说都是虚构的，这一点无可置疑；而散文的内容多以实录为基础，是以真实性为原则进行创作的。另外，从规模上比较，小说的篇幅要远远大于散文的篇幅。最后再看戏剧与散文的区别。戏剧作为文学概念，主要是指为了戏剧表演而专门撰写的演出剧本，包含人物语言、舞台动作、环境描写、音乐配置等要素，其主要目的是叙事。戏剧最擅长的是活动的再现、场景的渲染以及情绪的表达，最缺乏的是"发表议论"；而散文的长项就是"发表议论"，只要作者心有所感、目有所见，就能通过散文表达出来。

经过上述一番对比，散文的轮廓明显显现：它是以实录为基础，力求在"实用基础上求审美，以审美促进实用"[1]，宜于发表议论又不拘泥于韵律、对仗等表达形式，且文字精练简洁、篇幅不大的文学作品。我们常说散文的特点是"形散而神不散"，"形散"指它不局限于固定的格式，表达自由活泼；"神不散"指它可以集中记叙、议论，指向明确，有章可循，有法可依。须指出的是，上面所定义的散文的概念适合于所有阶段与时期的散文，那么中国古典散文该如何读呢？对此，笔者提出一个读环境、读心境、读文境的"三境读法"。

中国古典散文从内容和形式上看，有记叙散文和游记散文之分：记叙散文主要是对人物、事件、社会活动以及生活百态等方面的描写，所以记人记事就成了记叙散文的主要内容；游记散文主要是对自然山川、秀丽风景、园林建筑等方面的描写，所以写景状物就成了游记散文的主要内容。在"三境读法"中，所谓"读环境"就是读这两类散文中的自然环境、生活环境、社会环境以及人所处的历史环境。中国古典散文除了记叙与游记这两类，还有抒情散文与议论散文之分：抒情散文是作者借助某一事或某一物抒发自己的情感；议论散文是作者借助某一事物进行自我思想、理

---

[1] 谭家健. 中国散文史纲要 [M]. 太原：山西教育出版社，2011.

论、观点的阐述。不难看出，无论是抒情散文，还是议论散文，都发自于作者的内心感受与思考，所以"三境读法"中的"读心境"就是读懂并理解作者的心绪、情感与哲思。无论我们对散文如何归类划分，有一点是殊途同归的，那就是记人记事、写景状物、抒情言志、说理论道都要用"形散而神不散"的文字表达出来，编织成一篇篇散而有序的文章。所以"三境读法"中的"读文境"就是细品散文的字法、句法、文法，赏析作者如何将人、境、物、思、论等元素糅合成一篇美文。

"三境读法"的提出是基于散文内容与形式的分类，但有一点需要注意，对于散文的分类是一个相对的概念。也就是说，无论是记人记事还是状物写景，也无论是抒情言志还是阐发理论，在实际的散文作品中往往不是完全独立或单一存在的，而是相互渗透的。正所谓记叙中有抒情，言志中有议论。所以中国古典散文的"三境读法"往往会在一篇文章中同时运用读环境、读心境、读文境。

中国古典散文发展到唐宋时期达到了一个高峰，特别是北宋古文运动促进了散文的高度繁荣，欧阳修便是其中最具代表性的人物之一，他的成就用苏轼的话说就是："欧阳子，今之韩愈也。"从文学史的角度看，欧阳修的成就甚至超过了韩愈。欧阳修的散文从内容上看，记叙类、议论类、抒情类都有涉猎，他的《醉翁亭记》便是记叙类散文的典范之作。下面我们用"三境读法"对《醉翁亭记》作一简单赏析。

第一，读《醉翁亭记》的"环境"。前面说过，读环境主要是读散文中的自然环境以及作者所处的生活环境、社会环境以及历史环境。《醉翁亭记》中所描写的自然环境是非常优美的，开篇"环滁皆山也"五个字极其简洁而清楚地将滁州群山介绍了出来。整篇游记描写的是作者带着众人游山玩水的情景，充满着与民同乐的情感，彰显着人与自然和谐相处的氛围。这一份自然环境体现着人与人、人与世间万物的亲和。那么这篇游记又是在怎样的社会与历史环境中写成的呢？欧阳修是在他四十岁的时候创作了《醉翁亭记》，这个时间正是他被贬官到滁州的时候。从历史环境来看，虽然宋代的政治、经济、文化不能和汉唐相比，但对文人的重视程度却非常高，国家的很多政策里都有优待文士的规定。如文官获罪，一般都只是贬官，少有动辄杀头的事件。文人学子只要通过科举考试，在仕途上的升迁速度是很快的，而且工资俸禄十分优厚。所以在宋代文学史上，少有散文家在作品中表达生活困顿或怀才不遇。且宋代文化思想也比较宽和，儒释道等多家思想融会贯通。正是因为有这样一种社会与历史的环境，使得像欧阳修这样的文人对政治、军事、国事的议论大胆而直白。所以在《醉翁亭记》中，我们可以清晰地看到作者因为自然环境而引发的感叹，以及抒发感叹中的议论。

第二，读《醉翁亭记》的"心境"。"心境"是作者通过散文表达出来的一种态度。我们知道，欧阳修是被贬到滁州的，对于常人而言，此时的失落之感是在所难免的，然而在整篇文章中却看不到欧阳修人生失意的低落，反而彰显着他豁达、乐观、随遇而安的心境情怀。这种心境与当时朝廷优待文士有关，也与欧阳修的文学个性有关。欧阳修历来主张"慎勿作戚戚之文"，所以欧阳修在滁州期间的其他几篇散文如《丰乐亭记》《偃虹堤记》等，都没有"戚戚之文"的表述。

第三，读《醉翁亭记》的"文境"。《醉翁亭记》在写作技法上，最大的一个亮点就是"境我交融"，作者把自己放到山水景物之中加以刻画与塑造。这种创作方式在历来的散文游记中是比较少见的，所以当文章最后的画面定格在太守与民同乐的时候，是以作者的真实身份来做文章的结束。在"文境"上，《醉翁亭记》还有一个特点，那就是大量运用"也"这个虚词，全文凡21处。这种"字法"使得整篇文章读起来舒缓淡然，富有一唱三叹的音乐感。多用虚词也成了欧阳修散文的一大风格，这种风格从文脉传承上看，是继承发扬了包括《孙子兵法》《易传》在内的古圣先贤的写作技法。

"三境读法"是针对中国古典散文而提出的一种阅读方式，也是赏析散文的层次与步骤。需要注意的是，任何一种读法的提出，都是技巧性的，而方法的最终目的是更全面地赏析文学作品。

## 第三节 中国古典小说的"三层读法"

小说作为一种文学体裁，有着属于它自己的成长轨迹与脉络。与诗词、散文相较，中国古典小说的发展显得更为曲折而传奇。"小说"这个词最早出现在庄子的《外物》篇中："饰小说以干县令，其于大达亦远矣。"❶ 庄子把琐碎浅薄的言论称为"小说"，意在把"小说"与"大达"的思想进行比较，将二者之间对立起来。当然，庄子口中的"小说"和作为文学体裁的小说是不一样的，然而正是因为有这样一种源头性的言论，使得小说的文学地位始终处于底层。班固在《汉书·艺文志》中将小说列为"十教九流之末"，而且定义小说为："小说家者流，盖出于稗官，街谈巷语，道听途说者之所造也。"❷ 正因为小说长期处于被正统主流文化所鄙视的状态，创作小说的作者们为了避免麻烦而将自己的信息有意隐蔽起来，这就导致后世学者研究中国古典小说却找不到作者的奇怪现象。根据《中国通俗小说总目提要》统计，在唐代至清代的1164部小说中，有作者真实姓名的只有186部，署名别号的606部，没有任何作者信息的372部。

在这样一种历史状况之下，有一个问题出现了，小说如此不受正统文化的待见，为什么它的生命力在夹缝中却依旧表现得顽强而坚挺呢？答案其实很简单，那就是普通民众对它喜闻乐见。小说不是需要置于庙堂的圣典，它可以走入寻常百姓之家，在街头巷尾作为谈资笑料的素材。小说超强的可听可读性是它能发展到今天的原始生命力。那么中国古典小说如何

---

❶ 张庆利.庄子[M].武汉：崇文书局，2007.
❷ 陈国庆.汉书艺文志注释汇编[M].北京：中华书局，1983.

读,才能品出其中之味,才能更为准确地抓住小说的价值与意义呢?就此,笔者提出中国古典小说的"三层读法"。

所谓"三层读法",是指精读小说故事层、探究小说文化层、感悟小说哲学意蕴层。精读小说故事层是指读者站在文学作品赏析的角度,以人物、事件、环境为中心,读懂小说的故事情节,了解它的叙事结构与方式,理解其中的环境描写,剖析人物形象与意义等。探究小说文化层是指读者在赏析了小说的文学性层面之后,进而寻找支撑小说故事情节发展、人物形象塑造、环境描写的文化元素,以小说文本为平台和窗口,透视、欣赏其中所蕴藏的中国传统文化,最终理解作者是如何借用固有文化传统服务于小说创作的。感悟小说哲学意蕴层是指读者借作者在小说中所营造的环境、社会、生活空间等以及小说人物的生命轨迹,进行自我审视与反思,让自己的生活感知、人生阅历在故事情节与人物刻画中找到生命的参照,从而有所觉悟与唤醒。

从上面的诠释不难看出,中国古典小说的"三层读法",其实质是让读者在小说文学性解读、文化性探究、哲理性感悟等多个层面进行有效的阅读叠加。这三个层次是依次递进的,它既是阅读的步骤与顺序,又是解析古典小说价值与意义的路径,更是融通文化、文学与阅读主体三者之间的助推剂。对于中国古典小说三层读法的提出,其理论依据何在?前面一些章节有所简述,这里我们逐一分层解析。

第一,为什么要精读小说故事层?

要回答这个问题,我们首先来理一理小说的发展历程。相比于中国古典诗词和散文,小说作为文学作品其发展也是很早的,但是成熟却要晚得多。小说起源于先秦两汉时期,虽然彼时小说不登大雅之堂,但是主流社会毕竟承认了"小说家"的存在,而且将其纳入诸子百家的行列,只不过排在最末而已。到了魏晋南北朝,因为近百年的动乱,使得整个社会意识形态混乱,没有统一的思想,然而就是在这样的境况之下,小说却迎来了它的发展。诸如神话、寓言、散文、诗词等文学内容逐渐成为小说创作的素材，志人和志怪小说出现了。到了唐代，撰写奇闻逸事的文学作品陆续出现，因为故事富有传奇色彩而被称为"传奇"。它的形式以文言短篇为主，因为有了较为完整的故事情节、细腻的人物刻画、曲折的情节铺陈、详细的环境描写、虚构的艺术形式等特点，这标志着小说作为一种正式的文学体裁逐渐走向了成熟。到了宋代，随着"说话"艺术的兴起，原本用于说话艺人备忘或者传承的"话本"，经过文人的改良成了具有"话本"色彩的短篇小说。又因为"说话"艺术主要的服务对象是市民大众，为了他们能听懂，便采用以口语为主的表达形式，所以白话小说就此诞生。从元代开始，小说的撰写长度有了明显的变化，从短篇开始向长篇章回体转变。到了明清时期，小说开始蓬勃发展，《三国演义》《水浒传》《儒林外史》《聊斋志异》等一大批优秀小说陆续出现，至《红楼梦》问世便成就了中国古典小说的巅峰。

在中国小说发展史上，这些优秀的具有代表性的小说，都有一个共性，它们之所以经典是因为其中有一大批栩栩如生的人物形象，有起伏跌宕、引人入胜的故事情节，有详细而真实的环境描写。换句话说，书中人物、情节、环境的经典成就了小说的经典。后来学界定义小说为："是以刻画人物形象为中心，通过完整的故事情节和环境描写来反映社会生活的文学体裁。"[1]这就注定了小说的可读性。也正因为如此，精读小说故事层就是从文学性的角度切入，从而获得小说的价值与意义。另外，小说的发展与经史子集的发展构成了两条线，它们在形式上似乎永不相交，但当读书人在正统文化中失意或有所看破的情况下，往往会被小说的文学性所吸引，进而投身小说的创作。于是小说服务的对象就从普通民众延伸到了仕途中郁郁不得志的文人群体。这群文人不仅借小说消遣娱乐，还要抒写内心的积愤，这样一来又赋予了小说更为宽广的内涵与可读性。其后随着印刷术的普及，小说以其超强的故事性成了人们竞相追捧的商品，并广泛流

---

[1] 百度百科."小说"词条［W/OL］.https://baike.baidu.com/item/%E5%B0%8F%E8%AF%B4/45851?fr=aladdin［2020-10-20］.

传。所以从这个角度看，精读小说故事层契合了小说可读性的原始意义。

第二，为什么要探究小说文化层？

任何一部小说的诞生都离不开孕育它的文化背景与时代背景，在不同文化与社会环境下诞生的小说一定会烙上产生它那个时代的方方面面。如魏晋时期的志怪小说，其佛教道义的色彩非常浓厚。为什么会这样？缘于当时社会上各种宗教思想与活动的盛行。动乱频仍，民不聊生，老百姓只有通过祈求神佛而得到一些心理安慰。所以在这种时代背景下，作为魏晋时期的志怪小说必然会刻录上那个时期的文化现象。正是因为小说文本与社会文化之间有着相互折射的内在联系，所以借小说探究中国文化就成了阅读古典小说的核心层。

经典名著与一般小说之间的差异不仅体现在人物刻画与故事情节的建构上，还表现在读者通过小说能看到何种文化基因的浸润以及中国传统文化的广度与深度。例如《西游记》，它以神话故事吸引万千读者，通过《西游记》我们不仅能看到降妖除魔的孙悟空、救苦救难的观世音等文学形象，还能透过文本看到中国民间的真实信仰，了解中国民俗形态。《水浒传》是一本写实性的小说，阅读它不仅能够看到一百单八将的忠义之心，还能透过文本了解元末明初的市井江湖与民俗风情。《红楼梦》是中国古典小说的巅峰，更是中国传统文化的结晶，阅读它不仅仅是明晓贾史王薛的兴衰历史、宝黛爱情的曲折、金陵十二钗的悲剧命运，更是了解中国传统社会的百科全书。所以，探究小说文化层并以此了解传统人文知识是中国古典小说给予我们最大的文化性意义。

第三，为什么要感悟小说哲学意蕴层？

要回答这个问题，须厘清文化、文学与人之间的关系。对于文化的概念可谓众说纷纭，但有一点是统一的，即文化不是自然生成的，而是人有意识地主观创造。自然与文化之间是并存的关系，前者是天然生成，后者是人为制造，所以往简单了说，文化就是"人的存在"。人是文化的创造者，文化往往会在一些实物上体现出来，所以大多数情况下文化是看得见摸得着的。什么是文学呢？如果说文化是一种物质形态，那么文学更多的就是一种精神形态，它满足人类的一种精神需要。可以看出，无论是文化还是文学，它们的核心主体都是"人"。一本经典小说的问世，是一个"人"有意识地将现实世界中的各种"文化"融汇自己的思想与认知并编织起来形成的，这就构成了作家与作品之间的关系。对于一本经典小说的传播，也是一个"人"有意识地在作品中品味大千世界，从而接受小说文本思想并有所感悟，这就构成了读者与作品之间的关系。感悟小说哲学意蕴就是读者通过小说文本与作者之间产生心灵的共振，以小说中的虚幻世界作为参照系对现实世界进行哲思，最终达到一种了然与觉悟。用西方的文学理论来说，感悟小说哲学意蕴层就是一个"接受学"的过程，这个过程搭建起了作者、作品、读者之间的心灵桥梁，只有如此才能更大意义地彰显经典小说对人的价值。

# 第十三章 论红学史研究的"四维三层"模式及意义

《红楼梦》研究成为显学已有二百余年的历史。对于一宗学术,这个时间不算短,更重要的是,它仍以生机盎然的状态持续发展着,在历史的长河中没有丝毫黯淡枯竭之状。《红楼梦》文本的博大精深使得红学研究历久弥新,红学研究因旨趣不同而流派纷呈,又因众多学者的深入探究而光彩夺目,更因时间的陈酿而历久弥香。学者、学术思想、研究旨趣、探究方法等在光阴的串联中揉捻成了红学史。以史为鉴,能知得失、预兴衰,故红学史研究至关重要,甚而它可为整个红学研究辨源识径,厘清内在学术律动,从而建构研究坐标系。在当下红学史研究中,研究方法与史学观点看似纷繁复杂,实际上却呈现着较为一致的"四维三层"模式,本章对该模式试作解析,并简述其意义与价值。

## 第一节 "四维三层"模式中"四维"的内涵

所谓红学史研究的"四维三层"模式,"四维"是指研究者在撰写红学史时所选择的展开历史论述的维度,主要有时间、流派、学者、传播四种维度。

时间维度即以时间先后为序,叙述红学史的变迁与发展。代表性著作如陈维昭先生的《红学通史》[1],这是迄今为止红学史研究中以时间为维度最具典范意义的学术史著作。《红学通史》以脂砚斋1754年重评《石头记》作为叙述起点,至2003年为终点,梳理了横跨二百五十年的红学历程。全书分为四编,即1754—1901年、1902—1949年、1949—1978年、1978—2003年。通览该书,读者可清晰地看到红学研究在历史时间轴上的起伏与跌宕,以及每个阶段红学研究的学术旨趣与时代政治主题之间的关系。例如我们可以看到,从1949年新中国成立到改革开放前的1978年,是马列主义价值体系在中国大陆确立统治地位的时期,可以说马列主义就是这个时代的政治主题,进而会看到"现实主义文艺观念成为这一时期中国大陆的《红楼梦》批评与研究的最高标准"[2]。因为现实主义美学暗藏着政治功利主义的色彩和立场,所以导致这个时期的红学研究在社会政治批评范式下走向了庸俗社会学。

流派维度即以学术流派为叙述对象,进而描绘红学史的发展轨迹。该维度的特点是"从红学流派的新视角切入并结合文化渊源考察其源流演变"[3]。学人耳熟能详的红学流派主要有题咏派、评点派、小说批评派、索

---

[1] 陈维昭.红学通史[M].上海:上海人民出版社,2005.

[2] 陈维昭.红学通史[M].上海:上海人民出版社,2005:13.

[3] 赵建忠.红学史模式转型与建构的学术意义[J].南开学报,2014(3).

隐派、考证派等，且每一流派都有其研究范围和相对稳定的研究对象以及特有的学术宗旨。如刘继保先生的《红楼梦评点研究》❶，该书以《红楼梦》评点的发展状况为基本脉络，以清代学术背景为依托，以红楼版本形态与批评功能为表现，以评点、辨析与释义为焦点，重点研究了王希廉、姚燮、张新之、陈其泰等十五位评点家的评点思路及理论贡献，进而体现出学术发展的内在律动，并为探究学术表现与文化基因之间存在可能的关系提供了最佳切入口。

学者维度即以红学研究者为叙述对象，以独立的红学家个体为焦点，通过对不同时期众多红学家的研究而串联并勾勒出红学史的发展概貌。以学者维度研究红学史最能体现"智者知人"的理念，并能看到学人治学与时代背景、社会关系、人际交往、人格特质、恩怨纠葛之间千丝万缕的关系。该维度区别于其他维度最特别的地方就是将一个活生生的人还原在历史的宇空中，然后再梳理、研究、评价其学术思想、学术个性及学术贡献。如高淮生先生的《周汝昌红学论稿》❷，该书以知人论学为理念，将周汝昌及其红学研究置于整个红学史背景下考量，并"试图兼顾周汝昌其人之个性气质和人格精神以窥其为学之迹以及'周氏红学'之真貌"❸。近著如被誉为"程本系统评点研究的新创获"❹的宋庆中先生的《红楼梦黄小田评点研究》❺，则主要考察旧红学时期评点家黄小田生平交游、命运遭际、文化修养等对其评点《红楼梦》的影响。

传播维度主要指《红楼梦》在国外的研究和传播情况，主要内容包括《红楼梦》文本翻译、讲解、评价等。从传播维度撰写红学史能清晰地看到在不同文化背景下《红楼梦》所呈现出来的面貌与价值，以及不同语

---

❶ 刘继保.红楼梦评点研究［M］.北京：北京图书馆出版社，2007.

❷ 高淮生.周汝昌红学论稿［M］.北京：知识产权出版社，2017.

❸ 高淮生.周汝昌红学论稿［M］：北京：知识产权出版社，2017：1.

❹ 詹颂.近四十年中国大陆学界《红楼梦》程高本文献与历史研究概观［J］.红楼梦学刊，2020（1）.

❺ 宋庆中.红楼梦黄小田评点研究［M］.北京：知识产权出版社，2019.

境体系下《红楼梦》在国外的阅读与传播情况。姜其煌先生所撰《欧美红学》❶即是以传播维度研究红学史较为系统的专著。该书以英美红学、俄苏红学、德国红学为主要研究对象，从《红楼梦》不同译本切入，梳理"欧美人自己的，与我国红学理论有一定差距或截然不同的'欧美红学'"❷。相较时间、流派、学者诸维度，传播维度研究起步晚、成果少。但也正因起步晚，其可开掘的广度与研究的深度有着很大的拓展空间。2009年西南交通大学外国语学院以雄厚的师资力量做基础，组建《红楼梦》译介学研究团队，展开多语种《红楼梦》译介研究，学术成果丰硕。从当下红学史著作来看，传播维度研究红学史主要集中于国外红学，实际上，其研究对象可进一步延伸，如《红楼梦》版本的流变史，这或会成为一个新的红学史增长点。

从理论上讲，时间、流派、学者、传播四个维度在历史的叙述中是可同时兼而有之的，但在红学史的实际撰写过程中，研究者一般都会四选一。每一个维度都是透视红学史的窗口，但因研究者学术旨趣及学术视野的相异而使得红学史呈现出不同的面貌。所以，我们不宜过分夸大任何一个维度所展现出来的红学史状貌，也不能放弃从任何一个维度探究红学史的机会，只有多维度研究，才能更为准确地揭示红学史的庐山真面。

## 第二节 "四维三层"模式中"三层"的内涵

"四维三层"模式中的"三层"是指研究者在既定的维度上撰写红学史的实际写作层次和步骤，它们分别是收集红学史料层、综述各家观点

---

❶ 姜其煌.欧美红学［M］.郑州：大象出版社，2005.
❷ 姜其煌.欧美红学［M］.郑州：大象出版社，2005：11.

层、历史状貌评判层❶。

收集红学史料层即从不同渠道寻找、整理、汇编各家各派各类《红楼梦》研究资料。文献资料的收集是一切研究的前提，史料收集越完整，历史的再现才能更接近真貌。如孙玉明先生的《红学：1954》❷，该书查阅大量历史文献资料，再现了1954年由"两个小人物"引起的《红楼梦》研究大批判运动的来龙去脉。可见对于学术史研究来说，史料是第一性的。令人肃然起敬的是，在红学史研究历程中，有一大批学者为我们做了最琐碎而又最详尽的红学文献汇编工作，如一粟《红楼梦卷》，朱一玄《红楼梦资料汇编》，吕启祥、林东海《红楼梦研究稀见资料汇编》，胡文彬、周雷《台湾红学论文选》《香港红学论文选》《海外红学论文选》，顾平旦《红楼梦研究论文资料索引》等。

综述各家观点层即在海量文献资料中，有目的地将其分门别类，再根据所选定的研究对象对已有的学术成果、观点、理论进行综述。胡文彬先生曾说："一篇优秀的学术'综述'不仅要求作者'通今博古'，而且更要求作者心细眼明。"❸因为综述的过程是将文献进一步融合的过程，它可以让我们看清研究的现状与走势，避免来者徒劳的重复性研究。一般而言，综述主要有三种形式：一是对研究者的观点进行原文摘录；二是用自己的语言引述研究者的观点，述而不作；三是将原文摘录以及观点引述合二为一，进行略带学术史性质的判定。拙著《红楼十二钗评论史略》❹即是一部红楼人物评论综述性质的著作，分别从名字含义、外貌、性情、才学、结局、意义等多方面梳理学者对十二金钗的评论。

研究者因为有了通观文献资料的过程，综述内化了各门各派的学术观点，故从学术史的高度对红学家的治学进行评价，给出属于自己的学术

---

❶ 俞晓红.红学史研究的三个层面［J］.河南教育学院学报，2005（1）.

❷ 孙玉明.红学：1954［M］.北京：北京图书馆出版社，2003.

❸ 沈治钧.红楼梦成书研究［M］.北京：中国书店出版社，2004：3.

❹ 马经义.红楼十二钗评论史略［M］.成都：四川大学出版社，2013.

判定，此为历史状貌评判层。例如关于曹雪芹的祖籍之争，"辽阳说"和"丰润说"数度交锋，这曾是红学发展历史中的重要论战点，学派之间的辩论无论是从文献梳理还是实证研究上都是错综复杂的。陈维昭先生在前"两层"的研究基础上对曹雪芹的祖籍之争做出了历史状貌的评判："持'辽阳说'者可以证明曹雪芹祖籍在辽阳，但不能证明辽阳曹的祖籍不是丰润，因为在曹锡远与曹智之间存在着一个持'辽阳说'者所不能说清楚的盲点；持'丰润说'者可以证明曹端广的后人入辽，但它不能证明这位入辽的后人是如何与曹锡远挂上钩的，这是'丰润说'的盲点。"❶两种说法影响深远，但又都存在着各自的盲点。可见陈先生的评判是极其审慎而又客观的，绝非简单文献收集之后的综述，而是努力介入两种说法本体，充分领悟，深入解析。红学史归属史学范畴。一部好的学术史著作，除了有充足的史料作为基础外，最重要的就是对历史状貌的评判，一如冯其庸先生所言："对于一个史学家来说，必须具备史识和史断。可以说史识和史断，是一部史书的灵魂。"❷

通过对上述"三层"的解析，我们可以清晰地看到，它们之间是依次递进的：只有完成了红学史料的收集，才可能对各家观点进行综述；只有厘清红学各家的观点，才能做出红学历史状貌的评判。所以"三层"之间次序井然，并依次构成基础关系。

## 第三节 "四维三层"模式中"四维"与"三层"的关系

红学史研究所呈现出的"四维三层"模式是一种学术史研究中的"自

---

❶ 陈维昭.红学通史[M].上海：上海人民出版社，2005：373.
❷ 李广柏.红学史[M].广州：广东教育出版社，2010：3.

然"现象，所谓"自然"即研究者们不约而同遵循的一种研究视野以及撰写方式与步骤。那么"四维"和"三层"之间有什么样的关系呢？我们以图解的形式予以直观呈现（见图13-1）。

**红学史撰写的"四维三层"模式**

（时间维度、传播维度、学者维度、流派维度；1、2、3）

1. 收集红学史料层
2. 综述各家观点层
3. 历史状貌评判层

图13-1 "四维三层"模式中"四维""三层"关系图

由图13-1可知，四个维度组成了当下红学史研究的整体视野，而三个层次是每个维度所共有的。换句话说，无论研究者站在哪个维度上梳理红学史，其"三层"的写作层次与步骤都是一样的。如此一来，在红学史研究中的"四维三层"模式里就出现了一个"变量"和一个"不变量"：变量就是维度；不变量就是"三层"。那么"变"与"不变"之间又有着怎样的关系呢？对红学史论著的撰写又有着什么样的影响呢？如果将"四维"和"三层"放入坐标系，它就能直接呈现出问题的答案来（见图13-2）。

在图13-2中，横坐标表示"三层"的层级，纵坐标表示"维度"的度级，ABC三个区域的面积表示论述红学史的广度和深度。当"维度"的度级越高，"三层"的层级越宽，那么所论述的红学史就广博精深；反之则狭窄粗浅。所以当我们评价一份红学史论著时，就可以从"维度"和"层度"两方面来衡量。

第十三章 论红学史研究的"四维三层"模式及意义

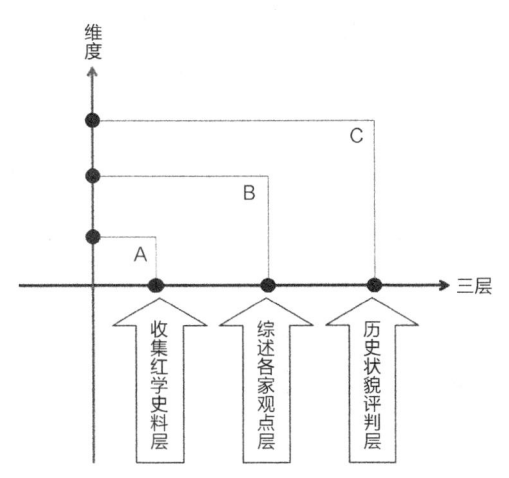

图13-2 "四维三层"模式中"四维""三层"关系坐标图

有一点需要注意，"学术"的本身，是"学"和"术"的合二为一。"学"是指学理，"术"是指应用。这里所论述的"四维三层"模式，属于红学史研究中"术"的层面，那么"学"的层面是什么呢？我们可以理解为研究者所持有的学术旨趣。在实际的红学史撰写中，就算"术"相同而"学"不同，都可能呈现出不一样的红学史面貌。如陈维昭先生的《红学通史》与白盾、汪大白二先生合著的《红楼争鸣二百年》。从"术"的层面看，他们撰写红学史都选择了时间维度，都将整个红学历史划分为四个时间段：《红学通史》的起点在1754年，终点在2003年；《红楼争鸣二百年》的起点在1791年，终点在2006年。撰写步骤同样历经"三层"。然而他们描绘的红学史状貌却不太相同，原因就在于作者持有不同的学术旨趣，也就是不同的"学"。陈先生关注的是"《红楼梦》研究的古今流变及其地域性的、文化上的差异，关注《红楼梦》研究的外部联系与内部构成的方方面面""关注红学史上每一种解释的文化依据，关注各位研究者的知识构成、个人历史、时代命题，以及文化的规定"[1]，所以我们感受最直

---

[1] 陈维昭.红学通史［M］：上海：上海人民出版社：2005：6.

接的就是在中国传统文史哲背景下如何孕育出了一部红学史。白、汪二先生的学术旨趣是"立足世纪之初，着眼红学发展，通过红学历史进程的回顾与反思，探索一些问题，寻求一些借鉴——亦即所谓鉴往以察今，温故而知新者也"❶，在这样的旨趣下，我们看到的是二百多年来《红楼梦》研究的基本方法、主要流派以及成果与经验教训。

## 第四节 "四维三层"模式对红学史研究与撰写的意义

在"术"的层面，"四维"与"三层"形成了红学史论中一种固有的框架——"四维三层"模式。那么，该模式对红学史的研究与撰写有什么样的意义呢？

首先，如前面所提到的，运用该模式可以评价红学史论著的精芜工拙。我们以郭豫适先生的《红楼研究小史稿》❷与刘梦溪先生的《红楼梦与百年中国》❸这两部红学史著作为例。两部著作所选择的论述维度都是流派维度：刘著主要梳理了考证派、索隐派、小说批评派的学术源流与研究焦点；郭著则主要叙述了评点派、索隐派、小说批评派。郭先生在出版《红楼研究小史稿》的第二年又出版了《红楼研究小史续稿》❹，两书合并属于一个整体，续稿补加了考证派的内容。所以从梳理流派的完整性上看，郭著囊括了四大红学流派，其全面性更胜一等。从"四维三层"模式的角度论，郭氏二书比刘著的"度级"要高。若以"三层"来衡量两部著作，又是什么情况呢？郭氏二书在收集红学史料层上，其文献来源并不广阔，除

---

❶ 白盾，汪大白.红楼争鸣二百年[M].天津：天津人民出版社，2007：2.
❷ 郭豫适.红楼研究小史稿[M].上海：上海文艺出版社，1980.
❸ 刘梦溪.红楼梦与百年中国[M].北京：中央编译出版社，2005.
❹ 郭豫适.红楼研究小史续稿[M].上海：上海文艺出版社，1981.

了收集四大流派的代表性著作外，资料主要来源于《红楼梦卷》《红楼梦问题讨论集》《红楼梦研究参考资料选辑》等书籍。而刘著就丰富多了，仅参考的红学论著就有127部之多。从综述各家观点层上看，两位先生选择了相似的方式，都以红学流派中比较著名的、影响较大的代表性著作进行综述，但这样一来，就很难为读者勾画一个较为完整的学术观点百花齐放的状貌，因此两部著作也就很难落实对各家观点的综述了。从历史状貌评判层上论，因为郭著的撰写目的是"使读者约略了解两个多世纪以来《红楼梦》研究历史的一个轮廓"[1]，所以只是针对各流派的一两本代表性著作进行了"肯定"与"否定"式的简单评析；而刘著则是以百年红学为背景，以中国传统学术流变为依托，从而考察红学流派的内在规律，如指出考证派红学的危机与生机、探索出索隐派红学产生的内在理路及时代思潮与文化环境对索隐的影响等。所以就历史状貌评判层而言，《红楼梦与百年中国》比《红楼研究小史稿》《红楼研究小史续稿》要深刻而准确，为读者理解百年红学的嬗变做出了客观的评析。故运用"四维三层"模式，从"维度"和"层度"两方面来评价郭先生与刘先生的红学史著作，在一定程度上，刘著是胜于郭著的。当然，郭著与刘著前后相差20多年，时代影响是必须要考虑到的。

其次，以"四维三层"模式评价红学史论著，既可以便捷地找到论著的优劣之势，也可以发现红学史研究新的增长点。以拙著《中国红学概论》[2]为例。拙著将红学研究分为四个板块，即内核篇（梳理《红楼梦》艺术价值和思想价值等研究）；内学篇（梳理《红楼梦》与中国文化研究）；外学篇（梳理曹学、脂学、版本学、探佚学研究）；流派篇（梳理题咏、评点、索隐、小说批评、考证诸派研究）。从"维度"上说，拙著总体上使用的是流派维度。但又有新的增长点，即剥离出内核篇与内学篇，各自

---

[1] 郭豫适.红楼研究小史稿[M].上海：上海文艺出版社，1980：2.
[2] 马经义.中国红学概论[M].成都：四川大学出版社，2008.

独立撰写。这样一来，我们可以看到，不同时代的研究者是从什么角度，用哪种方法，如何阐释《红楼梦》的语言特质、人物塑造、思想表达、文化基因的，从而为每一种学术观点辨源识径。从"层度"上看，拙著也存在着明显的不足。首先是在收集红学史料层上，因研究的子板块为数颇众，故文献资料收集有限，史料略显单薄。这样在综述各家观点层时就不是综述多家学术观点而是主要叙述某一家的观点了。因为前面"两层"的不全面，使得历史状貌评判层不能有效实现，无法在宏观的历史文化背景下评析红学史研究的根茎。这是笔者在接下来的研究中需要深入考量的。

《红楼梦》研究有历史，这代表着它曾经是"活着"的。讨论红学史研究的模式其实是在总结、勾勒它曾经活着的样态，只有弄清楚曾经的样态，才能在不断变化的时代中为红学研究创造并构建新的样态，使其更好、更长久地"活着"。

# 第十四章　论《红楼梦》研究的自然范畴及意义

在中国学术史上，红学的地位既尊荣又尴尬：说它尊荣是因为红学被列为"三大显学"[1]之一，赫赫扬扬已历二百六十余载；说它尴尬是因为时至今日，如何定义"红学"都还没有一个相对统一的答案。问题的原因当然是错综复杂的，但根源在于我们一厢情愿地想本着从研究的方法、思想、宗旨、目标、范围等层面去统一界定"什么是红学"。然而这样往往事与愿违，因为从定义出发，以界定的视角去阐释红学，其中的问题就会层出不穷。

如从学术史的角度来看，无论是先秦的子学、两汉的经学，还是宋明的理学、清代的朴学，它们之所以能成为专门的学问，是因为都有独特的学术思想和方法论。如果按照这样的逻辑思路来定义"红学"，问题也就随之而来了。首先，红学研究并没有一以贯之的学术思想，甚至不同的红

---

[1] 周汝昌先生曾言："从清末以来，汉学中出现了三大显学：一曰'甲骨学'，二曰'敦煌学'，三曰'红学'。"对于三大显学，周先生的解释是："甲骨学，其所代表的是夏商盛世的古文古史的文化之学。敦煌学，其所代表的是大唐盛世的艺术哲学的文化之学。而红学，它所代表的则是清代康乾盛世的思潮世运的文化之学。"见《红楼梦与中华文化》，第5页。

学流派其学术思想还是根本对立的。其次，从方法论上说，曹学、脂学、版本学、探佚学使用的是传统考据学和版本学的方法，如果把"四学"认定为红学的全部范畴的话，这个时候的红学其实质就成了传统意义上的"经学"了。所以红学的定义从学术思想与方法论上界定都是不太可行的。

从研究范围来看，"红学研究"就是《红楼梦》研究"的别称。《红楼梦》是小说这是不争的事实，然而仅从文艺学的角度研究《红楼梦》，似乎又不足以支撑起一书名学。因为从文艺学层面上看，《红楼梦》研究与其他古典小说的研究并没有实质性的差异，不能彰显其自出机杼的独特性，要想卓然成"学"是很困难的。所以从界定性的维度去研究红学的价值与意义总会引起各种纷争。红学史上著名的"什么是红学"之争就是在这个维度上展开的一场笔墨论战，而最终也没有定谳。探讨红学的价值与意义就永远限制在了争论"什么是红学"的第一关。

既然从界定性的角度认识红学研究会导致"越研究越糊涂"的魔障，那么，从自然生成的角度探究红学的范畴与意义或不失为一种较好的方法。所谓"自然生成"，即不从某一概念的维度强行界定红学的定义与范围，而是尊重《红楼梦》及相关课题研究的现状，从存在与发展的维度描述红学研究的事实状态。如此，方能看到《红楼梦》研究的自然范畴，并在此基础上探讨各个范畴的价值，从而更为全面地阐释红学研究的意义。

"《红楼梦》自诞生以来，曾经被当成小说、自传、映射之作，成为索隐、考证、社会学、美学、文化学的对象，所有这些诠释维度，都应该是'红学'的正当范围。"[1] 所以从自然生成的角度看，二百六十余年的《红楼梦》研究可以划分为五大范畴：内核范畴、外延范畴、辅助范畴、应用范畴、红学史范畴。为了一目了然，我们将《红楼梦》研究的整体自然范畴以图示表示，如图 14-1 所示。

---

[1] 陈维昭.论红学的边界性[J].汕头大学学报，1996（1）.

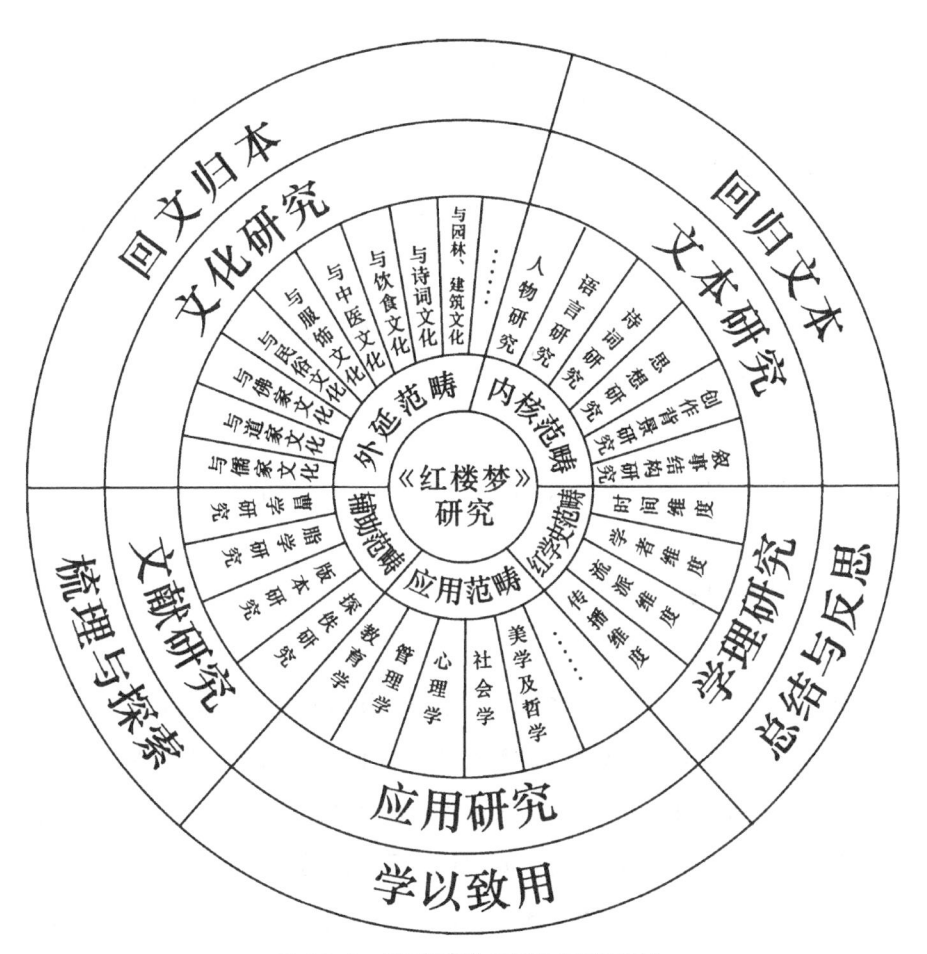

图 14-1 《红楼梦》研究自然范畴图

浏览图 14-1，我们需要注意四点：第一，《红楼梦》文本处于圆心的位置，这代表着纳入范畴的内容一定是《红楼梦》及相关课题的研究，否则它就失去了划分范畴的意义。第二，以《红楼梦》文本为圆心衍射出来的五个范畴，并没有高低、轻重或贵贱之分，只代表研究内容与方向的差异。第三，以一个圆心辐射出来的多层"同心圆"所表达的是，虽然研究方向与内容不同，但彼此之间又相互关联，呈现出千丝万缕的关系，各范畴并没有绝对的独立，它们同根同长，彼此依存。第四，在这个自然范畴图中，少了我们所熟悉的评点派红学、考证派红学、索隐派红学等常见的红学名词。这是因为，我们划分范畴的根本依据是研究的内容与方向，而评点、考证、索隐是指研究的思想与方法。在《红楼梦》研究自然范畴的划分中，虽然没有直接出现这些常见的红学词汇，但并不意味着将它们排除在外。例如评点派红学，其评点的内容可能在内核范畴，也可能在外延范畴；考证派红学，其考证的内容可能在辅助范畴，也可能分散在内核、外延等范畴。一言以蔽之，红学派系的划分基于学术思想与方法，而红学自然范畴的划分基于研究内容与方向。

那么，《红楼梦》研究的这五大范畴，分别包含着哪些内容？具有什么样的研究意义？担当着什么样的学术使命？下面我们将逐一阐释。

### 一、内核范畴

内核范畴就是还原《红楼梦》的本质，承认它是通过刻画人物、运用故事情节和环境描写，从而折射现实社会与生活百态的文学体裁，进而把《红楼梦》放置在小说的本位上来研究。换言之，内核范畴的研究前提就是认定《红楼梦》是一部小说。既然认可了《红楼梦》是小说，那么它就必定包含着小说的三大要素：人物、情节、环境。所以从自然生成的角度看，当下《红楼梦》研究的内核范畴主要包括六个方向：红楼人物研究、红楼语言研究、红楼诗词研究、红楼叙事结构研究、红楼思想研究以及红楼创作背景研究。在内核范畴的研究中曾产生许多有代表性的论著，如王国维《〈红楼梦〉评论》、王昆仑《红楼梦人物论》、余英时《红楼梦的两个世界》、周中明《红楼梦的语言艺术》、蔡义江《红楼梦诗词曲赋鉴赏》、吴世昌《曹雪芹与〈红楼梦〉的创作》、周思源《红楼梦创作方法论》、郑铁生《红楼梦叙事艺术》等。

《红楼梦》内核范畴研究的意义何在？它最大的意义就是还原了《红楼梦》作为小说的原始价值。小说的价值是以时代为背景、以固有文化为土壤、以故事情节为主线、以典型人物为载体，全面、系统、真实地反映社会生活百态，以及描述各类角色在政治、经济、文化等关系中的诞生、发展与消亡的过程。《红楼梦》内核范畴研究的意义就在于详细地展示了上述种种因子与它们之间的价值关系。吴组缃先生曾说："我们研究《红楼梦》这样一部伟大的古典现实主义作品的内容，正应该从人物形象的研究着手。……才能了解作品的思想内容和它所反映的现实意义。"❶ 吴先生的这段表述正反映了内核范畴的价值之所在。

《红楼梦》内核范畴研究从严格意义上讲，属于文学艺术品鉴。这是中国传统文学批评最为常见的方式，也正是这种方式拉近了研究者与小说文本之间的距离，使之产生心灵交汇。《红楼梦》内核范畴研究是最具有生命力的，因为它可以产生一种强大的召唤力，让任何一个普普通通的中国人，在能读懂《红楼梦》文本故事的前提下，去完成一个自我心有所得的诠释与呈现，所以《红楼梦》内核范畴的研究成果也最受普通读者欢迎。

由于《红楼梦》版本、作者考证、历史索隐的研究盛极一时，所以红学界"回归文本"的呼声至今不绝。此处回归的"文本"就是指回归《红楼梦》的内核范畴，回归到小说《红楼梦》的本质意义上来。然而《红楼梦》内核范畴的研究往往会受到意识形态的牵扯，因为任何一部小说的思想、人物形象、艺术解读等都会走入意识形态的层面。这种"牵扯"有弊也有利。如受道德意识形态的影响，我们会在王希廉、张新之等旧红学评点家中看到对薛宝钗、袭人等的道德指责。五四时期受到政治意识形态的影响，内核范畴研究大多揭示出来的是《红楼梦》与个人、家庭、社会的阶级关系。"强大的意识形态张力使《红楼梦》早已超越它自身的叙事框架，使它从'说部'脱颖而出，从而拥有了强大的文化诠释能力。"❷ 可见，意识形态的接踵介入已经成为《红楼梦》内核范畴研究最大的特点。正是

---

❶ 吴组缃. 论贾宝玉典型形象［J］. 北京大学学报（人文科学），1956（4）.
❷ 陈维昭. 论红学意识形态［J］. 南开学报（哲学社会科学版），2018（5）.

这种特点，使得内核范畴的积极意义得到了极大地彰显。它让作为小说的《红楼梦》有了更大的阐释空间，不仅可以审视生命个体的存在体验，还可以深入到社会生活百态以及中国古代各种思想中去。

## 二、外延范畴

外延范畴就是把《红楼梦》作为中国传统文化的结晶，把它放置在传统文化集大成的平台上，以此作为窗口，从而梳理、认识中国文化。外延范畴的研究基础是《红楼梦》这本小说有着丰富的中国文化基因[1]。作为文学作品的《红楼梦》被烙上了产生它那个时代的方方面面的痕迹，这为我们梳理中国文化提供了丰厚的资源。例如我们可以通过《红楼梦》去认识中国的传统服饰、风俗、饮食、建筑、科举、礼制文化等。所以《红楼梦》外延范畴的研究主题，其名称有相对固定的格式，如"《红楼梦》与中国诗词文化研究""《红楼梦》与中医文化研究""《红楼梦》与中国园林建筑文化研究""《红楼梦》与中国儒释道文化研究"等。在外延范畴的研究中也产生了许多有代表性的论著，如周汝昌《红楼梦与中华文化》、孙逊《"红楼文化"论纲》、萨孟武《〈红楼梦〉与中国旧家庭》、张毕来《贾府书声》、高国藩《〈红楼梦〉中的婚俗》、邓云乡《红楼风俗谭》、成穷《从〈红楼梦〉看中国文化》、胡文彬《红楼梦与中国文化论稿》、关华山《〈红楼梦〉中的建筑与园林》等。

《红楼梦》外延范畴研究，有着典型的时代背景。20世纪80年代出现了"文化热"，这股热潮源于"文革"十年动荡，使得中国出现了文化继承的断代现象。当这场浩劫结束之后，传统文化又回到了大众的视野，人

---

[1] 笔者曾对"文化基因"做出过这样的定义：文化基因是一个民族所秉承的世界观、价值观、人生观以及各种品质在族人身上幻化成的举动、认识与思维，而这种"举动""认识"和"思维"会在不同的意识状态下自然流露，从而形成一个民族的生存样态，进而历经承袭、演化、优胜劣汰并代代相传。见拙著：红楼文化基因探秘[M].成都：四川大学出版社，2010：14.

们开始重新建构现代文明与传统文化之间的联系。此时的红学研究其焦点逐渐转移到了《红楼梦》与传统文化的关系上来，《红楼梦》也开始承担起人们认识中国传统文化最佳切入点的重责。至此，《红楼梦》外延范畴研究迎来了它的第一个春天。也就是在这样的背景下，周汝昌先生提出了"红学应定位于'新国学'"[1]的观点。

《红楼梦》外延范畴研究的意义何在呢？首先，从小说创作角度而言，外延范畴研究可以让我们更加清晰地看到作者曹雪芹是如何运用中国传统文化精心编织红楼故事、创新塑造红楼人物的。其次，外延范畴研究担当起了在新时代背景下认识、传承与发展中国传统文化的使命。这一点可以说是外延范畴研究最大的意义。例如我们可以通过"林黛玉进贾府"去认识中国传统建筑文化，从"葫芦僧乱判葫芦案"中去了解中国古代官场内幕，由"王熙凤协理宁国府"去了解中国古代丧葬制度等。

如果我们用"回归文本"这四个字作为内核范畴的研究理念的话，那么外延范畴的研究理念就可用"回文归本"来概括。对于"回文归本"，第一章有所提及。虽然这四个字没有变，但组合位次的改变为其赋予了新的内涵与意义。"回文"是指回归《红楼梦》小说本体，这是外延范畴研究的出发点；而"归本"是指除了研究《红楼梦》小说这个层面，还要深入探究到中国传统文化之根本，这是外延范畴研究的目的地。

《红楼梦》是中国传统文化的产物。换句话说，作者曹雪芹是在中国文化基因的支配之下创作了《红楼梦》。而《红楼梦》的诞生又意味着它成为传统文化新的组成部分，所以它在彰显中国传统文化和社会生活的时候，又在影响着它所诞生之后的中国文化。"这种影响主要表现在两个方面：一是对文学艺术本身的影响；一是对民族心理和民族个性的影响。前一种影响多为直接的，表现为对小说、戏曲、绘画、诗歌、园林、建筑等方面的影响；后一种影响多为间接的，表现为对读者的情趣、心态、理

---

[1] 龙协涛.红学应定位于"新国学"——访著名红学家周汝昌先生[J].北京大学学报（哲学社会科学版），1999（2）.

想、信念等方面的影响。"❶ 正是因为这样一种相互影响的关系，《红楼梦》外延范畴的研究意义得以扩大——它不仅要担当起传承中国文化的使命，还要在揭示中国人已有生存样态的基础上积极影响其后中国人的情感行为与生活方式。

"中国文化"是一个极为宽泛的概念，华夏文明的一切形态似乎都可以纳入其范围。正因如此，以《红楼梦》作为切入点，欣赏、研究、传承中国文化的外延范畴其容量就无法估计了。孙逊先生曾提出"红楼文化"❷的概念，其内涵十分丰富，既包含了红楼学术研究的层面，也囊括了红楼文化普及的层面。这里需要指出的是，作为学术研究的"红楼文化"，其本质与旨趣是探究文化的精神价值和历史价值；作为文化普及的"红楼文化"，其本质与旨趣是在大众使用文化的实用价值和社会价值两个维度上。而《红楼梦》外延范畴研究的价值更多契合的是红楼文化的普及价值。

另外，《红楼梦》外延范畴研究还有一个"聚集意义"。如果我们放眼中国文艺界，会发现一种现象——做《红楼梦》研究的学者绝大部分都不是纯粹的红学者。这些学者有着自己的学术专长，例如有研究文献、版本学的，有研究古典建筑文化的，有研究中国茶文化、酒文化的等。而这些学者最后又将自己的专业专攻融会贯通到《红楼梦》外延范畴中来，于是就形成了蔚为大观的"研红大军"。这一股强大的聚集力就是由《红楼梦》外延范畴研究引发形成的。"正因为如此，红学才永远闪耀在中国学术之林，光彩夺目，生命亘古。"❸ 这种"聚集性"也成为外延范畴研究的特殊意义。

---

❶ 成穷.从《红楼梦》看中国文化［M］.昆明：云南人民出版社，2005：21.
❷ 孙逊."红楼文化"论纲［J］.红楼梦学刊，1993（1）.
❸ 马经义.红楼论稿集［M］.成都：四川大学出版社，2017：7.

### 三、辅助范畴

辅助范畴是指研究的对象并非《红楼梦》本身，但研究的目的却是为了更好地认识、探究《红楼梦》的内涵与意义。《红楼梦》辅助范畴所研究的内容是非常明确的，它包含四个部分：曹雪芹及其家世研究、脂砚斋及其评语研究、《红楼梦》版本研究、《红楼梦》八十回后情节内容研究。周汝昌将这四个部分分别以"学"命名——曹学、脂学、版本学和探佚学。且不论辅助范畴所研究的这些内容能不能冠以"学"名，当今红学界在自觉与不自觉之间其实已经默认了此类名称，并且广泛使用。

《红楼梦》辅助范畴研究在红学界一直备受重视，可以说长期占据着红学研究的半壁江山。辅助范畴研究所产生的学术成果可谓汗牛充栋，名家名篇数不胜数，如胡适《红楼梦考证》、俞平伯《红楼梦辨》、周汝昌《红楼梦新证》、吴世昌《红楼梦探源》、冯其庸《曹雪芹家世新考》、郑庆山《红楼梦的版本及其校勘》、梁归智《红楼梦探佚》等。

1982年周汝昌先生明确提出："红学显然是关于《红楼梦》的学问，然而我说研究《红楼梦》的学问却不一定都是红学……不能用一般研究小说的方式、方法、眼光、态度来研究《红楼梦》。"[1]并最终将"四学"确定为"真红学"。周先生对红学的这一界定立即遭到各路学者的反驳，余波至今未歇。然而有意思的是，在反驳周氏红学界定的学者中，绝大部分都是在"四学"研究中硕果累累而被奉为"红学家"的。如果把周氏界定的"红学"这一概念还原到历史背景下会发现，其"四学"界定只是为了反驳当时余英时先生等人提出的让红学研究回归文学性的观点。"周汝昌更重要的使命则是弘扬实录观念，建构实证与实录合一的大体系。"[2]

---

[1] 周汝昌.什么是红学[J].河北师范大学学报（哲学社会科学版），1982（3）.
[2] 陈维昭.红学·学术·意识形态[M].沈阳：辽宁人民出版社，2019：97.

不管我们如何去评判《红楼梦》研究的辅助范畴，它已经是实实在在存在的红学现象，正确认识它的意义才是最重要的。辅助范畴的意义主要包括以下三点：

第一，《红楼梦》辅助范畴研究为理解《红楼梦》原文、挖掘文本更深层次的含义、探究《红楼梦》创作的原始背景、厘清《红楼梦》成书过程、还原红楼故事的完整性等诸多方面，打下了坚实的根基。

第二，《红楼梦》辅助范畴研究从学术思想与方法论上说，它运用了实证的方法，并融合了现代学术精神，对《红楼梦》的作者、版本进行了详细而系统的考证。它建立了以"实录"观念为学理依据、以"自叙传"为核心、以"曹贾互证"为方式的"新红学"知识谱系[1]，彰显了《红楼梦》研究的独特性，为一书名学奠定了学术理论基础。

第三，《红楼梦》辅助范畴研究为红学研究搜集了丰富的文献资料。如王利器先生发现了《春柳堂诗稿》，吴新雷先生在《上元县志》第十五卷中寻得《曹玺传》；故宫博物院在1975年到1976年，分别整理点校了《关于江宁织造曹家档案史料》和《李煦奏折》等共计182件珍贵的宫廷史料，此间又有《四松堂集》《懋斋诗钞》《枣窗闲笔》《高兰墅集》等现身于世；俞平伯先生梳理出版了《脂砚斋红楼梦辑评》；一粟先生辑录了从乾隆到"五四"一百六十多年间关于《红楼梦》及作者的大量史料……这些实证性的红学资料，对《红楼梦》研究起到了极大的推动作用。从这一角度看，辅助范畴的基础与侧重点就在于文献研究，它为"四学"的探究提供了原始动能。

## 四、应用范畴

应用范畴是指以《红楼梦》文本作为平台、案例或资源库，进而例

---

[1] 陈维昭.论"新红学"的知识谱系[J].温州师范学院学报（哲学社会科学版），2004（6）．

证、诠释相关学科的知识、概念与理论，最终达到《红楼梦》与相关学科互为阐释的作用。应用范畴"是以学科为维度的研究，以红楼文本为平台散发开去，进行红学与其他学科之间的互融、互通、互释，从而达到中国传统文化'理念相通'的最高境界"❶。应用范畴研究的面是极其宽泛的，如《红楼梦》与管理学研究、《红楼梦》与经济学研究、《红楼梦》与教育学研究、《红楼梦》与社会学研究等。在应用范畴的研究中也产生了一批有价值的论著，如张麒《红楼梦经济学》、孙伟科《〈红楼梦〉美学阐释》、孟凡玉《音乐家眼中的红楼梦》、徐声汉《名医谈〈红楼梦〉与现代心理学》以及拙著《从红学到管理学》等。

《红楼梦》应用范畴研究是红学研究中的新领域，目前尚处于尝试性阶段，所以研究成果并不像其他范畴那样丰富，但已有学者注意到了它的价值。如孙伟科先生就曾提出"红学应该成为文化创造力之学"❷。虽然孙先生文章中的"创造力之学"是指借红楼文化壮大地方文化、充实地域文化、体现文学传承等，但是其思想实质已经指向了《红楼梦》研究学以致用的思想。

《红楼梦》应用范畴研究的意义主要体现在以下三个方面。

第一，可以实现《红楼梦》研究学以致用的现实价值。红学研究常被冠以"无用之学"的头衔，而《红楼梦》与多种学科的融通研究既升华了红楼文本的解读，又诠释了相应学科的知识体系。无论是研究者还是普通红学爱好者，都可以在应用范畴中获得多个学科领域的知识与智慧。

第二，可以实现《红楼梦》的"现代性"意义。所谓"现代性不是指它具有现代人的思想，而是它对现代思想与生活的切入能力"❸。《红楼梦》应用范畴研究的切入能力是指不同学科的切入。不同学科的知识谱系可以最大限度地在《红楼梦》文本中得以证明，并在《红楼梦》故事情节中得

---

❶ 马经义.红学格局与《红楼梦》人文素养课程的内容探究[J].北方文学，2018（26）.

❷ 孙伟科.红学应该成为文化创造力之学[J].文艺报，2012.

❸ 陈维昭.红学通史[M].上海：上海人民出版社，2005：2.

到生活化的验证。

第三，可以实现《红楼梦》的教学辅助意义。因为《红楼梦》应用范畴既有较强的学科切入能力，又有学以致用的现实价值，所以在现代教育教学中它可以起到教学辅助作用。比如在实际教学中，人文素质教育与管理学专业教育是永不相交的平行线，但通过《红楼梦》应用范畴研究发现，完全可以用红楼故事来诠释管理学的基本职能。如借助"王熙凤协理宁国府"理解领导职能，通过"敏探春兴利除宿弊"理解创新职能等，于是《红楼梦》的教学辅助意义就此诞生。

## 五、红学史范畴

红学史范畴就是把二百六十余年的《红楼梦》研究放置在历史的长河之中，在中国固有文化背景下去勾勒它的发展脉络、呈现它的事实面貌、剖析它的学术律动、总结它的研究成果、反思它的得失利弊，最终为更好地研究《红楼梦》树立坐标系。相较中国传统学术史，红学史并不算长，然而对红学史范畴的研究却丰富而深刻。从内容上看，红学史研究的对象就是二百六十余年《红楼梦》研究的一切现象与存在。如果从方法论上看，对红学史的梳理有四个维度和三个层面：四个维度"是指研究者在撰写红学史时所选择的展开历史论述的维度，主要有时间、流派、学者、传播四种"；三个层面"是指研究者在既定的维度上撰写红学史的实际写作层次和步骤，它们分别是收集红学史料层、综述各家观点层、历史状貌评判层"。[1] 红学史范畴的研究成果是极其丰富的，特别是改革开放以来，人们对传统治学有了客观而严谨的审视，从而产生了一批具有较高学术价值的红学史论著。如陈维昭《红学通史》、刘梦溪《红楼梦与百年中国》、李广柏《红学史》、孙玉明《红学：1954》、姜其煌《欧美红学》以及白

---

[1] 马经义.论红学史研究的"四维三层"模式及意义[J].曹雪芹研究，2019（2）.

盾、汪大白《红楼争鸣二百年》等。

红学史范畴研究的意义主要有三点。

第一，对红学研究进行宏观上的梳理与总结。例如在20世纪70年代和90年代中后期分别出现过两次较为集中的红学史总结与反思。通过两次大讨论，红学史研究逐渐走向成熟，它较1954年到1955年李希凡、蓝翎的红学史批判少了政治意识形态，而多了学术史反思的自觉性意识。当《红楼梦》研究陷入"猜笨谜""烦琐考证"并被强烈的意识形态所左右的时候，就出现了"回归文本""回归文学性研究"的呼吁，像这样的"红学革命论"就是红学史范畴研究的第一大意义。

第二，对红学家的研究成果进行分析，找准得失，发现利弊。中国文化界有一种奇特的现象："现代中国思想文化舞台上许多第一流的人物，都程度不同地卷入红学。"[1]这为百年红学研究别添厚度与光彩。如何评价这些大家的著述以更好地引导《红楼梦》研究的发展，不仅是红学史研究的重点，更是红学史范畴研究的意义之所在。

第三，为《红楼梦》未来的研究建立坐标系，为红学研究找到对中国文化传承与创新更有意义的方向。无论是社会发展史还是红学史，它所呈现的状态都是一堆七零八碎沉寂散乱的"存在"，所以历史需要梳理、总结与反思。然而历史研究最重要的意义不是耽溺过去，而是着眼于未来，为新的发展树立坐标系，红学史范畴研究的意义也在于此。

在二百六十余年的《红楼梦》研究历程中，虽然有很多问题至今悬置，但梳理与铭记这段曲折多变的历史则是我们理性的选择。我们所看到的历史是后人叙述出来的，红学史也不例外。然而叙述的前提是知道叙述的范畴，有了范畴才能聚焦叙述的对象，有了对象才能确定叙述的目标，如此方能呈现一幅明晰可见的红学史实图。在这样的逻辑思路下，站在自然现实状态的基础上，以《红楼梦》研究的内容与方向为维度，以研究的

---

[1] 刘梦溪.红楼梦与百年中国[M].北京：中央编译出版社，2005：4.

史实存在为描述对象,来划分红学研究的范畴,其积极意义不言而明。因为内核范畴与外延范畴的生命力是永恒的,这份永恒既是中华文化强大的阐释空间所赋予的,也是延绵不绝的时代主题和意识形态所赋予的。只要有新的文献史料的出现,辅助范畴研究就一如既往地备受瞩目。应用范畴研究在未来时代的潮流中必会凸显其学以致用的价值。而红学史范畴的生命力就是《红楼梦》研究生命力的再现。

长期以来,人们殚精竭虑探索红学的同时,又担忧着它的前途与命运,甚至质疑它存在的意义与价值。当我们厘清《红楼梦》研究的自然范畴后,这种忧虑就极有可能变成杞人忧天。

# 附录1　红楼短札集萃❶

## 《红楼梦》书名中"红"字的文化解析

"红楼梦"这三个字，曹雪芹当年几易其稿，几改其名，最终脱颖而出，可谓字字千金。它穿越二百六十余年的时空，历经梨花春雨，迈过阴霾沟壑，直至当下，蜕变成一种文化象征，光芒四射。对《红楼梦》书名的诠释，从文化学的角度，我们需要将它拆分为三个独立的字来解读，而不能简单地认为它就是发生在红楼上的一场梦。

我们首先分析"红"字所蕴含的文化基因。

火的使用，是人类文明的开始。有了火，人类才向光明迈出了第一步。如人类用火来烧烤食物，从此告别了血腥；用火来取暖，抵御了风寒冰冻；用火的熊熊之势来驱赶野兽，保得了生命的安全。有学者说，人的

---

❶ "附录1"所收短札凡28篇，除《红楼腊八粥，两小无猜情》刊于2021年1月23日《泰州晚报》"清风阁"栏目、《茶品红楼梅花雪》一文为未刊稿外，其余26篇皆为笔者于《泰州晚报》"坡子街"副刊"红楼寻梦·文化溯源"（2019.9—2020.11）专栏文章。另，短札收录本书时，略作修改。

定义应该是使用火的动物,只有举起火把才算人。红和火在语言表达上是相互关联的,如"红红火火"。所以"红"字的第一个文化解读就是文明的起源。

中国文化和西方文化最大的区别在于,前者是用心的文化,后者是用脑的文化。中国文化强调直观体悟,悟性的高低是判断一个人聪明与否的基本指标,而注重直观体悟的思维多是与用心相联系的。心在人体中被称为"君主之官",它的地位如同君主。心又是"神明"的源泉,所谓"神明"就是一个人的才思与智慧。换句话说,一个人的所思所想,皆来自于心。这便构成了中国文化模式——用心文化。千百年来,中国先民始终相信人是用心来思维的,孟子就说:"心之官则思。"虽然现代科学已经告诉我们,思维在于脑而不在于心,但这样的文化理念与文化元素仍然存在于中国人的文化基因之中,所以才有了至今还在使用的词汇如"用心学习""心想事成""心领神会"等,也才有了具有中国特色的"用心文化"。从五行与五脏的关系匹配来看,红与心同属一系,因此,"红"字的第二个文化解读就是中国文化模式。

中国文化强调"天人合一"的理念。这里的"天"有两层含义:第一是祖宗之天,第二是自然之天。华夏儿女历来就有对自然的敬畏和顺应。自然为什么要让我们去敬畏和顺应?因为自然同人类一样,有着自己的生命。自然的生命是什么颜色?是绿色。人类的生命是什么颜色?是红色。

人类又被称为自然中的精灵,因为上可通茫茫宇宙,下可接浩浩尘世,所以才有了中国文化中"天地人三才"的说法。盘古开天辟地,阳气上升形成天,阴气下沉形成地,而人在天与地的核心地位便成为万物之灵。如果说绿色是自然的生命之色,那么象征人类生命的红色就是自然生机的结晶和升华之色。欣欣向荣的草木,一派碧绿,生机盎然;而草木之华,也就是草木之花,则以红色为代表。所以便有杜甫"晓看红湿处,花重锦官城"的喜悦,有李煜"林花谢了春红"的叹惋,也有"红花还须绿叶配"的唯美。所以"红"字的第三个文化解读就是人类的生命之色。

日常生活中，无论古今，红是表达吉祥、快乐、喜庆的首选色。大红灯笼高高挂，红红火火的日子过起来，春联，窗花，拜帖，红包……样样都是红，红成了代表美好的佳色。所以"红"字的第四个文化解读就是芸芸众生的喜庆之色。

女孩子都喜爱红色，无论大家闺秀还是小家碧玉，就连穷苦的杨白劳过年时也惦记着为喜儿买回一根红头绳。九九女儿红、红粉知己、红颜薄命等词汇中的"红"都指女儿。《红楼梦》中的女儿们，结局是"千红一窟"❶——落红、残红、飞红、坠红，随着溶溶漾漾的流水，"万艳同悲"。这是对"红"的哀悼，更是对"红"的怀念。所以"红"字的第五个文化解读就是女性之色。

---

❶ [清]曹雪芹著，[清]无名氏续，[清]程伟元、高鹗整理，中国艺术研究院红楼梦研究所校注：《红楼梦》。以下 27 篇短札所引《红楼梦》原文，皆见该书，不再注。

# 《红楼梦》书名中"楼"字的文化解析

在《红楼梦》书名中,"楼"处于"红"与"梦"的中间,就位置而言,是中心。为何这样放置?自有其文化意蕴。从人的感知角度来审视这三个字,红是颜色,它刺激的是我们的视觉神经,需要我们用眼睛去观察。颜色与光密不可分,它是光和眼睛相互作用而产生的自然现象。在日常生活中,几乎没有人会说,我去触摸颜色。换言之,颜色只在我们的眼睛里,并不在我们的手指间,所以红是一种虚态。梦,人人都做,但它只能出现在我们的大脑幻境里或我们的潜意识中,我们一旦清醒,梦也就随之而去,所以梦也是一种虚态。三个字中,两个都是虚态,那么另一个字必是一个实态,否则就违背了"一分为三"的哲学规律。而楼正是这样一个实态,它可观、可赏、可触摸,实实在在,威严挺立。更为奇妙的是,《红楼梦》中,红与梦两个虚态,都必须要通过楼这个实态来呈现面貌。红需要楼来展示颜色,所以有了"红楼";梦又是在红楼里面做的,所以有了"红楼梦"。这就是为什么"楼"字需要放在"红"与"梦"二字中间的原因之所在。

在中国文化中,"楼"字有什么样的文化基因呢?

楼,《说文》解释为:"楼,重屋也。"即两间房子上下重叠就成了楼。在《红楼梦》时代,要住这样的房子,是需要有一定的社会地位与经济实力的。所以"楼"字的第一个文化解读就是财富与地位的象征。

小学时代我们就读过唐代诗人王之涣的《登鹳雀楼》:"白日依山尽,黄河入海流。欲穷千里目,更上一层楼。"表面来看,只有登上更高一层的楼,才能领略更为壮观的景象;实则大意深藏,只有积极向上("更上一层楼"),才能高瞻远瞩("欲穷千里目")。由此,登楼也就伴有一种展望、一种期许。所以"楼"字的第二个文化解读就是人生境界的象征,它是实现理想的阶梯。

中国传统文人在抒发情感时,文字中常常出现楼的背景。李煜是在"独上西楼"之后,才致万般愁绪"剪不断,理还乱";苏轼因为惧怕"高处不胜寒"的孤寂,才拒登"琼楼玉宇";范仲淹登上巍峨的岳阳楼,才吟啸出"先天下之忧而忧,后天下之乐而乐"的传世佳句;王勃置身于滕王阁,才看到"落霞与孤鹜齐飞,秋水共长天一色"的壮美景观……所以"楼"字的第三个文化解读就是寄存人间忧愁、怀念、抱负等诸多情感因子的最佳之地。

细品如上所述"楼"字的文化基因,我们大抵可以明白为什么曹雪芹要在红楼之上为人们做一场穿越古今的中国梦了。

## 《红楼梦》书名中"梦"字的文化解析

在中国传统文化中,梦历来被文人们浓墨重彩地加以渲染。以梦为题材的优秀作品不在少数,如沈既济《枕中记》、李公佐《南柯太守传》、汤显祖"临川四梦"等。《红楼梦》更是在梦幻中演绎故事,铺排情节。那么,在《红楼梦》书名中,"梦"字有着什么样的文化基因呢?

从古至今,梦是中国人向往的生存样态。之所以这样说,我们从三个层面来分析:

第一,从文化层面上说,构成中华文化的三大支柱——儒释道——的终极目标,皆是像梦一样美好的允诺。

儒家和道家,犹如中国人的地与天。人在世间,脚踏地,头顶天。儒家教我们如何脚踏实地,教我们如何对自己、对家庭、对社会乃至对国家担负起一份责任和义务。这是最务实的表现,也是我们现实生活中的八小时之内。我们这么做的目的是什么?可能孔子会告诉我们,只有通过"克己复礼",才能"止于至善"。于是儒家给出了一系列的道德规范并谆谆教诲:只有我们都道德自觉了,才可能进入像梦一样美丽的理想社会。从汉武帝"罢黜百家、独尊儒术"以来,历经千年,事实又如何呢?像梦一样的美丽,恐怕也会伴随着像梦一样的虚幻。但中国人追逐完美的梦境直至今日也不曾停歇。

如果说儒家让我们自我实现,那么道家就是让我们自我超越。在道家看来,儒家的框框条条太多了,使人化性为伪而扭曲变形。庄子说"天地有大美而不言,四时有明法而不议,万物有成理而不说",意即人应该放开自己的天性,和自然万物同欢畅;又说"乘物以游心,独与天地精神往来",即心游万仞,逍遥于江河湖泊之上、大山沟壑之中。在这种极度自由的诱惑下，道家同样给中国人编织了一个美丽的梦境。这样的梦境虽然不受牵绊，但却成了无本之木、无源之水。

如果今生不能自我实现，不能达到理想的社会状态，也不能自我超越，不能逍遥游于离恨天外，怎么办？佛家会告诉你，祈求来生吧！离开喧嚣的凡尘，丢开这副臭皮囊，因为世间一切"如梦如幻如泡如影如露如电"，修成正果后西天自有极乐世界。于是，中国人又开始在佛家构建的梦中如痴如醉，结果也不过是"事如春梦了无痕"。

第二，从政治层面上说，在中国古代，一家一族，一代一朝，兴衰际遇，破败兴旺，皆大梦一场。

秦皇汉武，唐宗宋祖，今何在？曹家百年望族，君子之泽，也不过"五世而斩"。历史，就定格在时间的长河中。而一群群人、一件件事，千丝万缕，错综复杂；但这些也不过是在不同的时间、不同的地点，由不同的人上演同样的政治游戏。伟大也好，草芥也罢，最终烟消云散，最多化为文字定格在书本、岩石、墓碑之上。红尘来去一场梦矣。

第三，从个人层面上说，只有在梦中，我们内心的真实感受才能被尊重，我们的允诺才能得到满足。

《牡丹亭》中的杜丽娘唱着"良辰美景奈何天，赏心乐事谁家院"，她不知道自己会蓦然心惊于一个梦里。这个读着"关关雎鸠"而不迈出绣楼一步的女子，却在梦中见到一个书生——柳梦梅。两人一见如故，心心相印。这场梦使她看到了被世俗遮掩着的内心世界，使她开始为自己而活。因为，虽有着如花美眷，却抵不过似水流年。

梦有何用？百无一用。但谁又离开过梦？在现实中，它不是技能，不是知识，不能化为物质，但在精神世界里却为我们每个人开启了一扇通向希望、唯美与浪漫的大门。今天的我们不仅为名所驱、为利所惑，更重要的是我们丧失了一份做梦的心境。正是在这个时候，《红楼梦》似乎给了我们一个访梦的机会、一个做梦的场所、一个寻梦的依托。

## 《红楼梦》开篇神话故事的文化解析

《红楼梦》开篇有两段叠加的神话。第一个神话故事源起女娲炼石补天一事。女娲一共炼就了三万六千五百零一块石头,补天却只用了三万六千五百块,唯有一块未用,便弃在大荒山无稽崖青埂峰下。石头虽有补天之才,但不堪入选,后偶遇两位神仙,好一番央求才得以被携入红尘去受享花柳繁华、温柔富贵。第二个神话则是西方灵河岸边三生石畔的绛珠仙草为报答赤瑕宫神瑛侍者的灌溉之情,二人同下凡而引出的"还泪"故事。

这两个神话故事虽然相对独立,但在后来的故事演绎中却又有着内在的联系。神瑛侍者下世为人历劫,其间他携带了那块被女娲丢弃的顽石,所以他转世投胎之后口中就含着这块"宝玉",由此《红楼梦》中的一号男主角贾宝玉就成了神瑛侍者和顽石的合二为一。

曹雪芹用两段叠加的神话故事来开头的创作方式,是受什么样的文化基因支配呢?我们从两个层面来分析:

第一,技法。从写作技巧而言,由神话传说叙起,符合中国人的叙事方式和审美情趣。这种叙事方式不是曹雪芹首创,而是古已有之。汉刘安编撰的《淮南子·修务训》中有这样一段话:"世俗之人多尊古而贱今,故为道者必托之于神农、黄帝而后能入说。"可见这种写作技巧由来已久。

东方人和西方人的叙事方式往往不一样。西方人喜欢开门见山、直截了当;东方人则喜欢曲径通幽、层层深入、循序渐进——归根结底这是审美意识差异所造成的。所以支配作者用神话故事开头的第一个文化解析就是中国式的审美方式——朦胧、和缓、曲折。

第二,意法。这是作者藏于文字背后的文化思考。《红楼梦》故事的源起是女娲补天。女娲被认为是中华文化的始祖,所以用这样的神话故事开头就象征着一种文化的源起。无论是东方还是西方,追溯文化的源头,总是从神话开始的。因为神话是人类对大自然的崇敬,也是对现实生活的美好补充。余秋雨先生在《寻觅中华》一书中即言:"神话是祖先们对于所见所闻和内心愿望的天真组建。"

《红楼梦》中的神话故事是以石头为主线的。在文学创作中,借石头来演绎故事的作品不少。如《西游记》中的孙悟空就是从石头中蹦出来的"石猴"。这块石头因为"自开天辟地以来每受天真地秀,日月精华,感之既久,遂有灵通之意",于是便孕育了仙胎。再如《三国演义》中,各方势力都在争夺着掌控天下的权势,而象征权势的也是一块石头——传国玉玺。《水浒传》一开篇,在伏魔殿镇妖压祟的也是一块石头。所以"四大名著"中石头各有其文化意义:《西游记》中的石头可以孕育生命;《三国演义》中的石头代表着权势;《水浒传》中的石头能伏魔镇妖;《红楼梦》中的石头拥有补天的才能。在真实的历史中,石头也有重要的意义。在人类早期,石头成了人们征服自然的工具,于是人类史便有了"石器时代"。

由上可见,曹雪芹借石头神话进行创作是受了中国文化中"石头崇拜"的影响。《红楼梦》中的女娲补天正是石头崇拜叙事的源头。女娲补天在《红楼梦》中的作用与意义是什么呢?中国历朝历代都曾走向世道崩溃的边缘,彼时有人逃避,有人站出来"补天",能在历史洪流中力挽狂澜的人被称为救世者。而改朝换代似乎成了一种推动历史前进的原动力:新的开天辟地者会将原有的"天"砸个粉碎,于是新一轮通向崩溃的车轮启动了,接着又有新的救世者出现。久而久之,在我们的文化思维中,"补天"就成了成就英雄的"基本逻辑"。

综上所述,《红楼梦》以神话故事开头的第二个文化解析就是中国文化中的"石头崇拜"。

## 《红楼梦》中的"十二"

在《红楼梦》中,"十二"这个数字很神秘。无论是作者在文本之上的表述与故事架构,还是学者在文本之下的解读与内涵研究,都不离"十二":《红楼梦》的异名之一,有曰"金陵十二钗";大观园中有十二处轩馆苑榭;红楼人物设计上,有十二金钗正册、副册、又副册等,有十二个大丫鬟、十二个小优伶;薛宝钗因为先天患有热毒,所服冷香丸的配方、药味、剂量无一不以"十二"为单位;秦可卿出殡时,送殡王孙"隐"含十二生肖;周瑞家的送宫花为十二支;小说开篇神话中女娲炼的大顽石高经十二丈;《红楼梦》的叙事结构以"十二个梦"来作支撑和框架……无待烦辞,"十二"乃《红楼梦》中一个神秘的基数。

《红楼梦》文本中为什么会如此高频率地出现"十二"这个数字呢?笔者以为,这源于中华文化基因的支配。

"十二"这个数,在中国传统文化中,显得非常神圣。如十二生肖,每一个中国人都有属于自己的属相。在中华文化之中,有一个词可以作为文化的精神核心,那就是"天人合一"。老祖宗对"天"尤为关注,他们关注月亮,发现月亮绕着地球转,每年转十二圈,形成十二个月。因为敬"天",于是先民们就开始敬重"十二"。古人把天空分为十二个区域,以十二地支来命名,叫作"十二辰"——子、丑、寅、卯、辰、巳、午、未、申、酉、戌、亥。

因为尊崇"十二",所以人们对十二的倍数以及基数同样青睐有加:先民们把一年分为二十四节气,以此安排一年的生产劳作;六是十二的基数,先民们把自然空间分为"六合",分别是东、南、西、北、上、下,所以就有了庄子"六合之外,存而不论"的哲学思辨;六在传统文化之中又有"天六"之称，这就是所谓的"天六地五，数之常也"。

从文化心理层面上看，十二的倍数和基数更是中国文人潜意识中用于文学创作的最佳选择。如《水浒传》从三十六人演变发展成为"三十六"天罡、"七十二"地煞，合称为梁山泊"一百单八"绿林好汉。无论是天罡、地煞，还是绿林好汉，都是十二的倍数。《西游记》中的孙悟空与猪八戒分别有七十二般变化和三十六般变化，这些数字依旧是十二的倍数。十二的基数三，同样受到小说家的喜爱，用"三"作为小说故事的叙述结构随手可拾，如"三英战吕布""三顾茅庐""三气周瑜""三打祝家庄""三打白骨精""刘姥姥三进荣国府"等。

我国古代的音名也与"十二"有关——以十二律吕来表示。它们依次是黄钟、大吕、太簇、夹钟、姑洗、仲吕、蕤宾、林钟、夷则、南吕、无射、应钟。每个音为一律。其中单数的六个音称"六律"，属阳；双数的六个音称"六吕"，属阴；合称则为"十二律吕"，也称"十二律"。

从这些和"十二"有关的文化现象来看，都源于推崇"十二"的文化基因。所以《红楼梦》中密集出现的神秘数字"十二"，仍然是中华文化基因影响的结果。

## 《红楼梦》中的"情"文化

我国的"四大名著",都有各自标榜的思想核心:《三国演义》在于"忠";《水浒传》出于"义";《西游记》基于"诚";《红楼梦》标榜"情"。那么,《红楼梦》中呈现的"情"有文化根基吗?换言之,在中国文化中,有"情"的文化基因吗?答案是肯定的。

先看儒家。从汉武帝"罢黜百家、独尊儒术"开始,儒家思想便成了传统主流文化。儒学不单纯是一种哲学或宗教,而是一套全面安排人间秩序的思想系统。大到国家江山社稷,小到个人生活起居,儒家思想无处不在,渗透到华夏的每一个角落。从表面看,儒家只讲究"仁、义、礼、智、信"以及"三纲五常",其实这是把"情"伦理化、道德化了。试想,没有情的支撑,有"老吾老以及人之老,幼吾幼以及人之幼"么?没有情的支配,有"己所不欲,勿施于人"么?没有情的推动,有"己欲达而达人,己欲立而立人"么?

再看道家。道家推崇"自然无为","无为"并不是无所作为,而是"辅万物之自然而不敢为"。这是顺应自然万物本性的天地大爱,是把人和世间万物融为一体的敬畏之情。所以在《红楼梦》中常常能看到贾宝玉以"人化自然"的眼光给予自然万物以人的地位,也常能听到"不但草木,凡天下之物皆是有情有理的,也和人一样,得了知己,便极为灵验"(第七十七回)这样的话。

最后看佛家。佛家有情吗?有。"不俗即仙骨,多情乃佛心"。佛若无情,便不会以"普度众生"为宗旨,也绝不会立下"地狱不空,誓不成佛"的大愿,更遑论大慈大悲救苦救难了。

综上,在中华文化中,"情"是"天人合一"的核心,是华夏文化的特色和精髓之所在。这也是产生《红楼梦》中"情"的文化基因。

《红楼梦》开篇即言"大旨谈情",而作为小说浓墨重彩的男主人公贾宝玉,无论是对人,还是对物,都只有一个尺度标准——有没有"情"。当然,这种情并非儿女私情那么简单,而是对待世间万物的一种态度和审视人间秩序的尺码。书中写贾宝玉看见燕子就和燕子说话,看见鱼就和鱼说话,仰望星空便长吁短叹,凝视花谢便悲伤叹惋……因而常被人说成疯疯傻傻。其实,这正是"情"文化基因在贾宝玉身上的一种体现。用脂批的话来说就是"凡世间之无知无识,彼俱有一痴情去体贴"❶(第八回),也即"情不情"。

周汝昌先生曾言:"情,心之最高功能与境地也""人必有情,情之有无、多寡、深浅、荡垫……可定其人的品格高下"(《红楼十二层》)。贾宝玉对待世间万物的这种大爱,尤得情之正。即如李希凡先生在《说"情"——浅析贾宝玉的"情不情"与明清启蒙思潮》中所说:"而我又以为宝玉'情不情',却更是作者在'儿女真情'的境界中具有时代意义的新开掘,也是贾宝玉这一典型形象内蕴的最富有魅力的个性特征。"

可见,《红楼梦》中的"情"文化有其产生的基础,而"情"文化基因在男主人公贾宝玉的身上又体现得最为充分。

那么,到底什么是文化基因呢?笔者将其概括为:文化基因是一个民族所秉承的世界观、价值观、人生观以及各种品质在族人身上幻化成的举动、认识与思维,而这种"举动""认识"和"思维"会在不同的意识状态下自然流露,从而形成一个民族的生存样态,进而历经承袭、演化、优胜劣汰并代代相传。

文化的本身会随着历史、政治、环境的改变而改变其外在的面貌,但是文化基因是永恒不变的。

---

❶ 凡短札中所引脂批(脂砚斋、畸笏叟等早期评家批语),皆见[清]曹雪芹著,脂砚斋评,吴铭恩汇校《红楼梦脂评汇校本》,万卷出版公司2013年版。不再注。另,短札中出现的脂抄本批语亦为脂批。

## 《红楼梦》中的儒家文化

儒家文化是中华传统文化的主流。这一点早已成为共识。从曹雪芹的思想意识层面上来说，无论他是反封建还是批礼教，也不管他是尊道家还是崇墨家，儒家文化如同一把刻刀，不经意间将一个个文化基因元素绕开其主观意识，雕刻在了《红楼梦》文字的背后。

《红楼梦》只是一部小说，作者当然不可能在书中系统地讲解儒家思想，那么儒家文化基因又是如何显现的呢？例如儒家的"仁爱"。什么是"仁"？学术界众说纷纭。就连孔子对什么是"仁"也会根据不同人的提问做出不同的解释。子张曾问孔子，孔子答曰："行五行于天下者，皆为仁。"这里的"五行"就是儒家的恭、宽、信、敏、惠。后来樊迟又问，孔子答曰："仁者，爱人。"意即关爱别人就是仁。无论哪种回答，都是以爱作为基础的。于是，爱就成为儒家理论的核心和精髓。

儒家的"仁爱"，具体表现在三个层面：第一个层面就是"亲亲之爱"。第一个"亲"是动词，第二个"亲"是名词，亲亲之爱化为日常行为就是要爱我们的父母、兄弟姐妹及子女。因为儒家讲伦理秩序，所以儒家的"仁爱"是有层次和先后的，先爱谁后爱谁是不能乱来的。以家庭为例，谁的辈分最高，就排在被爱的第一位，而且被爱的分量也最多，以此类推。对于没有血缘关系的人要去爱吗？儒家的回答是肯定的。怎么爱？先是"老吾老以及人之老"，其次是"幼吾幼以及人之幼"，然后是"四海之内皆兄弟也"。这仍然要分层次和顺序。不难发现，儒家的"仁爱"是有延展性和层递性的。

《红楼梦》中的爱就显现了这样的文化基因。例如第二十八回描写元妃赐下端午节礼物："只见上等宫扇两柄，红麝香珠二串，凤尾罗二端，芙蓉簟一领。宝玉见了,喜不自胜,问'别人的也都是这个?'袭人道:'老太太的多着一个香如意,一个玛瑙枕。太太、老爷、姨太太的只多着一个如意。你的同宝姑娘的一样。林姑娘同二姑娘、三姑娘、四姑娘只单有扇子同数珠儿,别人都没了。大奶奶、二奶奶他两个是每人两匹纱,两匹罗,两个香袋,两个锭子药。'"

从这些礼物的赏赐上,就能看出儒家"仁爱"的层次和等级。老太太在贾府辈分最高,所以元春对贾母的爱也就最多,给予的礼物比谁都重。然后是父母这一辈,分量递减。其次是兄弟姐妹,贾宝玉和元妃是一母同胞,血缘最亲,所以贾宝玉获得的礼物较之迎春、探春、惜春等又有所增加。当然,这里面有一个例外,薛宝钗礼物的分量和贾宝玉的相同。这是因为,在元妃心中,宝钗是宝玉未来妻子之选。

同回,因为林黛玉恼贾宝玉"见了'姐姐',就把'妹妹'忘了",贾宝玉情急之下说出了这样一段掏心窝子的话:"我心里的事也难对你说,日后自然明白。除了老太太、老爷、太太这三个人,第四个就是妹妹了。要有第五个人,我也说个誓。"(第二十八回)

当初每每阅读至此都很纳闷儿:为什么林黛玉这样一个心爱至极又寄托着自己无限情意的人,在贾宝玉心中却列于第四位呢?了解了儒家文化基因在《红楼梦》中的显现,问题也就迎刃而解了。

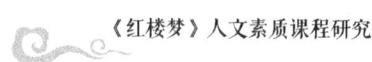

# 《红楼梦》中的墨家文化

墨家学派乃先秦诸子百家中的一家。那位生活在春秋战国之际的大思想家墨子，为人们开辟了又一条治国治民的星光大道，其思想同儒道法诸家共同拱卫中国文化的源头。那么，《红楼梦》中是否也显现着墨家的文化基因呢？要回答这个问题，首先要了解墨家主张的人生观和道德观。

墨子的人生观中，放在第一位的是"贵义"，这也是墨家学说的重要特征。《墨子·贵义》说："天下有义则生，无义则死；有义则富，无义则贫；有义则治，无义则乱。"所以"义"在墨子的思想体系中便成了治国安邦的重要基础。

《红楼梦》第二十四回"醉金刚轻财尚义侠"中，贾芸因为在舅舅卜世仁家借钱碰了壁，回家路上心里正不自在，不料一头撞在一个醉汉身上，才发现这人是他邻居倪二。小说写道："原来这倪二是个泼皮，专放重利债，在赌博场吃闲钱，专管打降吃酒。如今正从欠钱人家索了利钱，吃醉回来，不想被贾芸碰了一头，他正没好气，抢拳就要打。"当倪二认出贾芸后，连忙助了手。倪二平时"专管打降"，并不是无事生非，而是路见不平，拔刀相助。一个"降"字，用得极其精辟。所谓"打降"，就是专门对付那些飞扬跋扈、欺负百姓的人。倪二虽"专放重利债"，却是"因人而施"。当贾芸告诉他在舅舅家因借钱而讨无趣时，他倾囊相助。书中写道："倪二大笑道：'这是十五两三钱有零的银子，便拿去治买东西。你要写什么文契，趁早把银子还我，让我放给那些有指望的人使去。'贾芸听了，一面接了银子，一面笑道：'我便不写罢了，有何着急的。'"这让一贯对倪二心存偏见的贾芸感动莫名。正是因为常有这样的事迹，所以倪二颇有几分义侠之风。

"义利之辩"可以说是先秦诸子中争论得最为激烈的论题。儒家认为，人应该"重义而轻利"；但是墨家认为，既要重义，也要重利。在墨家看来，义与利并不抵触，而是存在等同的关系，所以重利也必然重义。但当义与利出现不一致的情况时，墨家遵循一个前提，就是把义放在利之上，要求绝不贪图利益而出卖道义。倪二正是秉承了这样的利义观。他放高利贷，在赌场吃"闲钱"，是因为借钱赌博之人原本就是那些纨绔子弟或不务正业之人。贾芸在他眼里是一个上进青年，又是自己的街坊，因为一时囊中羞涩才举步维艰。所以这个时候倪二就把"义"放在了"利"之上，慷慨解囊，不要利钱，不写文约。

在世人眼中，倪二是一个"泼皮"，但恰是这样一个"无赖"之人，却有着一身的侠义。曹雪芹赠其"义侠"二字，可见世人眼中的倪二并不是他的本真。

这就是《红楼梦》一书中所显现的墨家文化基因。

那么在书外，曹雪芹是否也具有"近墨"思想呢？据著名红学家吴恩裕先生披露，曹雪芹还写有一本《废艺斋集稿》，该书的宗旨在于为"鳏寡孤独废疾者"提供一些谋生的手艺。《废艺斋集稿》一书之真伪，学界尚存争议。如果此书非赝品，晚年时期的曹雪芹已家徒四壁，但仍为四周邻里和那些生活无依靠的残疾人寻求一条谋生之路，这样的人格与思想正是墨家学派所倡导的"救世"与"利天下"的博大襟怀与抱负。

# 《红楼梦》中的道家文化

每一个中国人都生活在儒道兼济的文化格局之中。如果说儒家是我们的"地",那么道家就是我们的"天"。在《红楼梦》中,道家文化点点滴滴地呈现,犹如夜空中的明星,闪烁着耀眼的光芒。

朴实无华的《好了歌》:"世人都晓神仙好,惟有功名忘不了!古今将相在何方?荒冢一堆草没了。"(第一回)总能让人回味无穷。它不仅仅是唱出了人世间的瞬息万变,更点破了"好"与"了"之间的关系:好便是了,了便是好,要好须是了,不了便不好。"好""了"之间是变幻莫测的。我们若稍加留意便能发现,其实此处暗藏着道家文化的一个重要思想——"反者道之动"。

"反者道之动"是道家思想的精髓之一。道家遵从道法自然,从而施行道常无为。在施行过程中,道家特别注意事物发展的方向和态势,因为只有这样,才能因势诱导,从而实现"辅万物之自然而不敢违"。那么世间万物是如何变幻发展的呢?道家给出了自己的观点——往事物相反的方向转换与发展。所以"反者道之动"明确指出,"动"的方向是事物的"反"方向。"反"就成了"道"运动的本质特征。

《红楼梦》中"好"与"了"之间的哲学意蕴就在这个"反"字上。"好"与"了"就如同事物的两极,"好"到了极致就向"了"的方向发展,所以"不了便不好";达到了"了"又开始向新一轮的"好"转换,所以"要好须是了"。我们日常所说的"物极必反""否极泰来"等词汇,就是表达"反"的意思。道家的"动"除了一个运转的方向以外,还有相反相成的意思。相互对立的两样东西,其实谁也离不开谁,所以才有"好便是了,了便是好"的合二为一。

此外,"上善若水"是道家追求的一种完美境界,曹雪芹将其所蕴含的文化基因注入了小说之中。

水在《红楼梦》中是至关重要的圣物,无论是在地理建构上,还是在红楼文化的脉络上,都被赋予了生命。例如大观园中的水是从会芳园引来的活水,它流过沁芳桥,绕过潇湘馆,用水本有的滋养与纯净让大观园有了活力与动感。所以脂砚斋批道:"园中诸景,最要紧是水,亦必写明方妙。"(第十六回)在中国文化中,建房筑室的最佳选择是依山而建、临水而居,这样就有了山的稳重,更沾上水的灵秀。贾宝玉和众姐妹都喜爱大观园,因为在这里他们能卸下世俗的忧烦,敞开自己的心扉,借着春天的生机盎然、夏天的热情洋溢、秋天的温情脉脉、冬天的银装素裹去乘物游心。

贾宝玉最尊重女儿,女儿在他心中是至尊至贵之人。女儿是什么做的?他的回答是水做的。只有水才配得上女儿的性灵,这些女儿也因为有水的基因而变得格外圣洁。在《红楼梦》中,女儿与水就成了一对绝妙的搭配。可见,"上善若水"就像流淌在《红楼梦》之中的一条大河,不仅蜿蜒壮观,更重要的是它承载着道家的文化从古流到今。因为直到二百多年后的今天,我们捧读《红楼梦》之际,仍不得不赞叹曹雪芹匠心独运、炉火纯青的写作功夫。

## 《红楼梦》中的"君子之道"

一本《论语》不过两万来字,"君子"这个词就出现了一百多次。何为君子?这个问题看似简单,回答起来却异常复杂。从自我要求层面上看,孔子说要成为君子,必须具备三个条件:"知者不惑,仁者不忧,勇者不惧。"从他人评判层面上看,孔子也给出了三个条件:"老者安之,朋友信之,少者怀之。"意即在日常生活与社交中,让你的长辈们都为你放心,朋友们都信赖你,晚辈们都喜欢你。如果一个人能做到这三样,就算君子了。

如果我们按照"老者安之,朋友信之,少者怀之"的标准一条条地比对分析红楼人物,谁能称得上君子呢?笔者认为贾宝玉的父亲贾政当之无愧。

贾政身上承袭着那个时代的文化思维,他自始至终都在恪守着"君子之道"。

贾政是贾母最疼爱的儿子。因为贾政从小好学上进,父亲贾代善原想让他从科甲途径去寻求功名,但是后来代善"临终遗本"一上,皇上体恤先臣,额外让贾政做了官。贾代善的爵位是由他的长子贾赦承袭的,这有两个原因:一是贾赦原本平庸,但作为父母总得让自己的儿子有个出路,于是让贾赦袭爵;二是就算贾政不袭爵,也能自己挣得前程。一番权衡之后,贾代善做出了决定。后来贾赦、贾政各自成家立业,贾赦奢华放浪,按照贾母的话:"如今上了年纪,作什么左一个小老婆右一个小老婆放在屋里,没的耽误了人家。放着身子不保养,官儿也不好生作去,成日家和小老婆喝酒。"(第四十六回)而贾政勤俭持家,认认真真做事,得到皇帝的褒奖,官职节节攀升,一直做到工部员外郎。在贾母心里,贾政是孝顺而又务实的，所以在"老者安之"这一点上，贾政做到了。

《红楼梦》第二回贾雨村计划复出，林如海特地写信给贾政，让他帮忙筹划。林如海为什么不找贾赦帮忙呢？贾赦也是自己的内兄，且现袭一等将军，无论官阶与权力都高于贾政。因为林如海更知晓贾政"非膏粱轻薄仕宦之流"，而是一个礼贤下士的人，托他办事，绝对放心。事实证明确然如此。当贾雨村还担心在官场周旋的费用时，贾政说"不劳尊兄多虑"，后来给贾雨村"轻轻"谋了一个应天府的知府职位。所以在"朋友信之"这一点上，贾政也做到了。

但从"少者怀之"这一点上看，贾政就有所欠缺了，因为府里的小辈都怕他。一听见贾政要出差，最高兴的就要算贾宝玉了。《红楼梦》第二十五回贾母就说道："逼他写字念书，把胆子唬破了，见了他老子不像个避猫鼠儿？"为什么会怕成这样？贾政是一位严父，而严父又是《红楼梦》时代正统的父亲形象。贾母的这句话，虽然是在指责贾政吓着了贾宝玉，但贾政严苛的目的没有错。严父与"少者怀之"在《红楼梦》时代原本就是一种矛盾的存在。所以从君子之道的层面看，在《红楼梦》中，贾政是"真政"。

# 《红楼梦》中的"恻隐之心"

什么是"恻隐之心"?"恻"即悲伤,恻隐之心即从自己的内心出发,体验别人的痛苦和忧伤,从而寄予同情。

仁爱是儒家思想的核心,亲亲之爱、忠恕之道、恻隐之心是仁爱的三步阶梯。我们知道,儒家的爱是有差别和等级的。按照孔子的说法,一个人首先要爱父母,这是"孝";然后爱兄弟姐妹,这是"悌";再爱亲戚朋友,乃至"四海之内皆兄弟",这是"泛爱众"。但以这样的方式递减下去,爱的分量也就所剩无几了。怎么办?儒家给出了一个爱的底线——"恻隐之心"。可见,仁爱的三个层面是各司其职的:亲亲之爱是基础;忠恕之道是方法;恻隐之心是底线。

从现实层面上说,一个人的爱是有限的,无论是物质上还是精神上都有它的极限。但芸芸众生,万般苦难,谁又能顾及那么多呢?我们在无能为力的时候还能心存恻隐,就已经足够了。佛学上称这种恻隐之心为"善念"。

很多时候,读者都被《红楼梦》中的这种"恻隐之心"感动得一塌糊涂,因为它表现得极其真实,没有丝毫的做作。小说第二十九回,贾母带领众夫人小姐到清虚观打醮。到了清虚观,所有的道士都要回避。但一个十二三岁的小道士拿着剪筒剪理各处的蜡花,因为手脚慢了一点,没来得及回避,偏偏一头撞在了王熙凤的怀里,凤姐抬手便照脸打了一巴掌。小道士摔倒在地,顾不得疼痛,爬起来就往外跑。恰钗黛等下车,婆子媳妇围随得水泄不通,突然冲出来一个小道士,众人都喊:"拿,拿,拿!打,打,打!"贾母忙问怎么了,凤姐上来说了原委,贾母听后忙道:"快带了那孩子来,别吓着他。小门小户的孩子,都是娇生惯养的,那里见的这个势派。倘或唬着他，倒怪可怜见的，他老子娘岂不疼的慌？"

听听这话，多么让人尊敬的老夫人！因为疼爱自己的孙子孙女，所以能做到"幼吾幼以及人之幼"；也因为疼爱自己的孙子孙女，所以她最能体谅父母对孩子的关心和爱护，所以才有了"他老子娘岂不疼的慌"的良善之语。这就是恻隐之心。

第四十一回刘姥姥在老太太的带领下到了栊翠庵。妙玉用成窑五彩小盖钟为贾母奉了茶，贾母吃了半盏便递给刘姥姥，刘姥姥一口吃尽。当这只价值连城的成窑五彩小盖钟收回来的时候，妙玉嫌脏，说道："将那成窑的茶杯别收了，搁在外头去罢。"贾宝玉会意，说道："那茶杯虽然脏了，白撂了岂不可惜？依我说，不如就给那贫婆子罢，他卖了也可以度日。你道可使得？"简简单单几句话，让我们看到了一份强烈的对比：身为出家人的妙玉，慈悲为怀，却难以容下一位贫苦老太太；而身处富贵场中的贾宝玉，虽是锦衣公子，却能怀抱恻隐之心面对人世间的疾苦。

# 《红楼梦》中的"正义"与"自强"

孟子与荀子是先秦原始儒学的代表人物,"正义"与"自强"是他们各自的思想主张。

何为"义"？根据《说文解字》的阐述,"义"就是"己之威仪"。简单地说就是一个人威风凛厉,震慑四方。易中天先生解释"义"有两层意思：一是该,二是灭,合起来就是"该灭"。他说,孟子认为治理国家、教化民众,只讲"仁"是不够的,因为不是每一个人都能完全做到"克己"；相反还有一些社会、家族的捣乱分子,所以就需要"义"来维护"仁"。"仁"讲"亲亲","义"讲"灭亲",一个主生,一个主杀。但"灭亲"的前提是这个人罪有应得,所以"义"就有了"该灭"的两重含义。

《红楼梦》中也显现有"正义"的文化基因。例如第三十三回,因为蒋玉菡的事情,忠顺亲王府派人来贾府找贾宝玉要人。贾政知道此事后,气个半死。谁知贾环又在贾政面前歪曲金钏之死的原因,状告宝玉"强奸未遂",更让贾政怒不可遏。我们且不论贾政这个时候的判断是否正确,也不论他笞挞贾宝玉的行为对与不对,仅从贾政这时的内心感受就可想见他要"灭亲",要正"义"。于是他让人绑了贾宝玉,备下大棍子,并放话要封锁消息：谁要敢传话给老太太,立刻一并打死。贾政为何如此生气？在他看来,贾宝玉的行径——流荡优伶、表赠私物、淫辱母婢,已经到了"该杀"的地步！如果不加制止而纵容下去,恐怕会酿成"弑君杀父"的祸害。

贾政是一个秉受儒家正统思想的读书人,他的思想、言行都是依据宗法、家规、礼仪来规范的,所以他不容忍谁来亵渎封建正统思想。这一份坚持与捍卫,虽然有些顽固不化、刚愎自用,但却是发自内心的"正义"

之举。对此，我们没有理由去苛责和鄙视。

"自强"是荀子提出的一种人生态度。他认为，人的命运不在于天，也不存于地，而在自己的掌控之中。

《红楼梦》第一回贾雨村的某些举动就显现出了"自强"的文化基因。贾雨村无论是相貌还是斗志，都是那个时代典型的读书人。因为家道中落，到他这一代已家徒四壁。为了光宗耀祖、重整门楣，他发愤图强、饱读诗书，无奈囊中羞涩，只好卖字为生、壮志难酬。他畅想有一天能凭借自己的真才实学，出将入相，所以在和甄士隐对月畅饮之时坦露了心里话："非晚生酒后狂言，若论时尚之学，晚生也或可去充数沽名，只是目今行囊路费一概无措，神京路远，非赖卖字撰文即能到者。"甄士隐听罢解囊相助，并说："十九日乃黄道之期，兄可即买舟西上，待雄飞高举，明冬再晤，岂非大快之事耶！"贾雨村坦然接受，第二天一早就起程上路，并托人带话给甄士隐说："读书人不在黄道黑道，总以事理为要，不及面辞了。"

什么是"黄道黑道"？这原本是古代天文学上的专用名词，"黄道"指日，"黑道"指月；后来星占者将每日的干支阴阳分为"黄道"和"黑道"，黄道主吉，黑道主凶。贾雨村不讲"黄道黑道"，其实就是承袭了荀子的人生态度——命运要由自己掌握。贾雨村是标准的儒生，所以在他身上我们能看见"自强"这一文化基因的闪现。

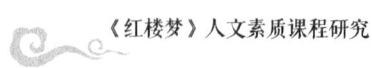

# 贾宝玉心中的"书"

《红楼梦》第三回宝黛初会，宝玉问黛玉的名与字，知其无字后，因见黛玉眉尖若蹙，便以"颦颦"二字作黛玉的表字。探春问源自何典，宝玉说出于《古今人物通考》，探春笑他杜撰，宝玉则答："除《四书》外，杜撰的太多，偏只我是杜撰不成？"

宝玉所提及的《四书》，即儒家四部经典《论语》《大学》《中庸》《孟子》。为什么宝玉认为只有这四部书不是杜撰的呢？因为《四书》是一个完整的儒家思想体系：《论语》教为人之道；《大学》教如何达到至善之境；《中庸》教如何做到最高的德；《孟子》教如何做到完美的仁政。

宝玉肯定《四书》，肯定的是洋溢在《四书》之中的精神与人生态度、人生智慧。读孔子得"仁"，读孟子得"义"。宝玉虽然憎恨禄蠹，但"仁"与"义"始终是他追求的人生境界。什么是"仁"？往简单了说，"仁"就是爱。什么是"义"？这是忧国忧民、心系苍生的极致境界。在《红楼梦》中，宝玉是大情与大爱的化身，所以他肯定《四书》就是肯定这样的人间真情，也即人间正道。他鄙视禄蠹，鄙视的是沽名钓誉之人。

或曰：宝玉的天性既然和儒家精神相匹配，为什么他又厌恶读书呢？这与特定的时代有关。儒生们要达到"齐家治国平天下"的目的，就要专研《四书》和《五经》。但国家组织《四书》考试时，又规定必须要以朱熹的《四书集注》为参考书籍。这种集注，代表的到底是谁的思想呢？是孔子还是朱熹？恐怕后者比重多一些。比如前面提到的"仁"。孔子的原话是"爱人"，朱熹则注为："仁者，心之德，爱之理。"这完全将"仁"抽象化了，将"仁"提升到形而上的层面。这个时候，借"仁"阐发自己的思想就孕育而生了。宋明理学就是这样发展而来的。所以宝玉才有"除

《四书》外，杜撰的太多"这样的话。"杜撰的太多"，言外之意即偏离了为政治计、为统治谋的核心本质，而牵强附会、芜杂不堪。这也是中国古代对经典"述而不作"的弊病。

既然都是"杜撰"的书，那就是假书、伪书，还有什么值得学习的？宝玉的不屑，是对伪书的厌恶，并非对儒家核心思想的唾弃。

那么，宝玉心中的"书"是什么样的呢？小说中有言——《古今人物通考》。世间并没有这样的一本书，这倒是宝玉真正的杜撰。该书的内容我们虽不甚了解，但通过书名颇可窥见宝玉所期许的文化状态。

"古今人物通考"，从字面上说，包含了三方面的信息：一是"古今"，即古往今来，都在历史之中；二是"通考"，即全方位地认识；三是"人物"，这是核心要素，是指天下所有的人，不论尊卑贵贱。

由书名分析可知，该书的主旨就是关注人的存在。这也是宝玉在《红楼梦》中对人的尊重。宝玉所尊重的人，主要是平民百姓，是在历史的长河中被遗忘的普通人。"天有其时，地有其财，人有其治"，所以在中国文化中，天、地、人并称"三才"。"天有其时"即日月交替、四季轮转，亘古不变；"地有其财"即世间万物生长皆由大地供给；"人有其治"即人处于天与地之间，因时而作，因地而治。"三才"之中，只有人上可通茫茫宇宙，下可接浩浩尘世，所以最贵。而历史书中表记的往往是帝王将相，普通民众则湮没无闻，宝玉则要通过《古今人物通考》，彰显和突出这些普罗大众。

所以宝玉心中的"书"，是囊括了天下之人的一本大书，是情系苍生而以人为本的大情大爱之书。他所期许的文化状态即对普通生命个体的关注和敬重。

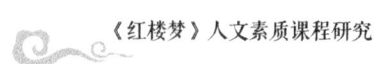

# 冷香丸与中医文化的化入

《红楼梦》描写了世俗生活的方方面面，如生病服药，靡不尽述。这其中，有一味药称得上是全书中最具神秘色彩的药，因为无论配伍还是制作，都近乎苛刻，且极为难得，这就是薛宝钗所服用的奇特之药——冷香丸。

小说第七回，周瑞家的到梨香院见王夫人回刘姥姥的事，因此和宝钗话家常，宝钗说起了自己常服的冷香丸。宝钗说她打小从娘胎里带来一股热毒，发病症状为咳嗽，吃了无数药也不见效，后来一个秃头和尚给了一个海上方，发病时吃上一丸即药到病除。此药即冷香丸。

既然是海上方，和普通药端的不同。用宝钗自己的话说就是"真真把人琐碎死"。冷香丸的主料是四种花蕊：要春天开的白牡丹花蕊、夏天开的白荷花蕊、秋天开的白芙蓉蕊、冬天开的白梅花蕊各十二两。然后将这四样花蕊于次年春分晒干，和在药末子一处，一齐研好。再次，要雨水之日的雨水、白露之日的露水、霜降之日的霜、小雪之日的雪各十二钱。最后，把这四样水调匀，和了药，再加蜂蜜和白糖各十二钱，做成龙眼大的丸子，盛在旧磁坛内，埋在花根底下。发病时，拿出来吃一丸，用十二分黄柏煎汤送下。

这味让人惊掉下巴的冷香丸是曹雪芹故弄玄虚，还是真有中医道理呢？

冷香丸的主料为牡丹、荷花、芙蓉和梅花，这是四季的代表花卉。每一种花都颜色多样，之所以选择白色，这要从中医的五行学说来说明。中医认为，五行、五色与五脏，是相互关联的。青色属木，入肝；红色属火，入心；黄色属土，入脾；白色属金，入肺；黑色属水，入肾。宝钗的病在临床上表现为咳嗽，咳嗽乃肺热痰盛，故白色花蕊能入肺经。这就是四种主料花卉都要选择白色的原因。而且从药性上看，四种花卉有着共同的功效即清热、解毒、凉血，这对宝钗的热毒是对症下药的。

另外，除了主料花卉宜选白色外，为什么还要在春分之日晒干呢？春分是农历二十四节气之一，"分"即"半"，春季九十天的一半即春分，春分这一天昼夜平分，风和日丽，是晾晒的最好时刻。此际晾晒药物，不仅最易晾干，还能呈现出最好的药性状态。制作好的冷香丸如何放置？"盛在旧磁坛内"。因为磁坛历经岁月的淘洗，由新变旧，火气消解，不会破坏冷香丸的药效。

冷香丸的调配真可谓精工细作，一丸难求，用周瑞家的话说就是"等十年未必都这样巧"。那么宝钗服用后效果如何呢？"倒效验些"，可见是有效果的。冷香丸与热毒，从字面来看，以冷制热，可谓辨证医治，丝毫不差。那么用现代术语来说，冷香丸的作用机制是什么呢？甲戌本针对"热毒"二字有批："凡心偶炽，是以孽火齐攻"，可谓一语中的。冷香丸的疗效主要在于心理。

冷香丸的配制过程实际上就是一种心理治疗。每一样药物都以"十二"作计量，而"十二"在中国传统文化中是最大的阴数，也是一个吉利数。冷香丸对用水也非常挑剔。在二十四节气中，与水有关的节气有六个：雨水、白露、寒露、霜降、小雪、大雪。以现代科学的眼光看，雨水这天的降水，与其前后的降水无甚区别，白露这天的露水，与其前后的露水也并无两样。为什么冷香丸的制作要求如此严格？就是强调一个"巧"字：从巧中感受难得，从难得中体会珍贵，从珍贵中享受奇特，从而达到心理治疗的目的。平心而论，宝钗是个工于心计的女孩子，她外表端庄贤淑、随分从时，其实藏愚守拙、绵里藏针。对于这样一个"发乎于情，止乎于礼"的淑女，心理治疗十分重要。

有学者统计，《红楼梦》中涉及医药卫生方面的知识共计290处，5万多字。其中，医学术语161条，描写病例114个，中医病案13个，方剂45个，中药125种，可见《红楼梦》一书与中医文化关联极深。即使神如仙方的冷香丸，也不是凭空杜撰的虚拟品，它也是以博大精深的中国传统文化作现实依托的。

# 王熙凤的管理之道

我们常说《红楼梦》是一部"百科全书",并不是说它萃所有学科知识于一体,而是具有较强的"现代性"。所谓现代性,是指对现代社会生活的一种切入能力。比如《红楼梦》与时尚之学——管理学。

"金紫万千谁治国,裙钗一二可齐家。"谈《红楼梦》中的管理之道,当然要从荣国府的当家人王熙凤说起。

在整个贾府中,王熙凤是权力交织的核心,也是核心权力的执行者。偌大一个家族,各色人等,良莠不齐,管理是关乎生存破败的首要问题。

在协理秦可卿丧事(第十三—十四回)时,王熙凤杀伐决断、纵横捭阖的管理才能得到最大程度的展示:

首先,王熙凤对宁国府做了一次家族弊病诊断:"头一件是人口混杂,遗失东西;第二件,事无专执,临期推诿;第三件,需用过费,滥支冒领;第四件,任无大小,苦乐不均;第五件,家人豪纵,有脸者不服钤束,无脸者不能上进。"

针对这"五大弊病",王熙凤一上任就发表了一番措辞严厉的就职演说:"既托了我,我就说不得要讨你们嫌了。我可比不得你们奶奶好性儿,由着你们去。再不要说你们'这府里原是这样'的话,如今可要依着我行,错我半点儿,管不得谁是有脸的,谁是没脸的,一例现清白处治。"

根据这一理家思路,王熙凤制订规则、按岗定编、强化监管,宁国府立刻除旧布新,家族管理走上正轨。可见王熙凤能胜任荣国府当家人一职,是有着过人之处的。

王熙凤的过人之处,即她对管理理念的精准把握,而这种理念主要集中于对"人"的把控。现代人力资源管理主要关注四个方面——选人、育人、用人、留人,那么王熙凤在这四个方面是如何实施的呢?

第一,选人。

俗话说:"一个好汉三个帮。"再有本事的人,也需要左膀右臂。一个团队的发展,更是群体力量推动的结果。所以王熙凤时时在意"招兵买马",以选"良将"。比如小红,虽是管家林之孝之女,在怡红院却常受晴雯之辈排挤,很不得志。某天在大观园偶遇王熙凤,被王熙凤临时抓差传话给平儿,小红凭借敏捷的思维和出众的口才,赢得了王熙凤的赏识,从而被招致麾下。

在人力资源管理中,选人是第一步,只有选好了人、选对了人,才可能有进一步的发展。

第二,育人。

育人,是为"用人"做准备。如何"育"?当然是根据自己的需要。比如王熙凤协理宁国府时对众人说:"素日跟我的人,随身自有钟表,不论大小事,我是皆有一定的时辰。横竖你们上房里也有时辰钟。卯正二刻我来点卯,巳正吃早饭,凡有领牌回事的,只在午初刻。戌初烧过黄昏纸,我亲到各处查一遍,回来上夜的交明钥匙。第二日仍是卯正二刻过来。"由此可知,王熙凤"育人"根据的是自己做事的习惯,这样主仆之间不仅配合默契,自己的管理也更加方便和顺利。

第三,用人。

用人是人力资源管理的核心。无论是选人还是育人,都是为"用人"服务的。在《红楼梦》中,王熙凤用人的例子举不胜举。例如第六十八回既要除去尤二姐又要表面和善,王熙凤便派一个叫善姐的丫鬟去服侍。雪芹善谑,善姐不善,而是尖酸刻薄、蛮横粗暴。没过多久,尤二姐便在善姐的虐待与秋桐的欺侮中吞金而亡。

第四,留人。

留人是人力资源的最后一步,也是为进一步"用人"而使用的手段。从某一方面来说,能不能留住人,要看管理者的手腕、方式和方法。王熙凤留人，主要在情感与名利上下功夫，比如笼络其得力心腹平儿。平儿是王熙凤的陪嫁丫鬟，从小便伺候她，在贾府算知根知底的人了。所以王熙凤下放给平儿许多大权，如处理家政、掌管私人财务，甚至准许平儿嫁给自己的丈夫贾琏作妾，可见她对人才的重视不惜血本。

曹雪芹是清代人，当然没有"人力资源管理"的概念，但从他对王熙凤这一人物形象的塑造上，我们颇可领略到一个具有深谋远虑的人力资源管理师的风采。

## 妙玉与茶

《红楼梦》一书虽在家庭琐事、儿女闲情等方面用力,但也就胜在这些世态人情充满了浓郁的人间烟火气。开门七件事——"柴米油盐酱醋茶",尤其是茶及茶文化——在《红楼梦》铺陈的文本故事中,是不可或缺的重要组成部分。

"柴米油盐酱醋茶"源于一首古诗——"书画琴棋诗酒花,当年件件不离它。而今七事都更变,柴米油盐酱醋茶。"对于普通生活来说,茶是一种解渴的饮品;对于风雅生活而言,茶是一种精致的消遣。古人造字具有大智慧,"茶"字从结构与字形上看,是"人在草木间"。真正会品茶的人,对这句话体会尤深。

若问《红楼梦》中谁最懂茶、最会品茶,相信栊翠庵的妙玉是大多数人心中的不二之选,即如第四十一回"茶品梅花雪"中那番茶艺之赏。但我以为,妙玉其实介于懂与不懂之间。

比如煮茶用水。"茶圣"陆羽在《茶经》第五章"茶之煮"中将所用之水分为三等:上等水为山泉水;次之江湖水;最差为井水。陆羽认为茶是吸收天地精气的活物,所以泡茶之水也应该是"活"的,而山泉是水中活性最高的。妙玉所用之水,如其自述:"五年前我在玄墓蟠香寺住着,收的梅花上的雪,共得了那一鬼脸青的花瓮一瓮,总舍不得吃,埋在地下,今年夏天才开了。"烹雪煮茶,向为古人风雅。唐代陆龟蒙有诗"闲来松间坐,看煮松上雪",白居易亦有"冷吟霜毛句,闲尝雪水茶"的生动描述,南宋陆游也借"雪液清甘涨井泉,自携茶灶就烹煎"表达了对雪水煎茶的喜爱,《本草纲目》也说腊雪有清热解毒、舒筋活血等功效。可见,妙玉懂茶。

比如饮茶器具。陆羽在《茶经》第二章和第九章分别写了"茶之具"和"茶之略"：前者讲制茶、泡茶过程中需要的设备与器皿；后者谈当喝茶到了一定的境界之后，高贵的器皿以及繁复的程序都可以省略了，人在草木间能真切感受到生命的本真与自然的美好。而妙玉饮茶太讲究了，高贵得令人窒息。成窑五彩小盖钟、绿玉斗、瓟斝、点犀䀉、九曲十环一百二十节蟠虬整雕竹根大盉……各种饮茶奇珍掩盖了茶的色香味，远离了草木，也远离了人，遑论品茶悟道的至高境界。在我看来，宝黛钗三人在妙玉房中喝梯己茶，更像是一场由妙玉组织的民间专家鉴宝会。

茶道讲究四个字：和、敬、清、寂。

和，指人与人、人与自然的和谐，更重要的是内心的和谐。妙玉内心和谐吗？出身仕宦之家，却遁入空门，未必愿意，但又无可奈何。自称"槛外人"，却处处留心槛内事。内心不谐可窥一斑。

敬，就是平等，源于禅宗"心佛平等"。妙玉饮茶品茶，又是佛门中人，当然知晓"心佛平等"，但她连用了她茶杯的刘姥姥都容不下——"幸而那杯子是我没吃过的，若是我吃过的，我就砸碎了也不能给他"，遑论平等之心。而在自己房中，她又将自己饮茶用的绿玉斗让同为凡夫俗子的宝玉用，所谓"众生平等"在她心中不过就是一句佛语而已。

清，原本是指茶之清淡，化为茶道，就是"光而不耀"。人格的闪烁来自于内心的光泽，这种光芒由内而外，可以明亮、温暖，但不会刺眼。但妙玉的光泽，做作过甚，她用世俗的富贵来包裹一颗所谓的佛心，却容不下一份天然的清和。

寂，是一个人内心的空灵。它是指一个人的内心像万里无云的蓝天，看似什么都没有，却能容下世间万物。妙玉内心并不空灵，因为她内心的燥热已将寂静驱于佛门之外了。

明代张源《茶录》说："其旨归于色香味，其道归于精燥洁。"茶有道，这种道指向人们内心的一种典雅、高洁、敬畏、平和。而相较用语婉讽的

"欲洁何曾洁，云空未必空"（第五回）之判词，妙玉与茶道要义无疑是背离的。

所以说，妙玉懂茶，又不懂茶。

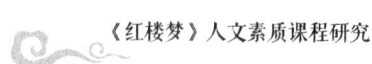

## 贾宝玉形象的现实意义

如果问《红楼梦》中你最喜欢谁,相信大部分读者都会中意那些明眸皓齿、惊才绝艳的脂粉钗裙。而贵为元妃胞弟、诸艳之贯的一号男主角贾宝玉,却寡有问津。萝卜白菜,各有所爱。无可厚非。世人不喜欢贾宝玉的原因可能有这样几点:第一,身为男孩子,却一副女儿之态,没有半点的"刚性";第二,游手好闲,不思进取,作为家族的嫡系子孙,对于家族的发展没有半点担当;第三,衣来伸手,饭来张口,几乎百无一用。

但就是这样一个"百无一用"之人,却得曹雪芹笔酣墨饱、重彩渲染,从而成为世界小说之林中一个熠熠生辉的艺术形象。这必然有其塑造的独特价值。

其实在我心里,贾宝玉的容貌并没有太多的"女性色彩"。小说第三回贾宝玉正式出场,曹雪芹给了他一个漂亮的亮相——"面若中秋之月,色如春晓之花,鬓若刀裁,眉如墨画,面如桃瓣,目若秋波",这样的描写完全是中国水墨画式的大写意,用诗化的语言来刻画人物的外表。诗的最大的特点就是灵秀,诗化的语言给人一种脂粉气和隽秀气,这最容易给读者造成"误读"。但我们仔细浏览这份"大写意",灵秀之中是蕴蓄着一缕阳刚的——"鬓若刀裁,眉如墨画"八个字洋溢着一股世家子弟特有的威仪气度、俊朗风神。《红楼梦》用诗化的语言刻画人物形貌是非常普遍的,林黛玉、王熙凤等莫不如是,故此脂砚斋说:"余所谓此书之妙,皆从诗词句中翻出者。"(第二十五回)这种诗性意境的妙处就是给读者一个更广阔的想象描绘的空间。这也是为什么每个人的心中都有一个自己的林妹妹的原因。

话说回来,贾宝玉的身上确实存在诸多缺点,如上列的第二、第三条,读者判他"百无一用"也似乎有些道理。但"无用之用是为大用"的哲学反思，或是曹雪芹塑造这个人物最大的意义。我们说过，《红楼梦》有一种渗透古今的"现代性"，那么就当前而言，贾宝玉的现实意义何在呢？

贾宝玉虽然生活懒散，却处处唯爱是尊；虽然不思进取，却时时以情为本。他的这种生活方式和生活态度不仅是我们所稀缺的，更是现代社会所稀缺的。当我们处处与人针锋相对而在名利场中拼得你死我活的时候，人与人之间的爱所剩几何？当我们过分地透支自然资源来满足自己的欲望的时候，我们心中的情又在何处？当我们被世俗世故紧紧裹挟而与人争得鼻青脸肿的时候，贾宝玉以一种灿烂的天真对待复杂的人际关系——"万花丛中过，片叶不沾身"。这种善待心灵、善待他人的方式对我们来说，那么远又这么近。

塑造贾宝玉的现实意义，不是要我们去学习他的所作所为，而是让我们的思想不被蒙尘，眸子保持清亮；让我们去学会发现，发现心灵，发现世界，发现世间。当我们无限制地张扬自己的时候，也去发现他人的种种美好，让别人的光辉闪耀自己，让自己的光芒映射他人。

毋庸置疑，在贾宝玉——这个被称为"无事忙"的富贵闲人——的身上有着一派"古今气象"。他博学、文雅、多才、睿智、温润，无论是言谈举止，还是行为处事，都有着一股与珍琏等皮肤滥淫辈迥然不同的风范，这种风范无疑得益于中华优秀文化的熏陶与浸润。放眼当下，物质丰盈无以复加，西方文化强势吸纳，人心愈发浮躁，以致于失去了文化精神的内核，弄丢了本源文化的引领，唤醒"文化回归"不仅成为一种社会责任，也成为当今红学研究的主题。贾宝玉（或进一步说《红楼梦》）无疑可作为"文化回归"的标杆。当我们以其作为学习的楷模找回自己文化本源的时候，当古往今来的"精神气脉"在你我心中发散辐射的时候，人人就可达到和谐共处并与天地相融合的境界。

贾宝玉虽然只是"红楼梦中人"，但他却有色彩、有温度地活跃在我们的心中。愿我们每一个人都成为有色彩、有温度的人。

## "真真这个颦丫头的一张嘴"

周汝昌先生在《红楼夺目红》一书中写有一篇《为了林黛玉的眉和眼》，历数存世诸抄本对黛玉眉眼描写的异文，并得出结论："可见才大如雪芹，竟也为了黛玉的眉眼而大费心思。"那么黛玉表情达意的嘴呢？小说借众人之口予以了评价：薛宝钗说她"真真这个颦丫头的一张嘴，叫人恨又不是，喜欢又不是"（第八回），同回李嬷嬷说她"真真这林姐儿，说出一句话来，比刀子还尖"，小红说她"林姑娘嘴里又爱刻薄人"（第二十七回）……"张口似尖刀，话语似利剑"——这也是历代读者对黛玉牙尖嘴利的一致印象。

黛玉的嘴的确尖酸刻薄，不受人待见。自她懂得男女之事后，她的神经始终紧绷着，因为她时时处处都要观察哪位女孩子在接近贾宝玉。一旦发现，她就会在必要的场合将"话语"转换成"暗器"，然后弹射出去。有趣的是，她射击"敌人"的方式很独特，往往要将"暗器"穿过贾宝玉的身体，然后再去袭击"敌人"。所以本来是对付"敌人"的战役，往往最后演化成她和宝玉的"内战"。薛宝钗、史湘云等都曾受到黛玉言语的"款待"。

但我却以为黛玉出身大家，有教养，会说话，尖酸刻薄只是她性格的一方面。红楼人物之所以能永世鲜活，就在于《红楼梦》一书禁得住品咂琢磨，并常读常新。比如小说开篇，作者就为我们描绘了一个吐属文雅、善识大体的黛玉形象。

第三回黛玉初进贾府，见了众位夫人小姐之后，便去拜见两位舅舅，因为两位舅舅"公务缠身"而没有见到，黛玉便到了二舅母王夫人的卧室。娘俩唠嗑时，王夫人嘱咐了黛玉一件事："你三个姊妹倒都极好，以后一处念书认字学针线，或是偶一顽笑，都有尽让的。但我不放心的最是一件：我有一个孽根祸胎,是家里的'混世魔王',今日因庙里还愿去了,尚未回来,晚间你看见便知了。你只以后不要睬他,你这些姊妹都不敢沾惹他的""他嘴里一时甜言蜜语,一时有天无日,一时又疯疯傻傻,只休信他"。

从王夫人的言辞来判断,贾宝玉的性情委实属于"精神分裂"。面对这样一位被称为"孽根祸胎"的表哥,这样一个棘手而且又不得不回答的问题,黛玉是如何回应王夫人的嘱托的呢?此时就显示出黛玉察言观色的高情商来。她是这样回答的:"在家时亦曾听见母亲常说,这位哥哥比我大一岁,小名就唤宝玉,虽极憨顽,说在姊妹情中极好的。"这句回复平平淡淡,并无出彩之处,仔细分析,却极为圆滑!因为这句话既未否定王夫人对宝玉的"判定"——"家里的'混世魔王'",又赞扬了这个未曾谋面的表哥。黛玉知道,王夫人特意将这件事嘱咐给她,说明很在意这个儿子,既如此,就不能随意贬低这个表哥;况且自己也没有见过,品性、修养一概不知,也就不能轻易下结论。此外,舅母是长辈,对长辈的话,晚辈是不能随便否定的,否定是大不敬。于是黛玉就顺着王夫人的意思,三言两语淡淡叙出,对王夫人所谓"一时甜言蜜语,一时有天无日,一时又疯疯傻傻"也仅以"虽极憨顽"轻描淡写一笔而过。"说在姊妹情中极好的"一句,则显示出黛玉的机智聪颖。因为在《红楼梦》时代"天、地、君、亲、师"的伦理秩序中,"亲"排在了"君"的后面,可见其重要性。而"亲"的含义,从日常表现上来说就是孝顺父母和关爱兄弟姊妹。这是礼法,更是判断一个人有无"道德"的标准。林黛玉说宝玉对姊妹们好,就是夸他重"礼"、重"德",是一位能孝敬父母、疼爱兄弟姊妹的谦谦君子。

这样的一个小例子,确如宝钗所说"真真这个颦丫头的一张嘴,叫人恨又不是,喜欢又不是",也足见《红楼梦》的文字有着言简义丰、尺幅千里的艺术魅力。须知黛玉性格之所以有尖酸刻薄的一面,随着红楼故事的渐次展开,更多的是一种青春的觉醒和美好爱情降临时的常有之态,是对宝玉的爱和不能酬劳这份爱的呼应与抗争。对此,我们不应苛责她。

# "葬花吟"名称演变略说

"花谢花飞花满天，红消香断有谁怜？游丝软系飘春榭，落絮轻沾扑绣帘。……"读过《红楼梦》的人都知道，这是小说第二十七回黛玉葬花时所吟诵的一首生命的挽歌。但曹雪芹并未给这首长诗定下题目，以致"葬花吟""葬花词""葬花辞"等题名蜂起。

笔者通过中国知网对以上三个题目进行了统计（1985.7—2020.7），其中采用"葬花词"的文章16篇，采用"葬花辞"者43篇，采用"葬花吟"者180篇。三者相较，可见"葬花吟"一名认可程度之高。这应缘于脂砚斋等早期评家的批语，如"《葬花吟》是大观园诸艳之归源小引""不至埋香冢，如何写《葬花吟》？""余读《葬花吟》凡三阅""《葬花吟》又系诸艳一偈也"（第二十七回），"一大篇《葬花吟》却如此收拾"（第二十八回）等十余处，反复皴染，令人印象深刻。

"葬花词"虽采用不多，却也有所本。此即著名的咏红诗——与雪芹同时的富察明义《题红楼梦》绝句二十首之十八："伤心一首葬花词，似谶成真自不知。安得返魂香一缕，起卿沉痼续红丝？"

与"葬花词"一字之差的"葬花辞"则应是今人的写法。1975年临沂师专中文系所编《红楼梦注释》一书写为"葬花辞"；该书1977年重订，目录改为"葬花词"，正文仍为"葬花辞"。1981年毛德彪、朱俊亭所编《红楼梦注解》采用"葬花辞"，2005年林冠夫著《红楼诗话》、2010年刘耕路著《红楼诗梦》等继之。

由冯其庸、李希凡领衔主编的《红楼梦大辞典》（增订本）则对以上三个题目兼收并包。此外，这首长诗的题目还被写为"哭花词"。从现存资料来看，该题目首见于道光年间评点家王希廉，其第二十七回回末评云：

"黛玉《哭花词》极叹红颜薄命,是黛玉一生因果。"翻译家李健吾即写过一篇名为《曹雪芹的〈哭花词〉》的文章。

那么,在以上几个题目之中,哪一个更契合诗情文意呢?窃以为还是认可程度较高的"葬花吟"。原因如次:

第一,"吟"是古代诗歌体裁的一种。南宋姜夔《白石诗话》曰:"悲如蛩螀曰吟,通乎俚俗曰谣,委曲尽情曰曲。""悲如蛩螀"点出吟这种文体的特征即多以哀伤悲痛为感情基调。反复阅读黛玉的这首诗,可谓是"字字看来皆血泪,声声哀音诉衷肠"。扫花敛花,哭花悼花,不仅表现了黛玉多愁善感的性格,而且也是黛玉身世之慨与悲剧结局的预示。其悲如此,乃至戚序本回末诗说:"心事将谁告,花飞动我悲。埋香吟哭后,日日敛双眉。"

第二,曹雪芹在《红楼梦》中描绘了众多赏心悦目的经典场景,除黛玉葬花外,其他如宝钗扑蝶、李纨课子、湘云眠芍、宝玉乞梅、香菱学诗、晴雯撕扇……每一帧画面都堪称"行为艺术"。诗词创作追求的境界是"意与境浑",而词、辞两种体裁太务实了,唯有吟方能体现动与静的结合、虚与实的相生,并渲染黛玉葬花的美学意蕴。

第三,在借以表现黛玉才情与遭际的诗篇中,雪芹似乎特别钟情吟这一诗歌体裁。除《葬花吟》外,还有第六十四回的《五美吟》和佚稿中的《十独吟》等。另外第二十七、二十八回甲戌本各有两条批语:"余读《葬花吟》至再至三四,其凄楚感慨,令人身世两忘,举笔再四不能加批。有客曰:'先生身非宝玉,何能下笔?即字字双圈,批词通仙,料难遂颦儿之意。俟看过玉兄之后文再批。'""昨阻余批《葬花吟》之客,嫡是玉兄之化身无疑。""玉兄"是谁?大多数人认为是作者。果是如此,"葬花吟"显然得到了曹雪芹的默认与首肯。因为脂砚斋等早期批家与曹家关系密切,是深知雪芹拟书底里的。

## 黛玉之哭多重描写略析

在《红楼梦》开篇，曹雪芹以其高才巨手敷演了两段神话——"补天"和"还泪"，尤其是后者也即人所罕闻的"木石前盟"，故而绛珠草降生为林黛玉后，为报贾宝玉的前世即神瑛侍者的甘露之惠，"但把我一生所有的眼泪还他"。从出场，到退场，黛玉一生，泪眼相伴。然而正如周书文先生在《"霁月光风耀玉堂"——史湘云性格塑造的特点》一文中所说："一切成功的文学形象都似佛斯特所说的'圆形人物'。他们的性格都不是平面的，仅靠'一个角度'刻画来完成的。没有多视角的艺术刻画，就难以塑造出丰满深邃、有血有肉的艺术形象。"所以曹雪芹调动各种艺术手段，对前八十回中黛玉的哭泣之状如"哭个不住""独在房中垂泪""掩面自泣""早又把眼睛圈儿红了""哭哭啼啼""汪汪的滚下泪来"等，无不描摹得尽态极妍。

第一，轻描淡写，一笔带过。

如第二十三回宝黛共读《西厢记》后，黛玉在回房途中经过梨香院墙角，听到墙内小戏班在演习《牡丹亭》，小说写道："又侧耳时，只听唱道：'则为你如花美眷，似水流年……'林黛玉听了这两句，不觉心动神摇。又听道'你在幽闺自怜'等句，亦发如醉如痴……又兼方才所见《西厢记》中'花落水流红，闲愁万种'之句，都一时想起来，凑聚在一处。仔细忖度，不觉心痛神痴，眼中落泪……"由小说文字不难看出，雪芹所设计的"情剧双璧"即《西厢记》与《牡丹亭》同时出现，是在启迪、催化黛玉青春的觉醒，因而这番听曲，眼泪并不重要，重要的是生命的感悟与爱情的萌蘖。

第二，暗线勾勒，侧面而出。

所谓"暗线勾勒,侧面而出",即不直接描写黛玉之哭,而是借助外人所闻所见来转述黛玉的哭诉之由,也就是我们常说的侧面描写。这种叙事技巧的好处是既省却正面描写的笔墨,侧面道出也更加真实可信。比如第二十七回:"紫鹃雪雁素日知道林黛玉的情性:无事闷坐,不是愁眉,便是长叹,且好端端的不知为了什么,常常的便自泪道不干的。"借助黛玉丫鬟所见所想,可知平日里黛玉就是"泪光点点"的,这在紫鹃、雪雁等人来看已是常态。故此处甲戌本有批:"补潇湘馆常文也。"这也当真合乎绛珠仙子还泪而来、泪尽夭亡的临凡使命。

第三,聚焦特写,着力渲染。

在中国古典小说批评中,有"加倍写"的称谓,用今天的话来说就是"特写"。这在对黛玉之哭的描绘中也有出现。如第三十四回宝玉挨打后黛玉晚间来看他:"忽又觉有人推他,恍恍惚惚听得有人悲戚之声。宝玉从梦中惊醒,睁眼一看,不是别人,却是林黛玉。宝玉犹恐是梦,忙又将身子欠起来,向脸上细细一认,只见两个眼睛肿的桃儿一般,满面泪光,不是黛玉,却是那个?"以"悲戚之声""满面泪光"描写哭泣很是庸常,但雪芹给了黛玉一个特写镜头——"两个眼睛肿的桃儿一般",言简而义丰。这表明黛玉因担心宝玉而痛哭时间之长,因爱怜宝玉而痛哭程度之深,以至眼枯形瘦、痴情而伤。宝黛两情相悦于此可窥。

第四,推波助澜,如线串珠。

自第三回"洒泪拜别"父亲,到第七十六回中秋夜"俯栏垂泪",黛玉之哭不仅展示了人物性格,更有推动情节发展的作用。比如第二十六回因宝玉的一句玩笑——"好丫头,'若共你多情小姐同鸳帐,怎舍得叠被铺床?'",黛玉觉得是宝玉取笑她,"便哭"了。宝玉尚未来得及解释就因"老爷叫"被袭人催走,此时的"哭"就成了一个引子。黛玉因担心宝玉而晚间去看,哪料吃了丫鬟们的闭门羹,便"悲悲戚戚呜咽起来"。第二天芒种节祭饯花神,黛玉只身到花冢葬花,"山坡那边有呜咽之声,一行数落着,哭的好不伤感"(第二十七回)。结果被找她的宝玉撞见,接着就是二人在"不觉滴下泪来"中宝玉说出那番"既有今日，何必当初"的肺腑之言。这一连串的故事情节都没有离开"哭"，冲突在泪水中发展，感情在哭声中跌宕。这一"哭"引出了多少故事来！

黛玉秉希世之俊美，其哭泣亦百态千姿。然而状态的描绘并不能塑造出立体鲜活的人物来，还需将状态提炼成具体可感的"行为艺术"。曹雪芹是深谙个中道理的。

# "二玉""二宝"文化内涵解析

毋庸置疑，宝黛钗是《红楼梦》中的主要人物，一如护花主人王希廉在《红楼梦总评》中所说："《红楼梦》虽是说贾府盛衰情事，其实专为宝玉、黛玉、宝钗三人而作。"而宝玉、黛玉各自名字中都含一个"玉"字，故红学研究中常以"二玉"称呼二人；宝玉、宝钗各自名字中共有一个"宝"字，于是"二宝"就成为脂砚斋口中的合称。曹雪芹最擅长在人物命名上埋伏笔、设悬疑，那么"玉""宝"二字与宝黛钗又有什么样的文化关联呢？

## 一、"玉"自天然，"宝"则人为

玉，沐日月辉光，受万物照拂，源于天地，成于自然。而宝乃后天雕琢，因时、因事、因人而定，即如那块补天弃石被僧道变成扇坠大小，"须得再镌上数字，使人一见便知是奇物"（第一回）。那么，"天然"与"人为"是如何在宝黛钗间体现的呢？宝玉、黛玉之间的纠葛早在灵河岸边三生石畔就结下了，到人间无非就是践行前世仙缘——"木石同盟"，"二玉"是天然的存在。而宝玉、宝钗结合虽目为"金玉良姻"，却如太平闲人张新之所言："钗玉之婚乃薛姨母自献也。用一没来历人工制造之金锁，而借为和尚之言说等有玉的方可结婚，夫衔玉而生，事出至奇，岂能更有其二？"（第八回）可见，"二宝"是人为的撮合。

## 二、"玉"立前世,"宝"在今生

小说第三回宝黛初见时,宝玉"笑道:'这个妹妹我曾见过的。'""黛玉一见,便吃一大惊,心下想道:'好生奇怪,倒像在那里见过一般,何等眼熟到如此!'"——这缘于二人各自的前身即神瑛侍者对绛珠仙草的甘露之惠。"他既下世为人,我也去下世为人,但把我一生所有的眼泪还他,也偿还得过他了"(第一回),黛玉泪尽而亡之时,就是两人分离之日,这是天命所归,非人力所能为。所以"二玉"立于前世,有缘无分。"二宝"则行走于柴米油盐的今生,在"金玉良姻"的世俗约定中磕磕碰碰。

## 三、"玉"本至情,"宝"乃至理

警幻情榜上宝玉的判词为"情不情",其情为情于一切之大情;黛玉的判词为"情情",其情为终始如一的专情——这对唯情是本、唯情是尊的小儿女堪称至情典范。更难得的是,"你既为我之知己,自然我亦可为你的知己"(第三十二回)。所以"二玉"因情而生,缘情而亡。以"至理"一词或可比拟"二宝"绾合姻缘,因为他们不是为情,而是为"理"——宗祧的承继、家族的利益、权势的结盟。这里的"理",是儒家推崇的"天理",是世人严格遵守的"三纲五常"。

## 四、"玉"存理想,"宝"是现实

宝玉幻想着有一天能"赤条条来去无牵挂"(第二十二回),黛玉则"愿奴胁下生双翼,随花飞到天尽头"(第二十七回),他们在令人窒息的环境中追寻诗意的理想,于是诗词成了他们表情达意的生命。和"二玉"不同,将"二宝"捆绑到一起,他们只能定格于现实。宝钗在宝玉耳边响起的永远都是仕途经济、为官作宰,即使诗酒风流偶有佳句,也是"好风凭借力,送我上青云"(第七十回)的雄才抱负。

五、"玉"为爱情,"宝"系婚姻

在《红楼梦》中,爱情是最圣洁的,它容不得半点尘世的污秽。而在中国传统文化中,爱情最好的归宿就是婚姻,就是"有情的都成了眷属"。"二玉"虽然演绎了一段没有婚姻的爱情,但却营造了一场唯美迷离的梦幻;"二宝"虽然缔结了一段没有爱情的婚姻,却也构建了一份合乎现实的嫁娶。

## 从凤姐理丧看领导职能

"我们奶奶天天承应了老太太,又要承应这边太太那边太太。这些妯娌姊妹,上下几百男女,天天起来,都等他的话。一日少说,大事也有一二十件,小事还有三五十件。外头的从娘娘算起,以及王公侯伯家多少人情客礼,家里又有这些亲友的调度。银子上千钱上万,一日都从他一个手一个心一个口里调度。"《红楼梦》第六十八回丫鬟善姐说尤二姐的这番话,用意虽不善,却也是实情。作为荣国府的当家人,王熙凤以女流之辈将偌大一个国公府打理得井井有条,确实有着胜人之处。秦可卿去世,宝玉力荐她协理宁国府可谓识人有方,而凤姐在理丧期间表现出来的渊图远算也委实令人折服。秦氏的风光大葬证明了凤姐的才干优长,若从管理学的角度着眼,凤姐理丧的圆满则缘于她运用领导职能的成功。

领导是指在一定的社会组织或群体内,为实现组织预定目标,运用其法定权利和自身影响力影响被领导者的行为,并将其导向组织目标的过程。可见,领导贯穿于活动的全过程,而领导职能的运用就成了目标能否实现的关键。领导职能主要包括组织、指挥、监督、协调、激励等,那么凤姐理丧时是如何有效运用这些职能的呢?

面对宁国府人多手杂一团乱麻的局面,小说第十四回,王熙凤走马上任第一步就是设立组织机构,定岗分工:

这二十个分作两班,一班十个,每日在里头单管人客来往倒茶,别的事不用他们管。这二十个也分作两班,每日单管本家亲戚茶饭,别的事也不用他们管。这四十个人也分作两班,单在灵前上香添油,挂幔守灵,供饭供茶,随起举哀,别的事也不与他们相干……这下剩的按着房屋分开,某人守某处……

经过一番大力整饬，下人们各司其职，各负其责，混乱不堪的宁国府立刻有了改观。这凸显出王熙凤作为领导者的组织才能。此外，王熙凤在组织任命过程中曾说：

既托了我，我就说不得要讨你们嫌了。我可比不得你们奶奶好性儿，由着你们去。再不要说你们"这府里原是这样"的话，如今可要依着我行，错我半点儿，管不得谁是有脸的，谁是没脸的，一例现清白处治。

这体现出她铁腕式管理的一个特点——决策安排，听我一人。有宁府仆人说"论理，我们里面也须得他来整治整治，都忒不像了"，可见，即使王熙凤独断专行，但面对她的指派和调度，人们从心里也是服膺的。有这样一位上下信任的领导指挥万马千军，何愁不打胜仗？

在领导职能中，监督职能的作用是反馈信息，以便及时修正工作中的偏移和差错。而王熙凤把控最好的就是监督职能。她除了自己统领大局外，还增派管家协同巡查：

来升家的每日揽总查看，或有偷懒的，赌钱吃酒的，打架拌嘴的，立刻来回我。你有徇情，经我查出，三四辈子的老脸就顾不成了。

正是因为层层监管，督察得力，理丧期间诸人循规蹈矩，诸事有条不紊，保证了贾府丧礼的荣耀奢华。

在理丧过程中，王熙凤还非常重视领导的协调职能：

素日跟我的人，随身自有钟表，不论大小事，我是皆有一定的时辰。横竖你们上房里也有时辰钟。卯正二刻我来点卯，巳正吃早饭，凡有领牌回事的,只在午初刻。戌初烧过黄昏纸,我亲到各处查一遍,回来上夜的交明钥匙。第二日仍是卯正二刻过来。

可以看出,王熙凤是以自己的作息来规范协调各项事务的,这也符合她独断专行的做事风格。

王熙凤虽然独断专行,但也格外注重恩赏有加。比如协理之初她在一番训话之后也提道:"说不得咱们大家辛苦这几日罢,事完了,你们家大爷自然赏你们。"作为领导者,王熙凤当然谙熟激励奖惩。

作为古人,王熙凤(或者说曹雪芹)自然没有"领导职能"这样的概念术语,但《红楼梦》一书所体现出来的超强的"现代性",却能让我们从王熙凤的身上领略现代管理者的风采。

## 析"腌臜"

"腌臜"一词在《红楼梦》中多见，如第九回贾政训上学去的贾宝玉"看仔细站腌臜了我这个地，靠腌臜了我这个门"（程高本）、第二十九回清虚观打醮时张道士说"外面的人多，气味难闻，况是个暑热的天，哥儿受不惯，倘或哥儿受了腌臜气味，倒值多了"等。由文本语境看，"腌臜"一词显然不受待见，其意为肮脏、不干净。雪芹著书向是言简义丰的，就如"腌臜"一词在第二十五回的运用。僧道二人在人间的形象，僧人是"破衲芒鞋无住迹，腌臜更有满头疮"，道人是"一足高来一足低，浑身带水又拖泥"，须知他们在仙界可是"骨格不凡，丰神迥异"（第一回）的，那副腌臜的俗世模样确乎不雅。但这种"腌臜"，大智若愚，因为僧道二人主宰着红楼儿女的命运走向。可见，"腌臜"一词有着非同寻常的哲学意义。

《红楼梦》是一部聚合了众多文化基因的书，"腌臜"所蕴含的哲学反思，除第二十五回一例外，在其他章回也得到了精洽展示。

第一回甄士隐怀抱女儿英莲到街上看热闹，正要回返宅第，便看到一僧一道谈笑而至，"看见士隐抱着英莲，那僧便大哭起来，又向士隐道：'施主，你把这有命无运、累及爹娘之物，抱在怀内作甚？'士隐听了，知是疯话，也不去睬他"。不睬有不睬的原因，因为僧人"癞头跣脚"，道人"跛足蓬头"，再加之二人"疯疯癫癫"，怪不得甄士隐。但在僧人念出四句言词并道人提及"北邙山""太虚幻境"等话后，"士隐心中此时自忖：这两个人必有来历，该试一问，如今悔却晚也"。就在这不睬与欲睬的一念之间，甄士隐不仅未看出僧道腌臜装扮的味外之旨——"畸人者，畸于人而侔于天"（《庄子·大宗师》），而且也未体会出二人不经之谈中所蕴含的禅机，此时处于天伦之乐中的他尚不知"瞬息间则又乐极悲生，人非物换"(第一回)。

第二回坐馆林家的贾雨村寻幽郭外至智通寺,寺里"有一副旧破的对联,曰:身后有余忘缩手,眼前无路想回头。"贾雨村因初入官场不懂潜规则而被劾褫官,这副对联令他心有所动——"其中想必有个翻过筋斗来的亦未可知,何不进去试试","看时只有一个龙钟老僧在那里煮粥。雨村见了,便不在意。及至问他两句话,那老僧既聋且昏,齿落舌钝,所答非所问。雨村不耐烦,便仍出来"。从后文"听得都中奏准起复旧员"(第三回)而央求林如海烦劳贾政举荐可知,一时的官场失意并未击倒贾雨村,这反倒更加激发了他拼杀宦海的决心,他进智通寺的目的显然是想得到一条显身扬名的官场哲学。而那位腌臜老僧和那副旧破对联,其实是在警示贾雨村要止步官场,然而"毕竟雨村还是俗眼"(甲戌本眉批),最终落了个"因嫌纱帽小,致使锁枷扛"(第一回)的下场。

《红楼梦曲》中唱妙玉的〔世难容〕有这样一句:"可叹这,青灯古殿人将老;辜负了,红粉朱楼春色阑。到头来,依旧是风尘肮脏违心愿。"(第五回)对"风尘肮脏"中的"肮脏"作何解,学界诸说并存:"不屈不阿"说、"龌龊不洁"说、"不屈不阿"和"龌龊不洁"并存说、"糟踏"说。笔者倾向于"龌龊不洁"说,也即腌臜、不干净。试想妙玉自称槛外人,槛内一切不入其眼,如第四十一回宝玉称她"金玉珠宝一律贬为俗器",同回宝玉要让仆人打水拖地而她却说"抬了水只搁到山门外头墙根下,别进门来",只视栊翠庵为佛门净地而俗世凡尘为不洁之所,在贾府被抄之际,她踏出栊翠庵的那一刻,当然就是"风尘肮脏违心愿"了。这是曹雪芹设立的一对矛盾——看不起腌臜(或说"肮脏")的人,是领悟不到"腌臜"所赋予的哲学反思的。妙玉结局给予我们的启示是:预达清净,必要从腌臜中来。

综上,《红楼梦》一书所传递的"腌臜"哲理,其旨在对生命的点悟与欲望沉沦的唤醒,试图让迷失在扰攘红尘中的芸芸众生有所勘破并抽身退步。

# 红楼说"死"

当我们心绪迷惘或愁情难遣的时候，总会生发感慨：我们生从何来，死往何去？生命到底是从时间的长河之中借来的一段光阴，还是自然赋予万物的一段感知？这种终极追问，无时无刻不在困扰着我们。在主流文化中，是避讳谈死的，因为不吉利。但《红楼梦》不。旧红学评点派三大家之一的姚燮在《读红楼梦纲领》中说：

王雪香总评云：一部书中，凡寿终夭折、暴亡病故、丹戕药误，及自刎被杀、投河跳井、悬梁受逼、吞金服毒、撞阶脱精等事，件件俱有。今查林如海以病死，秦氏以阻经不通水亏火旺犯色欲死，瑞珠以触柱殉秦氏死，冯渊被薛蟠殴打死，张金哥自缢死，守备之子以投河死，秦邦业因秦钟智能事发老病气死，秦钟以劳怯死，金钏以投井死，鲍二家以吊死，贾敬以吞金服沙烧胀死，多浑虫以酒痨死，尤三姐以姻亲不遂携鸳鸯剑自刎死，尤二姐以误服胡君荣药将胎打落后被凤姐凌逼吞金死，鸳鸯之姊害血山崩死，黛玉以忧郁急痛绝粒死，晴雯以被撵气郁害女儿痨死，司棋以撞墙死，潘又安以小刀自刎死，元妃以痰厥死，吴贵媳妇被妖怪吸精死，贾瑞为凤姐梦遗脱精死，石呆子以古扇一案自尽死，当槽儿被薛蟠以碗砸伤脑门死，何三被包勇木棍打死，夏金桂以砒霜自药死，湘云之夫以弱症夭死，迎春被孙家揉搓死，鸳鸯殉贾母自缢死，赵姨被阴司拷打在铁槛寺中死，凤姐以劳弱被冤魂索命死，香菱以产难死，则足以考终命者，其惟贾母一人乎？

可见，《红楼梦》一书在演绎蓬勃生命的同时，"破败死亡相继"（鲁迅语），并形成了独特的死亡美学。

从如上姚燮所总结的《红楼梦》如此之多的死法中，你看到了什么？又领悟到了什么？

在我看来，曹雪芹笔下的"死"，从某种意义上来说，是一种"回归"。就如刘相雨先生在《论贾宝玉出家的文学渊源和深层意蕴》一文中所说，贾宝玉脱去人间形骸而遁迹出家是"一种内在的自觉的行为"。因为如小说开篇所述，贾宝玉的前世为娲皇弃石，"只因西方灵河岸上三生石畔，有绛珠草一株，时有赤瑕宫神瑛侍者，日以甘露灌溉，这绛珠草始得久延岁月"，由此开启"还泪"公案，"因此一事，就勾出多少风流冤家来，陪他们去了结此案"；而当黛玉泪尽夭亡，神瑛侍者与绛珠仙草必然要回归木石之身，随他们下凡历劫的红楼众儿女也要复归天界。所以对于《红楼梦》中的种种死亡，我不曾掉一滴泪，不是无情，而是欣幸，因为我的心中早已有了他们抛却羁绊、重列仙班的定位。清人朱昌鼎有题红诗"青（埂）峰前春不老，绛珠宫里月常圆"即如此意。

曹雪芹笔下的"死"，还让我感受到一股强有力的"新生"。比如走在时代前列的淫奔女尤三姐，比如与表弟大观园幽期密约被发现而毫无愧色的司棋❶，她们勇于冲破封建礼教的束缚，大胆追求属于自己的爱情，虽然最终各以自刎与撞墙的方式香消玉殒，但维护了生命的高贵与人性的尊严。拔剑的一瞬间，撞击的一刹那，体内的不屈奔腾着、怒吼着，从心底积聚成一股喷薄而出的力量，从而形成另一种形式上的进攻。尤其是令尤三姐心心念念的柳湘莲削发明志，让司棋以身相许的潘又安自戕殉情，或可说是一种"圆满"，因为他们的抗争虽然失败了，但并未败给爱情。这，

---

❶ 司棋与潘又安之死，已属后四十回续书，是否符合芹意，本文不作延伸。但如"新红学"开山宗师胡适先生在《红楼梦考证》（改定稿）中所说："补的四十回，虽然比不上前八十回，也确然有不可埋没的好处。他写司棋之死，写鸳鸯之死，写妙玉的遭劫，写凤姐的死，写袭人的嫁，都是很有精采的小品文字。最可注意的是这些人都写作悲剧的下场"，"教黛玉病死，教宝玉出家，作一个大悲剧的结束，打破中国小说的团圆迷信。这一点悲剧的眼光，不能不令人佩服"。可见对后四十回续书，我们应理性看待。且文中所引清人姚燮、诸联等评红文字，也是基于百廿回本而言的。

是一种"新生"。

　　清人诸联《红楼评梦》曰:"人至于死,无不一矣。如可卿之死也使人思,金钏之死也使人惜,晴雯之死也使人惨,尤三姐之死也使人愤,二姐之死也使人恨,司棋之死也使人骇,黛玉之死也使人伤,金桂之死也使人爽,迎春之死也使人恼,贾母之死也使人羡,鸳鸯之死也使人敬,赵姨娘之死也使人快,凤姐之死也使人叹,妙玉之死也使人疑,竟无一同者。"其实在读《红楼梦》时,我们无须去问谁是起始、何为终点,以及生为何、死为何,生命就是一段脚踏实地的行程。生死之间,不悔、不惧、不卑、不亢,生命的价值也就有了。

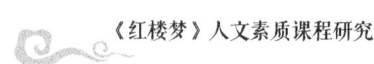

# 刘姥姥：另一种生命美学

贾宝玉有段著名的女性三段论："女孩儿未出嫁，是颗无价之宝珠；出了嫁，不知怎么就变出许多的不好的毛病来，虽是颗珠子，却没有光彩宝色，是颗死珠了；再老了，更变的不是珠子，竟是鱼眼睛了。"（第五十九回）想来读者诸君，对那位充满喜感的乡下阿婆刘姥姥，肯定不把她归入"鱼眼睛"之列。我也是。我一直不认为刘姥姥是大观园里插科打诨的"小丑"，因为任谁也不敢藐视人间的疾苦；我也不愿把刘姥姥看作攀附权贵的世故老妇，因为她唤醒了悲天悯人之心；我更不想把刘姥姥比喻成人人讥笑的"母蝗虫"，因为读书是为了明理、亲民和至善。我钦敬刘姥姥，因为她是贾府的精神救赎，在她身上，洋溢着另一种生命美学。

从二进荣国府酣睡怡红院来看，刘姥姥与贾宝玉可谓因缘不浅。刘姥姥首现于小说第六回——即回目所曰"刘姥姥一进荣国府"，紧紧地接在"贾宝玉初试云雨情"之后。曹雪芹的生花妙笔发人深省。对于锦衣玉食的世家公子来说，他万万不会想到，这个世上还有吃不起饭的人；而对于食不果腹的刘姥姥来说，则没有什么比吃饭糊口更为重要的了。如果说贾宝玉的性体验充满了锦衣少年的万种闲情，那么刘姥姥携板儿赴豪门打秋风就是实实在在的写实主义文学。生活生活，生下来，活下去。去侯门乞食，这滋味不好受，但为了一大家子一冬的嚼谷，刘姥姥是拿得出这份勇气、忍得下这份屈辱的。"果然有些好处，大家都有益；便是没银子来，我也到那公府侯门见一见世面，也不枉我这一生"（第六回），刘姥姥七十余年沧桑人生历练出来的生活哲学闪耀着智慧的光芒。

刘姥姥向贾府的当家人王熙凤求乞告贷后，王熙凤给了她二十两银子和一串钱。对"上上下下都是一双富贵眼睛"（第八回）的贾府来说，这二十两银子根本就不值什么；曹公之笔精妙就精妙在那"一串钱"上——"这钱雇车坐罢"（第六回）。如日中天的贾府接纳了一个来自村野的贫婆子，春风得意的王熙凤则动了恻隐之心，她不忍心这一老一小再光着脚走回去。这是善念，也是善举，所以上天才让她无意间的这份阴德惠及了自己的女儿——"偶因济刘氏，巧得遇恩人"（第五回）。无论读者多么不喜欢后四十回续书，但刘姥姥救巧姐却写得十分精彩。刀架在脖子上，逃跑是本能，但自诩见惯大世面大风浪的贾府太太夫人们除了抱头痛哭就是唉声叹气，眼睁睁地看着巧姐往火坑里跳。这时刘姥姥出现了。"这有什么难的呢，一个人也不叫他们知道，扔崩一走，就完了事了。"（第一一九回）——看了那么多出戏的贾府人，不及听几回鼓儿词的刘姥姥，刘姥姥凭借自己的人生经验在千钧一发间化险为夷，立下大德。贾府抄没，人人避之唯恐不及，唯有八旬高龄的刘姥姥出入这门可罗雀的高宅大院，知恩图报，而知恩图报也是一个人合当坚守的良知与美德。在"一个个不像乌眼鸡似的，恨不得你吃了我，我吃了你！"（第七十五回）的贾府，主仆上下工于心计，失落了骨子里固有的宽厚温良，刘姥姥则以其令人敬服的勇识、果敢和良善，照亮了这个百年望族的暗夜。

言及"知恩图报"，这是刘姥姥最让我敬佩的，朴实而又情深，没有半点的虚伪和扭捏。再如她二进荣国府。地里丰收了，没啥好回报的，新摘的果子、头茬的菜蔬担过来，聊表一份穷心。贾母高兴，便留下刘姥姥，由此上演了一场"老刘老刘，食量大似牛，吃一个老母猪不抬头"（第四十回）的娱乐秀。平日里正襟危坐就像一尊尊雕塑的夫人小姐们，被刘姥姥的一番表演逗得前俯后仰，花枝乱颤。你会觉得每个人都释放出压抑许久的生命力，但真正的生命力在刘姥姥的身上，不在贾府人的身上。贾府人遇到一点小事就活不下去，而刘姥姥却有一种天生的乐观与通达。因为对于底层民众而言，上天压根儿就没有赋予他们悲观的权利，所以他们足够坚韧，生命力足够蓬勃。

刘姥姥这一人物形象之所以不朽、经典，在我看来不仅仅是她的生存智慧，更重要的是生命的对比。在对比中你会发现，什么是生命的力量，什么是生命的萎靡；你还会发现，富贵可能是一种束缚，贫穷可能是一种拯救；你也会发现，欢笑未必就是愉悦，哭泣未必就是忧伤。

借用周汝昌先生的一句话，"姥姥才是奇女流"。

## 不懂门道的门子

《红楼梦》擅长结对子写故事。比如贾政出任江西粮道，被看门的亲随李十儿玩弄于股掌之中；贾雨村审案应天府，依从案边侍立的门子之言胡乱结了案。不同的是，贾政虽纵容李十儿反觉得"事事周到，件件随心"而最终落了个"失察属员，重征粮米，苛虐百姓"（第一〇二回）的罪名被罢官；贾雨村虽听信了门子但"又恐他对人说出当日贫贱时的事来，因此心中大不乐意，后来到底寻了个不是，远远的充发了他才罢"（第四回），此后官越做越大。说到底，还是贾雨村厉害。

从门子为贾雨村出谋划策到把控庭审，应该说贾雨村这个旧相识也不是个简单人物。但同"生情狡猾"的贾雨村共事，城府深藏的门子还是稚嫩了些。那么，除了"恐他对人说出当日贫贱时的事来"而惹得贾雨村"心中大不乐意"外，门子还犯了哪些忌讳而终被贾雨村"远远的充发了"呢？细品深思，笔者以为有四大错：

第一错，言谈不会避讳。《红楼梦》第四回，门子阻拦贾雨村审案后，被贾雨村叫到密室，第一句话就是"老爷一向加官进禄，八九年来就忘了我了？"门子这句话把自己看得太重了，他不过是贾雨村当年旅寄僧房时说上几句话的小沙弥而已，又没为贾雨村加官进禄添把柴。人家凭啥记着你？当贾雨村说"一时想不起来"，门子接下去的话令贾雨村"如雷震一惊"——"老爷真是贵人多忘事，把出身之地竟忘了。不记当年葫芦庙里之事？"这句话可以说是门子横遭充发的主因。此际贾雨村已由落魄书生成为知府老爷，"打人不打脸，骂人不揭短"，哪个为官作宰的愿被提及不堪的过往？门子蠢就蠢在不晓得二人此时已是云泥之别。

第二错，说话不知轻重。能做得林黛玉的老师，贾雨村是有真才实学的。"学而优则仕",在官场上栽过一次跟头的贾雨村自然晓得官场生存之道,现在重新走马上任,"小心驶得万年船"。面对贾雨村不知道"护官符",门子说:"老爷既荣任到这一省,难道就没抄一张本省'护官符'来不成?雨村忙问:'何为"护官符"?我竟不知。''这还了得!连这个不知,怎能作得长远!……'"门子所说句句在理,但费力不讨好也就败在他的表达上。这哪里是一个差役对知府所说的话?分明就是长辈对晚辈或上司对下属的口吻。建议和指教是完全不同的两个概念。何况贾雨村还是堂堂的五品官员!

第三错,炫耀不懂收敛。从对"四大家族"的剖析,到提出"一损皆损,一荣皆荣",门子对时政知之甚夥且切入腠理,这对判案审时度势有百利而无一害。在这点上,贾雨村可能也不会认为门子逞能多事。但千不该万不该的是,门子为了炫耀自己知道内情,他在贾雨村笑问"如你这样说来,却怎么了结此案?你大约也深知这凶犯躲的方向了?"时答曰:"不瞒老爷说,不但这凶犯躲的方向我知道,一并这拐卖之人我也知道,死鬼买主也深知道。……老爷你当被卖之丫头是谁?""这人算来还是老爷的大恩人呢!他就是葫芦庙旁住的甄老爷的小姐,名唤英莲的"。这些话再次触及了贾雨村的底线。自己落难幸得甄士隐雪中送炭,如今正是报恩的时候;但"四大家族"又是他再入仕途的根源,进与退,怎么办?识时务者为俊杰,又会让贾雨村背上忘恩负义的骂名。门子就像贾雨村身边的一颗定时炸弹,不知什么时候就可能在衙门内外传出不利的谣言,所以贾雨村不杀门子以掩事实已是格外开恩了。

第四错,逞能不明无知。贾雨村判案在小说回目上标为"葫芦僧乱判葫芦案","葫芦僧"当指门子,一盘棋皆门子一人在下,贾雨村就是一个傀儡。如果办理得好——既能摆平双方又能向朝廷交差——也就罢了,但门子提出的审理方案又显示出他的无知与局限——"扶鸾请仙",即用神鬼法术来判案,可谓是"更向荒唐演大荒"(第八回)了。贾雨村乃进士出身,从小就诵读儒家经典,而儒家最是主张"不以怪力乱神""六合之外，存而不论"，所以当贾雨村听门子如此计划后忙笑道"不妥，不妥"。这样一个心机深沉而又蒙昧无知的人在衙门当差，啥事都可能做得出来，不如打发了为是。

正是因为这四大错，门子最后被充军发配流放边疆了。门子的下场是不幸的，碰上了贾雨村这么一个难搞的主儿，但他也是咎由自取——不懂门道。正所谓有因必有果。

## 茶品红楼梅花雪

冬天虽然水瘦山寒，但也意趣盎然，因为雪姑娘总不忘来凑趣儿。古典名著《红楼梦》中，一场搓绵扯絮的大雪，引得大观园里的诗童才女灵心争慧、烤肉联吟，好不热闹！今天我们却叙说《红楼梦》中另一场同雪有关的风雅韵事——"栊翠庵茶品梅花雪"。

《红楼梦》第四十一回，贾母携刘姥姥率众游大观园，步入栊翠庵，妙玉接待奉茶之后，又单独邀请薛宝钗、林黛玉到她的禅房中吃茶。妙玉亲自烧水、泡茶，奉与二人品尝。林黛玉因问道："这也是旧年的雨水？"妙玉冷笑道："你这么个人，竟是大俗人，连水也尝不出来。这是五年前我在玄墓蟠香寺住着，收的梅花上的雪，共得了那一鬼脸青的花瓮一瓮，总舍不得吃，埋在地下，今年夏天才开了。我只吃过一回，这是第二回了。你怎么尝不出来？隔年蠲的雨水那有这样轻浮，如何吃得。"

我们常说林黛玉小性儿，言语间稍不留意就可能得罪了她。说来也怪，妙玉的这番回答如此尖酸刻薄，林黛玉竟然没有生气——"黛玉知他天性怪僻，不好多话，亦不好多坐，吃完茶，便约着宝钗走了出来"。撇开性情比黛玉还古怪的妙玉不提，其上一段"融雪煎香茗"（白居易诗）的话中，暗藏不少茶事学问。

妙玉用于泡茶的水，是收集的"梅花上的雪"。古人对泡茶用水是极为讲究的，什么水最好呢？陆羽在《茶经》中说："其水，山水上，江水中，井水下。"陆羽认为用来泡茶的水，最好是山水。这里的"山水"是指山泉水，而且是通过砂石过滤慢慢流出来的水。而雪也常常被用于烹茶，它被古人称为"五谷之精"，贾宝玉所作的"四时即事诗"之《冬夜即事》中即有"却喜侍儿知试茗，扫将新雪及时烹"（第二十三回）句。

但是新下的雪有比较重的土气，所以用来煎茶就需要经年陈放，而且最好盛放在洁净的土瓮中。这又是为什么呢？古人存水遵循三个原则：一是"阴庭静置"；二是"忌用新器"；三是"置物养水"。也就是说，水要放在阴凉的地方，而且要用旧瓷坛之类的容器，因为新烧制出来的器皿火气未全退，如果用来存放水就会影响其品质。妙玉将五年前收集来的梅花上的雪，藏在鬼脸青的瓮中，埋在地下，现在拿出来招待客人，既符合茶事之法，也遵循存水之道。

妙玉请进钗黛二人之后"自向风炉上扇滚了水"，这看似一句闲话，但是其中依旧有茶事之法。因为古人对烧煮茶水的燃料也是有讲究的。《茶经》上面说："其火，用炭，次用劲薪。"妙玉使用的风炉就是一种烧炭的小灶，专门用于煮水烹茶。

妙玉对林黛玉说，旧年的雨水没有五年前的雪水那样口感"轻浮"，这里的"轻浮"是什么意思呢？乾隆皇帝对茶水的要求极其严格，为了让水与茶相得益彰，他独创了一种鉴别水的方法——"称量法"，即把各地的水取样，进行称量比较，重量轻的就说明水质好。比较一番之后，北京玉泉山的水因为水质最轻最好，被乾隆评为"天下第一泉"。所以妙玉所说的"轻浮"，是运用称量法的水质比较之后而得到的一种口感享受。宋代吴淑《茶赋》中说："轻飚浮云之美。"可见妙玉所收的梅花雪之不凡了，用元人陈基的诗来形容就是"雪胜玉泉茶胜芝"。

如果说烹茶用水用火还处于一种"技"，那么茶道的精髓就在一个"品"。品茶的过程不是解渴，更不是抵御饥饿，它糅合了一段心情，借着自然孕育的草本，让内心安静下来，让天然之香顺着水的灵气，流进心底，冲洗掉尘世的喧嚣。这个时候你似乎有了一种觉悟，你会突然发现，品茶就是让我们安安静静地去观照一回自己的心灵。我们都有一双看世界的眼睛，它让我们看到了世间万象，看到了别人的优点和缺点，然而我们往往忽略了让眼睛去发现自己的心灵。所以"觉悟"常常被认为是"见我心"，这个过程不是要去虚伪地适从一种规范，恪守一份标准，而是让我们放下所有的不满、哀怨、愤怒、嫉妒，让心在清新淡爽的茶汤中沐浴一回。所谓"茶禅一味"，我想也就是这个道理罢。

从品茶中去悟道，去参禅，喝茶还只是一小部分。茶是泡出来的，而《红楼梦》的脂抄本和程印本就有"沏茶"好还是"泡茶"妙的口水仗。我喜欢"泡"这个字，它蕴含着多少智慧！一颗颗卷曲、收敛着的茶粒，在沸水中慢慢地展开，它的动作是如此舒缓、优美；但我似乎又能听见它们瞬间绽放的声音，这是生命的开悟，这是一段历程到另一段历程的豁然开朗。此时你会发现，水变了，有微黄，有浅绿，有深红，有暗黑；无论外在如何，它们都有一个共同点，那就是一份渗透的力量，喝一口，沁人心脾。此时你又有了新的觉悟，端在手中的这杯茶汤，不就是自己在岁月的长河中挑来了一桶水，心耳意神泡制其中，如今已散发出了人生之味么？喝茶悟道，并不神秘，整个过程就是让我们本着心，糅合着情，收敛目光，观照自己。我想，这才是曹雪芹为"栊翠庵茶品梅花雪"一节设置的最深层次的哲学意蕴。

## 红楼腊八粥,两小无猜情

《红楼梦》中并没有关于腊八粥烹制的直接描写,然而在第十九回,作者曹雪芹借用腊八粥的文化元素,为我们编织了一段既融合"情"又舒展"意"的小儿女故事。

贾府因为元妃省亲之后,人人力倦,个个神疲。一日午后,贾宝玉到林黛玉房中看视,发现黛玉歪在床上午歇,怕她饭后睡出病来,故意编造了一个故事:说扬州有一座黛山,山上有个林子洞,洞中有一群耗子精。因为腊月初八将近,洞中准备熬制腊八粥,但是在制作腊八粥的八种原材料中,独缺香芋。老耗子便预派小耗子去偷,然而如何去偷呢?一个小耗子站出来说,它要变成一个香芋,滚到香芋堆里去偷。谁知道在变幻香芋的过程中,却意外地变成了一个漂亮的女孩儿。众耗子都笑话它法术不精,变错了。然而小耗子却说,你们"只认得这果子是香芋,却不知盐课林老爷的小姐才是真正的香玉呢"。"盐课林老爷"指的就是林黛玉的父亲林如海,林如海曾官至巡盐御史;"芋"是"玉"的谐音,暗点黛玉。贾宝玉用这个胡诌的故事来编排林黛玉,其目的是为黛玉解乏去闷。

我国喝腊八粥的历史起源于宋代,到清代已是一个固定的习俗了。上至达官显贵,下至平民百姓,腊月初八这一天都要熬制腊八粥。腊八粥的制作并不复杂,《燕京岁时记》记载:"腊八粥者,用黄米、白米、江米、小米、菱角米、栗子、红豇豆、去皮枣泥等,合水煮熟,外用染红桃仁、杏仁、瓜子、花生、榛穰、松子及白糖、红糖、琐琐葡萄,以作点染。"腊八粥虽是一道普通的节令小吃,但是它却开启了一个传统节日的大门——"过了腊八就是年"。

回到《红楼梦》文本,单从耗子精偷香芋的笑话本身来说,贾宝玉编撰的这个故事并不精彩。然而正是这个看似无聊的笑话，作者却剑走偏锋式地为我们铺陈了宝黛之间的"两小无猜情"。《红楼梦》第十九回的回目是"情切切良宵花解语，意绵绵静日玉生香"，在这一回中，作者始终围绕"人间情意"展开叙述：前半部分讲的是袭人与宝玉之间的情意；后半部分讲的是宝玉与黛玉之间的情意。这些情意在日常生活的琐碎中折射出爱的层次与情的细腻。

贾宝玉在来林黛玉闺房之前，是袭人假借离开贾府为由对他的一番关照，这是袭人对贾宝玉情意的流露，只不过这番关照是一份关乎仕途发愤图强的劝诫。当贾宝玉到了林黛玉房中，他又将这份关照的情意转移到了林黛玉身上，不同的是，袭人对贾宝玉是人生的规劝，而贾宝玉对林黛玉是生活的照顾。然而无论是规劝还是照顾，都是真情实意、发自内心的。对于世间的我们来说，其实也常常处于这种爱与被爱、关照与被关照之间。

贾宝玉躺在林黛玉身边，有一搭没一搭地说着话，为她解着困。突然之间闻到一股幽香从林黛玉的袖口中散发出来。贾宝玉问是何香。林黛玉回答："冬寒十月，谁带什么香呢。"贾宝玉觉得这种香味非一般香袋香饼的香。林黛玉便调侃说："难道我也有什么'罗汉''真人'给我些香不成？便是得了奇香，也没有亲哥哥亲兄弟弄了花儿、朵儿、霜儿、雪儿替我炮制。我有的是那些俗香罢了。"贾宝玉听黛玉如此戏弄，便翻身起来挠她胳肢窝，林黛玉触痒不禁，笑得喘不过气来。

这些情节读来极为平常琐碎，琐碎到你怀疑它是不是来源于一部举世公认的文学名著。然而生活的本身就是一堆七零八碎，琐碎的日常才是生活的永恒。作者曹雪芹所描写的这些细节，其实并非指向宝黛爱情，而是孩子间纯真的两小无猜。人到了某一个年龄段，男女间就不会有这样的动作，因为彼此都知道了性别间的界限与禁忌。我认为此时的宝玉，从心理上说，他并没有长大，他的记忆深处始终存有一缕童年美好的记忆，而这份记忆中林黛玉是不可或缺的同伴，因为他们曾经两小无猜，一桌吃，一床睡，亲密无间。这也是为什么薛宝钗始终难以走进贾宝玉内心的原因之所在。

《红楼梦》描写了一个世家大族男男女女的家长里短，每一章、每一节都充满了再熟悉不过再自然不过的烟火气。人世百态，人生百味，不过是一场人间烟火。尘世间熙熙攘攘者皆要走过寻常生活里的烟火气，寻常生活里的烟火气蕴含着深刻的人生哲理。曹雪芹是翻过跟头的人，最谙个中滋味，所以他在小说第十九回巧妙地运用腊八粥的文化元素来建构自己的红楼故事。

# 附录 2

## 江河浩荡，万马奔腾

——《〈红楼梦〉人文素质课程研究》读后

宋长丰

当钟声敲响 2021 年时，熟悉《红楼梦》研究史的朋友们，不觉会惊讶，由欧风美雨洗礼而归的胡适博士开创的新红学，竟已历百载。经过百个寒暑，新早已不是为了区分旧，而成为一种特定的含义，即考证派红学。

创新，这个词语已经不新鲜了。无论闲聊或是正式场合，甚至不提两次创新，已体现不出自己思维的紧跟潮流。纵是如此，创新依然特别关键。在人文学科，其实同样不容小觑。

我们常常比喻，孩子是祖国的未来、花朵，那么如何培育花朵，就显得尤为重要。著名教育家蔡元培提出"美育"的思想，其实就是一种培育花儿的手段，即陶冶情操、培养人文素养，并形成一种习惯。

时至今日，当教育载体越来越多元化、娱乐生活越来越碎片化、经典越来越高不可攀的现实条件下，再来看红学、创新、教育，似乎是几个八竿子都打不着的事情。但素来居于西南一隅的青年学者马经义教授，却以

附录2：江河浩荡，万马奔腾——《〈红楼梦〉人文素质课程研究》读后

个人之力，穷数年之功，经不断地总结分析、综合归纳，而形成一整套以《红楼梦》为基础的人文素质课程的教学方法。这绝不仅仅是在课堂上简单讲讲林黛玉进贾府就了了事，而是借助互联网的思维，通过教材、论文、专著、新媒体等手段，全方位实施自己的一套教学理念，从而达到学生人文综合素养的提升。这部书，是阶段性的成果，也是一次过去工作的大阅兵、大检阅。这套教学理念的完备及实施，不妨看作平静湖面下的江河浩荡、万马奔腾。给人感觉是波澜不惊，而内在之震撼，肯定有品味玉盘珍馐之快感。

为何能形成这套教学方法呢？我以为，首先在于作者对《红楼梦》及红学史的熟悉。马教授说，无论哪个影视版本的《红楼梦》，只要一放，他便知道前后会发生的事情，下一个镜头会出现什么。对影视作品尚且如此，原著就更不用提了。并不怎么顺口的《葬花吟》，他三岁便能成诵。那时，他所生活的地方在盐亭县富驿镇马家井，一个以马姓家族为主的地方。曹雪芹泉下若知，数百年后某山村中竟有如此天赋异禀的孩童，与他的作品达成一种天然的共识和悟性，他定会大笑：知音呐！然而，并非三岁小马天生的一股狠劲，而是在于作为眼科医生的老马，酷爱文学，孤芳而不仅自赏，便把这一腔热血，凭借最为传统的填鸭式方法，强迫兄弟二人背诵。什么乐趣、什么美学欣赏通通先不管，先吃了再说。殊不知，还就吃出了一个红迷。

童年的记忆难忘，无论是欢乐还是阴影。马教授基本化为了兴趣爱好，并长期沉迷其中。后来开始撰文著书，发表演说。2005年，复旦大学教授陈维昭的《红学通史》出版，对马教授的思考模式和学术体系形成的影响最为深远。他的早期著作《中国红学概论》，很明显就有学习陈教授的踪迹。也就是从那时起，马教授已经开始对红学史进行他的视野下的归纳总结了。

《红楼梦》以一书而成为学的原因，此处无法多论也论不清楚。但是《红楼梦》的研究犹如树枝分叉，遮天蔽日，总有一个根不会变。在2017

年深圳会议及 2018 年昆明会议上，马教授就对自己总结的红学史作过说明；其后，又在《曹雪芹研究》上进一步阐述。其主要内容，可见本书《论〈红楼梦〉研究的自然范畴及意义》一章。

有了这样的总结，算是有了一个夯实的基础。2013 年夏，机缘巧合，马教授来到了标榜学院。从此，与民办高职院校结下了不解之缘。马教授在学校，不仅是教书，还有更重要的，是如何育人。这便是我想讲的形成他这套教学方法的第二个原因，他有一颗朴实的、价值驱动的、自发地做好本职工作的热忱的心。

在这样的驱动下，他凭借早年对《红楼梦》的阅读和研究，在教育学中驰骋，几入无人之地，一路还没来得及过关斩将，便收获了无数的荣誉和掌声。正是在没有条件创造条件、没有战场模拟战场、一刻不懈怠一直在繁忙的工作节奏中，形成了以《红楼梦》作为人文素质课程的全套理念，并为之落实。

马教授视野下的《红楼梦》人文素质课程研究，我以为，意义巨大，不止有三：

一是这套教学的主要内容，是互联网思维下的经典原本进入课堂，而非理论，也不仅仅是传统教学手段。其实纵观寰宇，以《红楼梦》为课的，说不上多如牛毛，也并不少见。而且已经是遍地开花了。所以，这一点，其实并不是马教授所独有。我想说的是，无论理论多玄乎，落实起来也要上接天气、下接地气，方是初衷。

二是这套教学课程的目的，是培养学生的人文素养，而非培养艺术家。曹雪芹创作《红楼梦》时天花乱坠，艺术细胞天女散花般令人眼花缭乱。恰恰是这种艺术，经过逻辑分析，虽然会减少一点趣味，但却是让人一下就懂，就能感受其美的。感性作品经过理性阐述，主要目的就是培养一种美学能力。经过几代人的努力，从而提高全民的审美能力。

三是这个课程的示范引领作用，学生不能只学习《红楼梦》，《红楼梦》主要是作为一个样本。在有了这样一个了解中国文化的窗口后，激发进一步自主学习的兴趣。若能如此，则何愁经典不飞入寻常百姓家呢！

读者诸君请记住，此书读到这里，虽已步入尾声，但这套理念，却刚刚起步。

好戏，还在后头哟！

2021 年 2 月 17 日于绵阳游仙